逐梦之路

"我与'十三五'"主题征文集

山东黄金集团有限公司 编

ZHUMENG ZHILU

山东城市出版传媒集团·济南出版社

图书在版编目（CIP）数据

逐梦之路："我与'十三五'"主题征文集 / 山东黄金集团有限公司编. — 济南：济南出版社，2020.10

ISBN 978-7-5488-4553-9

Ⅰ. ①逐… Ⅱ. ①山… Ⅲ. ①故事 – 作品集 – 中国 – 当代 Ⅳ. ① I247.81

中国版本图书馆 CIP 数据核字（2020）第 170244 号

出 版 人 崔 刚
责任编辑 史 晓
特约编辑 张冰心 陈 新 张宏翔
封面设计 张 金

出版发行 济南出版社
地　　址 济南市二环南路1号(250002)
印　　刷 济南新先锋彩印有限公司
版　　次 2020年10月第1版
印　　次 2021年1月第1次印刷
成品尺寸 170 mm × 240 mm
印　　张 20.5
字　　数 240千
印　　数 1–30000册
定　　价 93.00元

编委会

让梦想照亮脚下的路

由山东黄金集团有限公司（以下简称“山东黄金”）广大员工共同编写的《逐梦之路——“我与‘十三五’”主题征文集》终于付梓出版了，这在山东黄金的发展历史上尚属首次。这本书讲述了“山金人”在“十三五”逐梦之路上的奋斗故事，是“山金人”集体智慧的结晶。

通向远方的道路，必然要有清晰的起点。回首“十三五”，点点滴滴仿佛就在眼前。2016 年年初召开的党员代表大会厘定了“十三五”战略规划，两万五千“山金人”共同踏上了“争做国际一流，勇闯世界前十”的历史征程。兢兢业业，风雨兼程，山东黄金提前一年实现了“十三五”战略目标，位列全球产金企业第十位，成为首家进入十强榜单的中国企业。

四年多的时间很短，但对于山东黄金而言，却是历史性的变迁。“十三五”以来，我们始终坚持做强做大做优矿业主业，以“国际一流示范矿山”建设促进内涵式发展和管理水平提升，推动核心科研体系达到国内领先、国际一流水准，持续践行以安全环保“双零”为目标的现代生态矿业理念，成为业内少数几个拥有“A+H”两个资本运作平台的矿业企业，国际化发展道路延伸至美洲、澳洲、非洲等世界各地，厚重灵动、富有特色的山东黄金企业文化辐射到越来越多的地方。细细摆出这些“家珍”，让人既感慨又欣慰。

梦想需要睿智、勇气和坚守。我们取得了历史性的成就，也付出了常人难以想象的艰辛。由于行业特性，矿业企业大多远离人烟，自然环境艰苦。我们不会忘记，为了“十三五”这个共同的目标，常年在高原地区驻守的“黄金企业家”张旭秋、四十年如一日扎根基层的“山金柱石”侯学武、十一年来耕耘在对外开发一线的“山金拓荒牛”王成……多少“山金人”抛家舍业，默默承受与家人天各一方的苦楚，投身到对外开发的事业中来，只为山东黄金的旗帜高高飘扬；多少“山金人”扎根矿山一线，孜孜以求，只为心中那团扑不灭的火焰熊熊燃烧。

走过千山万水，更需跋山涉水。站在新的起跑线上，纵观国内外形势，山东黄金进行了深刻思考，提出了未来的战略构想：在“十四五”再造一个山东黄金，打造全球领先的黄金矿业企业，培育具有全球竞争力的世界一流企业。

胸中有梦想，前行无止境。我们感恩山东黄金的每一位贡献者，我们期待在全球黄金矿业领域标注新的坐标，我们追求为国家发展和人类社会进步发出更多的光和热。

是为序。

山东黄金集团有限公司党委书记、董事长　陈玉民

2020 年 9 月 29 日

目录

初心·向阳而生

坚守·千淘万漉

奋进·战鼓声声

征程·筑梦远方

初心 · 向阳而生

议“山金”战略

□陈玉民　山东黄金集团有限公司

黄海深，黄河浅，
黄金战略一线牵。
少年立下霸王志，
要将地球举上天。

今朝近，明朝远，
朝朝暮暮又一年。
只争朝夕催快马，
甘洒热血谱新篇。

前十夺，前五现，
星光岛上酒加满。
宏图大志实现时，
定与众将把酒干！

2020 年 7 月 20 日于青岛

一位“老山金人”的“不老”传奇

□张明凯、姜立鹏、王学麟　山东黄金矿业（玲珑）有限公司

“最近很长一段时间，成龙同志[山东黄金矿业(玲珑)有限公司(以下简称“玲珑金矿”）总经理王成龙] 在党校学习，学武同志（玲珑金矿常务副总经理侯学武）在‘家’主持工作，他们的工作配合得非常好。”

“记忆中还有这么一件事，当年拟提任学武同志为常务副总经理前，时任集团主要领导想顺路见见学武同志，但具体时间不好确定。我当时就说，要见他得提前约好，要不他就下井去了。在场的人都为之动容。”

——山东黄金党委书记、董事长　陈玉民

出生于1958年的侯学武，给人最直观的感触就是一个字：老。他18岁到玲珑金矿就业，在一个矿山一干就是41年，可谓“老玲珑”；他历任井下毛工、班长、车间副主任、车间主任、分矿副矿长、分矿矿长、总矿副职、正职级常务副职，几乎干遍了生产口所有类别的岗位，可谓“老资历”；他2006年担任矿山副职，先后经历了四次领导班子调整，

陪了四任“班长”，可谓“老班底”；他11年来一直分管矿山生产，是集团目前矿山企业中持续分管生产工作年纪最大、时间最长的，可谓“老生产”；当然，他还是同事心中的“老伙计”“老大哥”、妻子心中的“老伴儿”、女儿心中的“老父亲”……

然而，认识久了，接触多了，了解深了，人们又会不由自主地发出强烈的感慨：他赋予了“老”太多新内涵。他就是一个“不老”的传奇！

他把“老”演绎为赤诚和热爱

侯学武有多么热爱玲珑金矿、痴心于矿山生产？这个问题一点也不难回答。

采访时，只要说到玲珑金矿，谈起工作，侯学武的眼中就饱含深情。四十一年如一日，他把人生中最美好的年华、每天中最有效的时间都奉献给了矿山。时间能说明一切。而艾青的这句诗——“为什么我的眼中饱含泪水，因为我对这片土地爱得深沉”，应是他此时心境的最好诠释。

“你若问侯学武对玲珑金矿的爱有多深？脚步代表他的心。”玲珑金矿素以“点多、面广、战线长”而著称，现有100多个生产中段、400多个地点，巷道总里程在500公里以上。因为矿脉赋存特点和历史原因，大巷及“出矿穿”都很窄，乘吉普车下井可望而不可即。所以，不管是领导干部，还是普通员工，要到生产地点，不论远近，全靠步行。而正如开篇所述，下井是侯学武工作的常态。作为“管生产的”，侯学武“想当然”地认为：不及时了解井下情况，怎么可能指挥生产？他的第一岗位在生产一线。据统计，包括现场办公会、生产调度会和日常检查督导，侯学武每月下井都在25次以上，他的脚步遍及矿山的每一个巷道、每一个作业点。按照每天10公里的路程计算，自分管生产11年来，侯学武已累计走了4万多公里，相当于绕地球赤道走了整整一圈！

这份热爱由来已久。刚参加工作时，侯学武的岗位是毛工——井下最艰苦的工种。每月 40 元的工资发到手后，他是这样支配的：20 元交到家里，15 元作为生活费，5 元用于买书——采矿专业的书。把别人喝酒、打牌的钱用在买书上，把别人喝酒、打牌的时间用在学习上，没有对工作的那份热爱是做不到、坚持不下来的。

这份赤诚从未变色。众所周知，采矿业是高危行业，管生产、管安全的岗位更是如履薄冰。每到汛期，侯学武就睡不踏实。2012 年汛期，面对 60 年一遇的洪水灾害，侯学武和一线矿工们一起在齐腰的积水中抢修通道，嘶哑的号子声坚毅执着，密集的汗水如雨般挥洒。在惊心动魄的 28 个日夜，侯学武从地表到井下东奔西走，进行现场调度，没睡过一个囫囵觉，眼里布满了血丝。他凭着这一腔热血、一份赤诚，将灾害损失降到了最低限度。

老而弥坚，老而弥深。侯学武对工作的热爱、对事业的赤诚，正如他下井的脚步，从未停歇。

他把“老”演绎为卓越和创新

侯学武承认，他在工作上没服过输，他的字典里就没有“怂”字。

“理想因其远大而为理想，信念因其执着而为信念。”侯学武谦虚地认为自己没什么大理想、大抱负，但“干就要争第一”这一朴素的价值观不正是“追求卓越”的最佳注解吗？侯学武谦虚地认为自己在信念方面也没什么可称道的，但“做就要做最好”这一坚定的思想意识不正是“创新进取”的最好诠释吗？

年轻时，侯学武每月的工资是 35 元。那时，干得好的员工每月还有 5 元钱的奖金。侯学武自工作起就没有拿过 35 元，每月都是 40 元。在半年的学徒期内，他跟师傅学，向书本学，练就了一手娴熟的铲装机操作本领，工作起来比老师傅都利索，成了生产上的“金手掌”；当代班长时，他所在的班组每个月考核都是第一；担任车间主任期间，侯学武组织了玲珑金矿历史上第一次高强度采矿会战，他在战前动员时说：“3840 矿房是块大肥肉，更是块硬骨头。矿部把这个任务交给咱，是英雄还是狗熊，就看咱能不能啃下这块硬骨头。”那段非常艰辛的日子里，他天天靠在现场，指挥三班循环作业，不到两个月就全线告捷。这一曾在全矿推广的成功经验，至今仍是玲珑金矿克服困难的不二法宝。

自 2006 年分管生产工作以来，侯学武见证了玲珑金矿黄金年产量从 5.3 万两到 13.3 万两的增长历程。“一年一大步、十年大跨越”，这对一个开采历史悠久、资源多年危机的老矿来说何其艰、何其难，但在侯学武口中，一句“年年难过年年过，年年过得还不错”让玲珑金矿的大增产又成了再自然不过的事。当然，透过这份平淡和自然，不难读懂他那颗紧系矿山长远发展的心，更不难体会那份因执着而自信满满的情。用心做事，带着感情干活，这是一种难得的境界。陈玉民董事长至今还记着关于侯学武的这样一件事：2015 年，陈玉民董事长到玲珑金

矿东山 -270 中段现场检查东西山、大开头 3000 多米的贯通工程时，发现巷道边放着一台用塑料布包裹着的凿岩台车。陈玉民董事长以为这台凿岩台车是闲置浪费的，提出将其调用到其他矿山。谁知这却是全矿唯一的“稀罕物”，从 2012 年开始，它为玲珑金矿的发展立下了汗马功劳，侯学武通过这凿岩台车培养出了一批操作能手。侯学武视其为宝贝，因怕其受潮才包裹严实的。资历老不守旧，年龄大愿创新，陈玉民董事长说起侯学武来也是感慨不已。

当“要强”成为习惯，年龄大小又有什么关系呢？侯学武工作起来没想过年龄的问题。他自己没想过，别人似乎也没想过。2017 年年初，时任玲珑金矿总经理的王成龙根据组织安排外出学习半年，侯学武代为主持工作，一切顺理成章，没有人提出过质疑。以至采访时，面对“让一位年近退休的老同志主持工作能放心吗？”这样的提问，从王成龙、侯学武到接触过他们的每一个人反而困惑了——这有什么可担心的呢？事实胜于雄辩：2017 年上半年，在齐鲁矿业事业部组织的月度劳动竞赛中，玲珑金矿获得了 3 个第一、3 个第二的好成绩。

他把“老”演绎为责任和包容

采访过程中，侯学武始终在说，干好工作是他应尽的责任，每一个玲珑金矿员工，特别是老员工都这样，也都认可别人这个样。

玲珑金矿建矿于 1962 年，最初隶属国家冶金部，员工来自全国 20 余个省区，以矿为家、恪尽职守，相互包容、和谐与共，这是矿山的优良传统。“身为玲珑金矿员工，怎么可能不继承这个传统呢？”包括侯学武在内，接受采访的人都说得真诚而又自然。

侯学武自己干过车间主任，认为矿山车间主任这个岗位非常重要，工作非常不容易，但同时，他对车间主任的要求又非常严苛。灵山分矿采矿车间主任刘鹏金对侯学武的一次“发火”记忆犹新。在侯学武例行检查现场标准化情况时，该车间有地方做得不到位。侯学武对着这位年轻的车间主任“发火”了：“小患不除易酿大祸，我们要对工友们的生命负责，要为企业的安全负责。如果因为工作不到位出了事故，你难道不会愧疚一生吗？”他当即给予了其重罚，并言明罚款由车间主任、副主任承担，不能摊到员工头上。不久，该车间的现场标准化程度得到大幅度提升，成为玲珑金矿现场标准化建设的示范点。

这是责任使然，跟感情无关。当然，强调责任并非忽视感情，在侯学武心里，这是两码事，又是一码事。原九曲分矿运修车间主任王桂东同样深有感触。有一次，车间更换卷扬机钢丝绳，王桂东连续 48 小时在井下工作，嗓子都喊哑了。侯学武检查工作的时候正好碰见王桂东，侯学武当时没说什么，升井后立即买了药托人捎下去。王桂东拿着药片，感动得说不出话来。一个管生产的常务副总经理能这么细致入微地关心下属，大家还有什么理由不好好工作？

在自己的责任面前，侯学武从不推诿。陈玉民董事长说有一件小事他至今记忆犹新：20 世纪 90 年代，他还在玲珑金矿工作时，与时任车间主任的侯学武一起下井检查工作，发现操作机械上有两个扳手，一旦疏忽，就会扳错，严重时可能会发生安全事故。侯学武立说立行，将两个扳手刷成两种颜色，将对应的功能键也刷成同样的颜色，这样就不会再出现扳错扳手的现象。这件事虽小，但反映出的责任心很大。

侯学武认为工作中提意见这样的事很正常，不管是上下级关系还是同级关系，不存在谁该不该说的问题。2016 年，玲珑金矿将生产接续列为“天字号”大事，确定“当期生产抓重点突破、中期生产抓技改技措、长远发展抓深部开拓”的战略部署。面对生产与基建交织进行的现状，在安排月份生产计划时，侯学武主动和主管基建的副总商量，将基建与生产同安排、同部署、同考核。在 3 月份确定了 5 项“单位一把手”工程，对各矿区井下运输、提升系统进行优化改造，打造“井下运输高速路”。一个月的时间里，侯学武跑遍了所有改造地点，一米一米地查找问题、解决问题……一个月后，西山坑口运输效率提高了两倍以上，九曲、大开头运输效率提高了 30% 以上。

“都是为了工作”，一个个“侯学武”都这么说。一个视“责任”为天的团队，必然是一个忽视“芥蒂”、重视“大局”的团队，也是一个战无不胜的团队。这就不难理解侯学武为什么总在说：“玲珑金矿员工都这样，比我强的大有人在。”

他把“老”演绎为倚重和感恩

侯学武说：“领导把工作交给咱，是对咱信任，咱只有感谢领导，也没想过别的。”同时，他还说：“对家庭，咱也不亏欠啥，该爱的爱，该疼的疼。”

现任集团副总经理裴佃飞、原齐鲁矿业事业部副总裁庄文广、中华矿业事业部总裁刘润田，都曾是玲珑金矿的“一把手”，他们也都同王成龙一样，信任和倚重管生产的“老侯”。“把事情交给他办咱放心，都是老伙计了。”对于这些一起在矿山摸爬滚打几十年的同事们来说，有时甚至连话也无须多说就能感知彼此的意思。“开会时在会场远远看见，不用跑过去握手，握起拳头举一举，轻‘嗨’一声，相视一笑，全有了。”庄文广这样说道。

王成龙经常动情地在不同场合发出感慨：“那些两鬓斑白的老同志、老领导，跟年轻人一样还奋战在工作一线，不想名，不想利，只想工作，他们就是玲珑金矿的‘宝’！侯学武是一个代表。玲珑金矿的发展过去依靠他们，现在倚重他们，未来更要尊重他们。”

可能有人在即将退休的时候会有“歇一歇”的想法，但侯学武不这样想，也没这样做。他说：“不能拿工作开玩笑，咱山东黄金是一个有着很高知名度、美誉度的大型国企，玲珑金矿也是个大矿，我认认真真在这里干了四十多年了，更应该站好最后一班岗。”

倚重侯学武的不只有领导和同事，还有他的家人。古人云“忠孝难以两全”，但这在“老侯”家似乎并不应验。侯学武妻子及两个女儿与他口径一致：“他不亏欠这个家。”

“虽然他在家里的时间很少，但在玲珑金矿谁家男人不这样？再说，他一回到家，满眼都是活，扫地、炒菜啥都干，挺好！”老伴的话充满疼爱。

“虽然爸爸跟我们相处的时间很少，交流也不多，但爸爸的脾气好，小事都很尊重我们的意见，大事都帮我们把握得好好的，挺好！”女儿们的话充满敬爱。

虽然，老父亲生病住院期间，侯学武没有被家人“批准”陪床，但他坚持每天早晨都去病床前站一站、看一看，晚上不值班时，坚持到病房里坐一坐、说说话，用实际行动慰藉着老父思儿盼亲的心。老父亲去世后，他跟矿上请了一天假，为老人安葬送行。第二天，他便强忍悲痛继续上班，以致积劳成疾，引起了王成龙的“疑心”。王成龙最终了解了事情的缘由，“强制”侯学武住院治疗。家人们、同事们都对他充满了敬重。

被人倚重、尊重、敬重的感觉是幸福的，侯学武感恩企业、感恩领导、感恩家人。而同时，身边有这样一位老同事、老伴儿、老父亲，侯学武的同事、家人也是幸福的，感恩的情怀同样溢于言表。

在追求“缔造黄金精神家园，引领员工精神崛起”的山东黄金，在集团上下深入学习焦裕禄、廖俊波同志先进事迹的今天，侯学武沐浴着焦裕禄、廖俊波精神，映照出“山东黄金人”的璀璨光华。根植矿山，浸润历史，侯学武就是新时期集团文化的坚定践行者和不懈创新者，他洗礼于追求卓越、创新进取的“黄金精神”，不忘初心，甘于淡泊，创新不止，进取无歇，成就卓越。侯学武同志就是我们身边的学习楷模、光辉榜样。

云朵生长

□吕金庆　山东黄金集团有限公司办公室

总是会不经意地想起那片草原、那脉青山和那片云朵。以为时间久了，就会慢慢地淡忘，但在某个瞬间，那些日子的欢笑声、那些月夜的谈论声、那些一起奋斗过的面孔，又都踉踉跄跄地从心里跌落出来，越来越清晰，越来越生动。

一

集团的对外开发密集期应是2008年前后，先后成功并购了河南、内蒙古、海南等地的企业，一批又一批“黄金人”奔赴了新的战场。这些新生力量、新生产能成为集团“十三五”战略的重要支撑。

作为对外开发的普通一员，我于2011年8月25日从山东启程奔赴内蒙古。从温暖湿润的胶东半岛到寒冷干旱的巴林左旗，1342公里是从家乡到他乡的距离。一路驰骋，一日千里。那时，新修的公路还没动工，从巴林左旗到红岭需要颠簸三个多小时。出巴林左旗县城是一段两车道的铺装路面，路况还好，但等过了乌尔吉村就全是坑坑洼洼的砂石搓板路了，人在车里颠来簸去，景色也越来越荒凉。

乌兰达坝汉文翻译为“红色的山岭”。临行前，有同学问我：“怎么能去那么个地方？那里的男人是不是都裹着大棉袄放牛羊，女人脸上是不是都有‘高原红’？”我告诉他们，那里有山峦、有草原、有溪水，也有淳朴的牧民，和你们想象的完全不一样。而我人生中最绚丽的一段时光，也在这红岭的山山水水间悠悠灼亮。七年光阴，深刻灵魂。

赤峰山金红岭有色矿业有限责任公司（以下简称“红岭公司”）的历史既有辉煌也有沧桑，曾经想静下心来采访一下，写一写红岭公司的过去，但最终还是没能实现。只是听同事说起，重组前的红岭公司一度处于破产边缘，员工自谋生计。青山无言，见证了红岭公司的起起落落和喜怒哀乐。

有人说，文化的力量可以敌国。而红岭的转变正是来源于文化的根植和融合。其实，在很长一段时间里，当地还有人称我们为南方人。遇到这种情况，我总是会向他们解释“山东也在长江以北，我们也是北方人”，但他们会说：“山东在我们的南边，你们就是南方人。”后来，随着融合的不断深入，大家也就没有了南北之说，没有了“你们”和“我们”之称，都成了“咱们红岭人”。这种潜移默化的融合，是在员工第一次收到公司赠送的生日蛋糕时，是在中秋、春节集团组织人员敲开困

黄金一家人

难职工家门时，是在公司开门办公迎接到访员工时，是在公司真心实意改善员工生活和工作条件时……

集团文化淋漓尽致地发挥，使“山金人”的凝聚力、向心力得到前所未有的增强，释放出强大的发展活力。正合了“北冥有鱼，其名为鲲。鲲之大，不知其几千里也；化而为鸟，其名为鹏。鹏之背，不知其几千里也；怒而飞，其翼若垂天之云。”自此，鲲跃、鹏飞，红岭公司的发展当真如垂天之云，别有一番气象。

二

红岭很美！“大美红岭”四季景色各不同。春天总是姗姗来迟，一直要等到5月初，杨树才抽出鹅黄的叶子，在阳光下闪闪发光；远山一片片暗紫是盛开的映山红，肆无忌惮地展示春天的色彩；山杏花开时，漫山遍野又成了粉白世界，清风轻抚，便有阵阵花香扑面而来。远山冰雪未消，大地却已苏醒。每年的这个时候，我们会前呼后拥齐上阵，抓紧时间植树造林，用钩机、锨镐撬开刚刚解冻的土层，种下松柏、丁香和白杨，虽然忙碌却欣喜。矿山也在这每年的坚持中一点点变了样。

等过了6月份，灰黄的颜色一扫殆尽，满眼的绿呼啦啦地涌来，紫的、粉的、黄的花儿在山间、草地竞相开放；时有薄雾在山间缠绕，深邃莫测，宛若豪迈的丹青笔饱蘸绿意，在大地上涂抹；偶尔一瞥，远山上的羊群似动非动，淡定从容。一切是那么安静祥和，却又生机勃勃……那年夏天，接连下了几场大雨，河水暴涨，矿区到县城的公路损毁，时值3000吨扩建项目运送大型设备之际，车辆只能绕行草原路，时常深陷泥泞，寸步难行。这个夏天是在一次次的救援中度过的，铲车、挖掘机、卡车轮番上阵，清晨、午后、黄昏、深夜随时出击、随时救援，硬是打通了一条草原运输通道。

秋天的红岭是上帝的调色板，金黄、褐红、土灰、深绿，各种颜色调在一起，千峦百壑，层林尽染，万般颜色扑面而至，热烈奔放。在这个多彩的季节，我们组织歌唱比赛、组织爬山、组织“丛林寻宝”……一路有笑，有闹，更有歌，就这般轻快地向山而行。歌声在林中传唱，笑声盈盈入耳，此刻，成年人的世界也呈现出了一片纯真的欢颜。

然而，感觉才一眨眼，寒冷的冬季就已匆匆而至。9 月末 10 月初的时候，红岭通常会有一次大幅度降温，朔风裹着碎雪肆虐，几天的光景就将大好秋色埋没。在长达 7 个月的供暖期，世界也在土黄和银白中轮番交替，除了矿区几片灰绿的松柏，周围再也看不到一点绿色了。然而，在零下二十几度的严寒中，我们在“白毛风”里更换箕斗，在深夜抢修管路，全员上阵清扫积雪，还有综合部的同事为准备年终大会彻夜不眠……原来，每一个奋斗的画面都很美好，都会深藏记忆，无法忘却。

三

下班后，我最喜欢爬山，坐在山顶看云卷云舒，看暮色漫过山野，看最壮观、最美丽的红岭晚霞。某天若有云层遮住太阳，便有几束光芒从缝隙透出，形成美丽的光瀑，犹如佛光普照；等太阳快落山的时候，云层又悠然散开，如火如荼地烧了起来，整个天空仿佛都要沸腾；一直等到最后一缕光在天空中缓缓扫过，将山峦、草场镀上一抹淡淡的光，暮色也就降临了。我这才循着小路匆匆回转。

离家千里，总会想家。那年矿工节，红岭公司是分会场。我们商量以“家”为主题，来个黑鸭子版的小合唱《想家的时候》，后来担心太煽情，索性又加了一个合唱《咱们工人有力量》。排练的时候，大家感觉还好。但等到演出的那天，当通过镜头面对主会场，音乐前奏响起的时候，大家却不由自主地泪流满面。无论走多远、走多久，家永远是最深沉的牵挂。

其实，每一位“对外开发人”都有故事。在戈壁、在荒原、在雨林……他们各自演绎着各自的精彩。这些故事谱写了集团“十三五”发展的动人旋律，而我所写的却称不上故事，只是留在脑海里的印象而已，更多的故事依旧在默默演绎。

若说光阴悠悠是千古如斯的潺潺水声，初听时还很遥远，细听时又似乎已逐渐流近，待到真正用心倾听时却如洪流一般奔腾而去了。在这般匆匆而去的光阴里，我偶尔会抱怨生活，却从没抱怨过工作。工作给了我一个安身立命的平台，因此，哪怕是虚度了一点光阴，我也会惶恐。而每当想到那些风尘仆仆的身影，眼眶就会微微湿润起来……

昨夜梦回时，有清风掠过，大朵的白云自山巅翻涌而来；我远远地奔去，待要触摸时却又猛然惊醒，茫然而不知身处何方，于是便想：只愿余生依旧有梦升腾，依旧有云生长。

红岭云朵

向阳而生

□王宝胜　赤峰山金银铅有限公司

不知何时起，我对寓意幸福、顽强的格桑花充满了敬意。它们开在青海昆仑的漫山遍野，开在内蒙古赤峰的天边草原。它们能耐得住高原犀利的风，受得了高原贫瘠的土地，无论种子散落到哪里，都能回馈给大自然最美的风景！

赤峰山金银铅有限公司（以下简称“赤峰银铅公司”）有一条两侧开满格桑花的小径。那是我每天晨起日落巡检之时的必经之路。热烈奔放的花朵随风摇曳、五彩纷呈，与厂区围栏上“热烈庆祝山东黄金集团有限公司提前一年实现‘十三五’战略目标”的大红横幅相映生辉。每当看到这一幕景色，一股自豪感从心底油然而生，思绪不觉间回到了“十三五”开局的那一年。

2016年是我在山东黄金矿业（莱州）有限公司三山岛金矿（以下简称“三山岛金矿”）工作的第十个年头。与三山岛金矿朝夕相处十载，我见证过“国际一流示范矿山”“智能矿山”的荣誉光环，以为由此就能窥见山东黄金波澜壮阔的奋进历程。直到“十三五”期间，因为工作需要，我按照集团安排踏上了对外开发这条路。四年间，我走过了三家企业，见识了天高云阔的草原雪山，领会了与驻地风俗契合共鸣的“山金文化”，结识了一群为“争做国际一流、勇闯世界前十”奋斗奉献的对外开发将士。我突然明白，在广阔的山东黄金事业里，条件艰苦、背井离乡的对外开发企业存在着“其乐无穷”的别样精彩。

2017年11月，一纸任命，我赴任昆仑。彼时，极寒天气使得青藏高原的许多工矿企业早早进入停产的状态，青海昆仑黄金有限公司（以下简称“青海昆仑公司”）却打破了当地的“猫冬”旧俗，开足马力，辛勤“冬播”。到任后，我从当时企业发展状况了解到，对于吃百家饭的黄金冶炼企业来说，再先进的工艺和设备都只是基本条件，原料供应才是一直关系企业长远运营的头等大事。在摸清了青海黄金资源的“家底”后，我们带队到青海省乌兰、海北、海东地区，以及青海周边的新疆、甘肃、四川、内蒙古、西藏等地的矿区跑原料市场，充分发挥山东黄金在全国良好的品牌信誉和青海省对黄金产业支持政策的优势，以“缺氧不缺精神，艰苦不怕吃苦”的山东黄金开发精神，硬是从夹缝中赢得了原料市场空间。原料充足再加上科技创新、设备优化、节能降耗的优势，以及连续冬季不停产的鼓舞，让“青海昆仑黄金人”像上了发条一般。从 2016 年到 2019 年，企业实现利润翻番，已然在昆仑山开出了美丽的格桑花。企业发展轻装上阵，进入稳健经营阶段。

可是，企业的发展轻装上阵了，企业对当地环境的影响也轻装上阵了吗？答案是肯定的！“青海昆仑黄金人”一直明白，作为山东黄金的对外开发企业，在资源开发中将生态环境保护置于优先地位是我们必须坚守的初心。青海昆仑公司的前身——黄金冶炼厂选址香日德镇之初，附近的居民曾经有过这样或那样的担心。因为香日德镇是一个多民族聚居区，在资源大开发的背景下，只要一开发，就要占用土地和资源，就会不可避免地产生一系列有关草原补偿、水资源分配和民族团结等的问题。所以，青海昆仑公司的历任负责人都在努力探寻循环经济，从“源头”到“生产过程”双管齐下，积极深化绿色、低碳、循环发展的协同效应，探索出一条符合资源富集、生态脆弱这一欠发达地区实际情况的绿色发展新路径。有一次我外出归企，一位当地牧民在大门口看到我，竟主动攀谈起来。他说：“没想到企业不仅干得红红火火，也没有给我们的环境带来破坏，还帮我们解决了就业、供暖、教育等一系列难题，让我们尝到了企业发展带来的甜头。”我听后心里一阵感慨：冶炼企业的一举一动都牵动着蓝天白云和人们的呼吸。每当我看到当地牧民在公司周边的山坡上无忧无虑地放牧，看到时常出没于厂区周围的野生动物，看到附近农田里的青稞年年长势喜人，看到山东黄金绿色矿山的规模和影响在高原慢慢显现，就仿佛看到了“山东黄金　生态矿业”的旗帜在迎风招展。

2020 年 4 月，我作别昆仑，赴任银铅，在赤峰银铅公司的身上我看到了青海昆仑公司的影子，相似的经营状况、相似的制约瓶颈、相似

王宝胜与车间管理人员在成品仓库查看铅锭外观质量

的安全环保要求……唯一不同的是一个是黄金冶炼，一个是铅冶炼。赤峰银铅公司作为山东黄金唯一一个有色冶炼企业，从项目建设到基建落成，从设备引进到人员招聘，从试车投产到独立运营，每一步都是摸着石头过河。陈玉民董事长 2018 年视察赤峰银铅公司时提出了“举全集团之力提质增效，打赢扭亏为赢攻坚战”的战略指令。在“黄金企业家”精神的引领下，这个企业已经实现了单月盈利，这是一个脱胎换骨的蜕变。下一步，如何在健康、绿色发展的同时保持前期成果并助推企业实现二次腾飞，已经成为摆在我们面前的新挑战。在搜集冶炼行业发展前沿资料，与先进的铅冶炼公司、科研院所、上海有色网进行对标后，我们制定了以“安全环保、稳产提质、管理提效、综合回收、高效流转”为工作中心的新规划，以市场为导向全流程动态管控，根据市场形势适时调整原料采购、生产组织、产品销售、财务运营，以创新技改、自动化、机械化、能源管控、基础管理达标等手段进行内部挖潜，就连每一滴水产生的经济账都算得细之又细。2020 年，我们的目标是实现全年盈利，彻底摘掉亏损企业的帽子，借着集团提前实现“十三五”战略目标的东风继续乘风破浪。

在建设“健康银铅，绿色冶炼”的过程中，我们通过生产、生活用水“零排放”来实现“零污染”。靠着这些处理后的废水的滋润和浇灌，厂区内外几万棵树已经蔚然成荫，美丽的格桑花、太阳花在厂区盛开。这里成了小鸟的绿色乐园，它们晚上栖息在厂房内的安乐窝，白天则戏耍在绿树花丛，与翩飞的蝴蝶一起共享着人与大自然和谐共融的美好时光。

2020 年 4 月新冠肺炎疫情依旧肆虐之时，赤峰银铅公司凭借山东黄金一贯的实干作风承担起了国企责任，获得了市级“民族团结进步创建示范企业”荣誉称号，并获得了政策扶持资金 300 多万元，减税退费 5000 多万元。我们把山东黄金的企业文化与当地文化紧密结合，让民族团结这面鲜艳的旗帜见证了企地双赢的新局面。企地关系融洽了，合作愉快了，感情深厚了，公司的战略实施便留下了一串扎实而又闪光的前行足迹。

朝阳初升，如霞似火。远望厂区开满格桑花的长路，我仿佛看到了青海昆仑公司、赤峰银铅公司这两个国家级“绿色工厂”怒放的未来。在集团对外开发人员中，我不是第一个，也不是最后一个，但终将成为他们千万人中的一员，汇入集团“十四五”发展的浪潮中，以一种坚韧、顽强、生生不息的姿态向阳而生，站成一株傲然挺立的格桑花！

柴矿一家人的“十三五”

□李有馥　赤峰柴胡栏子黄金矿业有限公司

我是赤峰柴胡栏子黄金矿业有限公司（以下简称“柴矿”）大家庭中的一员，我的父母在柴矿相识相恋，结婚生子，我们一家人在柴矿工作、生活。20 多年前，我家就住在南门卫东数第三家的家属院，说到这里，我总是能想到这样一幅画面：南大门对着的青石路旁，自家小院里的樱桃树下，有个小女孩穿着花裙子在门前玩耍，满脸洋溢着幸福的夫妇正有说有笑。记忆的阀门一打开，一切恍如昨日……

父亲年轻时干过很多工种，先后当过岩工、渣工、维修工，后来自学成了高级电工；父亲年轻时吃过很多苦，每天吃饭只有八毛钱的粮票，经常和工友们同吃同住；北采区上班的路程很远，记忆里高大的他一直都是披星戴月地早出晚归；北采区上班的路况很差，他那辆上海永久牌“二八”自行车的轮胎总是换了又换。父亲和工人们梦想着靠自己的双手建设起柴矿的第一座井塔。只要有父亲的地方，就有柴矿建设者的身影。北方十二月的天气格外冷，阵阵寒风吹过脊梁骨，任谁也会倒吸几口凉气。可即便安全帽上滴水成冰，身后深井刺骨凛冽，父亲依旧脚踩百米竖井摇台，抢修提升设备。经过柴矿建设者们的努力，柴矿早期 1 号竖井的井塔拔地而起。当 925 平硐里拉出第一车矿的时候，他们

李有馥一家

一群人欢呼雀跃得像个孩子。父亲说谁都有家、有妻、有娃，但穿上这身工装，便要把企业的责任一肩扛起。这就是我的父亲，一个石头般坚强的矿工，一名柴矿井下普通的掘金者。

巾帼不让须眉，我的母亲奋战在黄金化验行业，因为热爱，她一干就是 24 年。她的梦想是为柴矿培养一批优秀的化验员，为企业做点实事，除此之外别无他求。在日常工作中，母亲毫无保留地教徒弟们如何滴定、如何配比药剂、如何火法试金。从徒弟们叫她“师姐”到后来叫她“阿姨”，24 年峥嵘岁月，她经历了柴矿的风风雨雨，一直兢兢业业，从未动摇。在“十三五”期间，她培养的几百名弟子在岗位上熠熠生辉，和全体“柴矿人”一起为企业做实事。她坚持的是一个“柴矿人”的初心梦，这梦让她活得精神，活得精彩。

旧貌换新颜，注新以向前。在新世纪的今天，柴矿融入了山东黄金这个大家庭，并且以惊人的速度创造了当年收购、当年改造、当年能力翻番的奇迹。在“十三五”期间，新探矿竖井成功建成投产，小型百吨选冶变成千吨级树脂吸附，人工开采升级到大规模机械化采掘。与之相伴的是新生力量不断涌入，员工队伍不断壮大，每年都有应届毕业生走进柴矿这个大家庭。

2016年是山东黄金“十三五”的开局之年，那一年我刚好大学毕业。当我再次回到这片熟悉的矿山，走在充满童年气息的青石路上，樱桃花香未变，机器轰鸣声未变，新一代“柴矿人”脸上洋溢的幸福未变。五年间改变的是，灯火通明的车间和拔地而起的办公大楼，高效有序的大型机械和巍然屹立的4号探矿竖井，新一代“矿山人”在奔忙，“一千吨、一吨金、一个亿、一百年”的“四个一”目标成为我们新一代“柴矿人”新的梦想。我不禁会想，到底是什么力量可以强大到支撑起柴矿的辉煌？有人说，那力量是个体的强，正是由于每一名“柴矿人”的努力奋斗才让梦想发出万丈光芒；有人说，那是群体的光，正是由于我们团结协作，把责任变成使命的担当，才成就了今天的盛况。我想说，企

赤峰柴矿远景

业和个人同呼吸、共命运，两者共同努力方可彼此成全。

四季更迭，年复一年，柴矿的樱桃花又开了，这里是父母奉献一生的地方，也是我的家。2008 年，我还未能真正体会到柴矿融入山东黄金背后的意义；2016 年，我进入柴矿，亲身参与并见证柴矿“十三五”期间的成长、蜕变和涅槃后，我才意识到繁华的背后是一群人为了梦想在奋力拼搏。就是这样一群人，默默坚守，让柴矿的簇簇繁花渐渐开到枝头；就是这样一群人，让最初的黄金梦想绽放出灿烂光华。一代又一代的柴矿家人站在这里，他们用一生温润脚下的黄金矿藏，他们用一辈子与柴矿同呼吸、共命运。

脚下是柴矿热土，身后是柴矿家人，向前我就是柴矿“新秀”。你养我以生命，我定报你以繁荣。经过这样一番彻悟，我如滔滔黄河水，怀揣着“黄金梦”，沿着山东黄金的道路奔涌而去！

赤诚探金“地勘梦”

□孙之夫　山东黄金地质矿产勘查有限公司

岁月如歌，春华秋实。在“十三五”规划收官之年，山东黄金地质矿产勘查有限公司（以下简称“黄金地勘公司”）行稳致远，迎来了硕果累累的收获季节，也在栉风沐雨中谱写着自己的时代凯歌。作为黄金地勘公司的负责人，我回首过去的发展，才深切地感受到黄金地勘公司乃至山东黄金已经走出了多远。

从无到有展现出不一样的勘查业绩

黄金地勘公司的“十三五”，是队伍建设获得长足发展的“十三五”，是成长为综合实力突出的地勘单位的“十三五”，是能够独立承担矿产地质设计、勘查、测量、工程施工、工程物探的设计与施工、数字化成图、岩矿分析测试等项目的“十三五”。春华秋实，岁物丰成。这样质变的发展，令他人震撼，也令“山金人”动容。作为山东黄金探获资源的先行军，作为黄金地勘公司的负责人，我肩负着资源“做优做多”的光荣使命，带领着一班追梦人在前进的路上奋力奔跑，跨过许多沟沟坎坎，越过不少激流险滩，用铿锵有力的脚步探寻着一座座金山银山，用实际成绩证明着国有地勘企业的责任与担当。

孙之夫在机台现场指导钻进工作

我们的光荣册上有这样一组数据，格外引人注目："拥有勘查登记项目 23 个，累计登记面积 280 余平方公里，勘探领域遍及山东、内蒙古、新疆、云南、青海、福建等区域。自'十三五'以来，我们累计投入探矿工程 30 万米，探矿投入 9.73 亿元，新增金金属量 209.687 吨、铜 2.2 万吨，潜在经济价值 1000 亿元，创造了钻探施工超深、超难、超斜小口径钻进多个'全国第一'，先后提交 30 多个地质成果报告，成功探获东风、新立、南吕—欣木、西岭 4 个过百吨超大型金矿床，为集团胶东地区打造'千吨黄金资源基地'提供了优质资源保障，在全省地勘行业树立了良好的企业品牌形象，取得了一流的辉煌业绩。"这一项又一项出色的成绩、一组又一组震撼的数据，无不向世人展示着我们一流的地质找矿实力，无不让人感叹"全国模范地勘单位"的称号确实名副其实。而我也很荣幸地被山东省资源勘查开发行业授予"科技杰出贡献奖"。

看到公司的辉煌业绩，除了喜悦，我也感慨颇深：正是因为"地勘追梦人”的艰辛付出，才能够取得一流的成果。常俊山，他放弃了舒服的机关工作，主动向领导请缨，毅然决然地来到了沂南项目组。做出这样的决定就是因为他始终坚守着“找矿是我的事业”的信念。在工作中，他冲锋在前，勇挑重担，加班加点、不辞辛劳地完成各项任务。周荣志，他是嗷嗷待哺的孩子的父亲，也是患病在床的母亲的儿子。家里的老小都需要他的陪伴。而他却常常冲在对外开发项目的最前线。他用顽强的工作毅力和丰富的理论知识，犹如老中医一般，为老矿区“把脉号诊，开方抓药”，让其重新焕发活力。正是因为“地勘人”这种踏实肯干、甘于奉献的作风，才能使黄金地勘公司源源不断地探获资源，充实集团的“粮仓”。

科技突飞猛进让黄金地勘公司驶入发展“快车道”

中国工程院院士、矿床地质专家陈毓川指出：“中国黄金找矿的亮点在胶东，山东黄金在此进行区域性超深部找矿的研究，总结成矿规律，揭示成矿机理，定位深部矿带，在中国为开先河之举，富有前瞻性，彰显了企业的魄力和历史责任感，未来极有可能形成矿业界标志性成果。”

石以砥焉，化钝为利。这生动诠释了“山金人”的珍贵品质。第一个“当”是当胶东乃至国内深部黄金成矿规律研究、我国超深部勘查及相应科研工作处于空白状态之际，我带领着西岭研发团队敢为人先，在总结新立矿床成矿规律的基础上，经过反复论证，预测在三山岛的深部存在第三乃至第四矿化富集带，最终确立了“胶西北金矿集区超深部综合地质研究与资源预测”这一重大科研项目。西岭金矿床的重大发现就是得益于“山金人”始终坚持“地质找矿、科研先行”的工作方法。尽管前路困难重重，“山金人”奋发蹈厉，披荆斩棘，大力开展科技攻关，深入推进深部找矿技术研究，锲而不舍地改进与创新地质勘查技术。第二个“当”是当国内黄金勘探开发深度不足千米、国内深部黄金勘查和成矿规律研究不足之时，“山金人”大胆突破，乘势而为，沿着产学研一体化发展方向，与中国科学院等多家地质及科研单位通力合作，在勘查区内开展了构造叠加晕、深穿透性地球物理勘查、三维可视化等多方向、多手段的综合研究，最终功不唐捐，成功地再现了三山岛金矿带成矿作用过程，构建了三山岛断裂带找矿勘查模式，圈定了有利成矿靶区，为西岭金矿床的发现提供了理论基础。

长风破浪会有时，直挂云帆济沧海。困难越多，我们“山金人”的创新性方法就越多，创造的成绩也越辉煌。针对施工过程中遇到的种种难题，我与钻探施工创新工作室团队着力从技术改造和技术创新入手，总结出了一套能适应深孔及特深孔钻探施工需要的、实用有效的办法，取得了很多具有实用性、推广性和自主知识产权的核心技术成果，包括发明专利 4 个和实用新型专利 13 个。这一套套创新性方法、一个个核心技术成果，都深刻地标志着我们的“科技兴勘”实力得到了进一步提升。勘查技术的升级也让我们的找矿空间不断升级，顺利将两大全国性突破成果揽入囊中。一项成果是 3000 米 77°（ZK112-2）钻孔，创造了中国岩金勘查超深最斜孔纪录，另一个是 4006.17 米的胶西北金矿集区深部科研钻孔（ZK96-5），刷新了国内岩金小口径钻探的最深孔记录。这开创了我国金属矿产深部探矿的先河，科技的引领使得黄金地勘公司资源探获进入“快车道”。黄金地勘公司先后被授予“全国模范地勘单位”“山东省‘358’找矿突破战略行动先进集体”“中国黄金协会科学技术特等奖”“全省地质资料管理先进单位”“高新技术企业”“杰出科研团队”等系列荣誉称号。我本人也被评为山东省“358”找矿战略先进个人、全国黄金行业科技先进工作者。

市场经济改革让黄金地勘公司焕发“新生机”

改革开放以来，中国进入了社会主义市场经济时代，市场成了经济发展的“晴雨表”。国家也提出了加快供给侧结构性改革、大力实施创新驱动、促进产业转型升级和提质增效的号召，这也成了地勘行业发展的“指挥棒”和“红绿灯”。

为了紧跟转型升级的步伐，我提出了“地质勘查、地质服务和钻探施工”三业并举的发展思路，积极拓展延伸地质矿产勘查产业链，不断扩大服务领域，实现了“设计、施工、地质、水文、物探、测量、综合地质报告”一条龙服务，实现了从最初勘探人员“单兵作战”到钻探、技术、物探、化验、水文全领域“立体作战”的转变，黄金地勘公司俨然已经成为国内地质勘查市场上的一支劲旅。

“十三五”规划以来，我针对市场规律，强化“走出去”战略，先后在集团内外部市场承揽 30 多个项目，合同价值高达 7300 余万元，其中包括“胶东破头青断裂带金矿三维地质建模及成矿预测”“山东省国土资源资料档案馆岩心数字化”等国家、省财政项目，由此实现了产业链延伸和价值链提升。

黄金地勘公司之所以能够成为抢占市场的先锋军，关键之一就在钻探施工部。每当提及这个部门，我就感触良多。正是因为这个部门的许多业务骨干、技能尖兵爱岗敬业的工作作风，为了地勘事业撇家舍业的奉献精神，才有了黄金地勘公司现在的发展成果。张兰波，他为了抢占集团内外部市场，带领钻探施工人员与钻工同吃同住，确保了钻机的正常运营；为了加紧补充钻探理论知识，选择放弃了双休和节假日；白天和钻工一起在现场进行设备安装和技改，晚上和他们一起住帐篷，如果白天遇到问题或困难，晚上就一起研究解决办法和措施，为勘探事业的发展做出了贡献。张晓东，他为了地勘事业选择了顾大家舍小家，四处东奔西走，参与完成西岭矿区、曲家矿区、招贤矿区、新立矿区、南吕—欣木矿区、焦家望儿山矿区、新城矿区、沂南金场矿区和内蒙古柴胡栏子矿区的钻探施工，完成钻探工程量两万多米，取得了非凡的成就，为黄金地勘公司经济发展提供了坚实的技术支撑。

生态文明建设让黄金地勘公司进入“新长征”

绿水青山就是金山银山。党的十九大报告提出，人与自然是生命共同体，要加快推进绿色发展。作为实施绿色勘查的第一责任人，我认为自己是重任在肩、义不容辞的。因此，我提出了摒弃以往“先破坏后治理”“找矿成果至上”的传统勘查观念，主动扛起绿色勘查大旗，在全面构建生态文明、建设“美丽中国”的大背景下，积极响应国家号召，提前谋划，率先行动，探寻地质勘查的“绿色路径”，最终走出了一条生产发展与生态保护双赢的“新长征”。

一开始发展绿色勘查，我也是一头雾水，摸不清门路，也没有任何可借鉴的经验，只能摸着石头过河。我多次与各勘探单位沟通与交流，探讨绿色勘查实施办法，查阅《中华人民共和国矿产资源法》《中华人民共和国环境保护法》《中华人民共和国水土保持法》《中华人民共和国环境影响评价法》《中华人民共和国环境噪声污染防治法》等国家法律法规三十余部，编制了符合国家要求的绿色勘查建设规划、绿色勘查技术规范等文件，成功实施了公司所属各机台的绿色勘查。

在绿色勘查过程中，通过不懈努力，我们取得了较多的技术成果，如对所使用的XY-6B型钻机进行变频节能改造，降低能耗20%以上；研发出了变频启动控制柜，变频控制范围涵盖机台现场使用的主要设备，节能效果达25%以上；采用可循环利用的玻璃钢材质，对钻井液循环系统进行技术革新，采用多级沉淀设置，流出冲洗液再次循环前岩粉含量降低 68.75%，从根本上消除了传统钻井液循环系统的弊端。

山东省自然资源厅在中期验收时指出，黄金地勘公司的绿色勘查项目技术领先、措施得当、管理规范、资料完善、成效显著，达到了绿色勘查工作要求，其绿色勘查模式具有示范引领作用，值得进一步推广和应用。

新时代，我将继续以习近平新时代中国特色社会主义思想为指引，牢固树立“四个意识”，坚定“四个自信”，坚决做到“两个维护”，当好新思想的践行者，当好山东黄金资源“做优做多”的先行者，胸怀“地勘梦”，整装再出发，敢于担当，勇于创新，开拓奋进，不负韶华，只争朝夕，以集团“十四五”发展战略为依托，走出一条别具特色的地勘企业发展之路。

绿色勘查鸟瞰图

目睹“巴理克”

□徐建新　山东黄金集团有限公司人力资源部

巴理克公司作为当今世界最大的黄金公司，无疑是一个让“黄金人”心驰神往的地方。“巴理克”，一个金光闪闪的名字。近日，我有幸随团到巴理克公司总部及其所属赫姆洛金矿考察，双方相互尊重、坦诚相见，正如山东黄金董事长陈玉民所说：“作为两家集团企业之间的考察交流，这是我所历所闻中最详尽、也是最深入的一次，足显‘巴理克’对山东黄金的友好与重视。”

文化缘本相似

有缘万里常相会。在欢迎致辞中，巴理克公司中国区总裁李雨灿动情地说：“在过去 9 个多月的时间里，两大黄金公司高层互访多达 9 次！对于长远合作伙伴关系的建立，这显然是一个美好的开端。双方相融相通，友情与日俱增，一个很重要的前提就是‘两家企业文化的相似’！”李雨灿的话引起现场人员强烈的共鸣。

在巴理克公司，被誉为核心法宝的就是“合伙人文化”。上升到文化层面，“合伙人”就不仅仅是指股权持有人了。我们注意到，与社区、合作伙伴，以及分布在 17 个国家的同事们交流时，“巴理克人”

喜欢言必称“咱们的矿山”，目标就是“大家共同直面问题、分享收益”。“巴理克”也把自己定位为“一家共同所有的公司”。

为了打破时空限制，巴理克公司正在尽可能大地推广员工持股计划，而且每周都要在固定的时间召开集团视频会议，世界各地的同事齐聚一“堂”，通过及时、频繁地交流，提升效率、降低成本、凝聚感情。为了打破阶层限制，集团高层与员工适时互动，展开价值与愿景的沟通。考察期间就有一个形象的例子：交流会上，巴理克公司首席运营官 Richard 面对正装出席的与会人员，对自己的一身工装做出这样的解释：“因为马上要参加视频会议，我要让基层的同事看到我们是一样的，没有什么不同。”为了打破技术隔阂，巴理克公司通过网站等现代传媒及时推送包括战略理念在内的各类信息，特别是一些适时的技术参数。例如，矿山水质的 24 小时监测信息即时向社会公开。他们的理念就是，如果出现问题，也是通过自己主动发布的，而不是源自他方检举或质询。

所有这些，与山东黄金秉持的“公正、开放、诚信、责任、包容、和谐”的价值理念，努力实现“让尽可能多的个人和尽可能大的范围因山东黄金集团的存在而受益”的理想目标何其相似！更为异曲同工的是，巴理克公司新近推行了“让矿山所在社区的孩子每人拥有一台笔记本电脑”“让社区低学历成年人完成高中教育计划”的项目。这些具体案例，与山东黄金完成的为矿山驻地小学捐赠学习生活物资、为莱州驻地村镇百岁以上老人每人敬献新年礼等事项如出一辙。

至于两家企业都坚持在矿区植树造绿的生态之举，早在巴理克公司董事长桑顿考察三山岛金矿和黄金海岸时，他就已会心赞许，认为“山东黄金　生态矿业”堪称矿业界的一张名片，在全球拓展合作中，山东黄金可以成为领军力量。

巴理克公司员工相约一起拿起山东黄金的文化宣传品拍照留念

战略需求合作

富有战略追求，注重全球影响。巴理克公司非常看重自己的核心资产——黄金矿产资源，视美洲大陆的资源为核心中的核心。同时，巴理克公司又非常清醒地认识到自己"并非无所不能"。桑顿董事长在近期的国际矿业会议上明确提出，"巴理克"要向优秀的企业学习，要与优势的企业合作，其中就提到了山东黄金。

交流会上，巴理克公司首席运营官 Richard、首席财务官 Catherine · Raw 都一再强调说："虽然现在巴理克公司还会在需要时以合理的价格出售资产，但已不再是出于市场的压力、债务的压力，而完全是出于战略的考虑。"他们的五大创新领域之一就是繁荣伙伴关系，即通过与优秀公司、社区和政府的合作，创造可持续的繁荣。其中提到，在由更为普遍的露天开采转向井下开采的过程中，巴理克公司将有能力采取改变传统采矿模式的深层次战略，包括与山东黄金这样富有井下开采经验的公司开展形式多样的合作。我们注意到，巴理克公司的三大创新焦点之一是“最好的合作伙伴”，PPT 上显示了一个以多国国旗为图案的地球仪形状的图例，其中，中国国旗处于居中的位置。

交流时，巴理克公司的6位高管及他们的团队都提到了“放眼未来”，眼光要远观100年，提出要预见50年后的巴理克公司会在哪一个位置。明确的战略方向背后是清醒的战略意识：一个公司、一个部门、一个人是不可能做到这些的。从他们的口中，我们领会到了一个共同的词汇——合作。除了对外合作，还有内部的合作，如：通过充分授权，甚至是绝对的权力，打造最好的计划执行人——矿长；通过频繁沟通，明确要求不同部门、矿山有责任在第一时间进行经验分享，特别是发现别人存在的问题时；通过绝对系统整合，实现业务的每一个触角配套联动，推动创新。

细节彰显尊重

细微之处见真情。考察交流期间，无论是在巴理克公司总部还是在矿山，无论是在慕名而去的路上还是在身临其境的过程中，我们的内心都深为“巴理克细节”所折服。真诚换得真情，实力赢得尊重。感动于“巴理克细节”的同时，我们也不禁感慨于山东黄金的品牌荣耀。

下机伊始，两位华裔的翻译便主动上前招呼，那份“恭候多时”的热情最易融化远涉重洋的人心。在车上，她们一边发放日程表，一边介绍说车子是巴理克公司专门为我们包租的，请我们留心记好车牌号码。日程表上，“山东黄金＋标识”与“巴理克公司＋标识”的组合图案，一下便抓住了“山金人”的眼球。步入巴理克公司总部大厅，中国国旗在三面旗中格外瞩目，令我们倍感亲切。落座会议室后，会议桌上配有与日程表同样组合图案的胸牌，让我们一行人注视良久。

西方人的简洁与直率，让还在倒时差的我们有点应接不暇：原来，

6 位高管及他们的团队轮番上阵做交流介绍，早已按时间顺序排好了日程。为确保无缝衔接，下一组提前入场，甚至与上一组同时抵达。而且根据不同的专业熟悉程度，竟有 4 个翻译。更为贴心的是，每一组介绍专用的 PPT 都是中文版的。

分乘两架 7 人座专机前往赫姆洛金矿考察时，我们一行 6 人与翻译所乘飞机明明早一步起飞，落地时却发现乘另一架飞机的巴理克公司陪同人员早已到达，并已经与前来迎接的矿长沟通妥当。在矿山更换工装时，我惊喜地发现我们的名字都已贴在了更衣室的衣柜上，按图索骥，衣、帽、靴的型号大小都是我们在国内时就已沟通好的。虽凌晨 4：30 起床，行程历时 3 个多小时，但所谓“劳顿”却因这份“周到”而消弥，穿着一新之后，大家禁不住在贴有自己名字的衣柜前拍照留念。

更难能可贵的是，为照顾我们一行人的口味，对方在巴理克公司总部和矿山还分别安排了中式工作餐，虽是盆装的五六样家常菜，却也标注了诸如“麻婆豆腐”等菜名。会议室变为聚餐厅，不同肤色、不同语种的一群人或站或坐，边吃边聊，感受着异国的风情与温情。

相知自然坦诚

惺惺相惜，坦诚相见。如果仅仅是礼节上的周到与接待上的热情，自然不足以支撑文中开篇时陈玉民董事长的那一论断。从巴理克公司总部到矿山，交流准备之充分、解疑释惑之细致、参观介绍之深入，莫不让人体察到“有朋自远方来”的喜悦，大有相见恨晚之感。

执行副总裁、人力资源总监 Darian · Rich 言犹未尽，对前来等候的下一轮同事说：“我很抱歉，恐怕要占用你们的时间了。”因为日程满、介绍的人多，大家都一致同意午餐就在会议室进行，饭后接着开始。有时，对于一段话，甚至是一个词的翻译，几名翻译相互提示、补充、修正，李雨灿总裁甚至也加入其中，用英文和中文与两边反复沟通，最终确定了大家都认同的意思，力求“信、达、雅”。

首席运营官 Richard 因为赶着参加每周一次的视频会议，没来得及与我们互动交流，就主动约定时间请大家到视频会议室参观。面对巴理克公司世界各地的会场镜头，我们原本以为只需沉默静观，谁知 Richard 先生主动向各分会场介绍了中国山东黄金的来访，并请陈玉民董事长与他们进行视频交流，好客之情溢于言表。

在全覆盖式支护的矿山井下，也远不只是参观一两个作业现场、点到为止，而是“点多面广”，同时还能现场实际操作：打眼、通风、铲装、运输。大家在噪声和烟尘中探讨和交流问题，对方还细致询问山东黄金与他们的不同及经验。同行的同事彭辉、姜文鑫分别用专业录像机和手机进行全程录像，边录边感慨不已：一是没想到对方会让录像；二是没想到能录到真实的作业场景。

神会方有灵犀

“心有灵犀一点通”只有在能够心领神会的朋友之间才能做到。9

个月9次高层互访，双方交往时间虽然不长，但程度可谓颇深。企业高层之间如此，未能谋面的双方员工神会已久，想必亦是如此。

我们此行带去了集团宣传折页、《山东黄金报》、附有团队形象等内容的工作日志本、载有集团宣传片和集团之歌的优盘。面对报纸和日志本，巴理克公司员工虽然看不懂文字，但仍然饶有兴致地阅读了一番。看到我要拍照，虽没有翻译，但他们有的赶紧煞有介事地端坐起来，有的继续投入阅读，有的还主动相约排成一队站到他们的标识前面积极配合。高级副总裁、首席可持续发展官 Peter 还提出让我用双手展开日志本中团队形象的那一页，为我拍照留念。曾在中国从业3年的 Tyler · Go 风趣活跃，说因为不方便现场听山东黄金的集团之歌，希望我能当面唱给他听一听。

语言有时也是苍白的，更何况分属不同的语种。相处一段时间之后，彼此的沟通似乎已无须语言作为媒介，一个眼神、一个表情也就够了。在井下现场，做几个手势，就大概明白了彼此的意思。看到秘书长 Kathy · Sipos 有一个刻有企业文化内容的工作牌，我仅是多关注了几眼，她就特地取来一个相赠于我。这一幕幕场景，或定格为方寸影像，或存留于脑海心间，温馨而又灵动，让人经久难忘。

在巴理克公司的时间虽然短暂，记忆却深刻而美好。“巴理克”不仅是世界第一大黄金公司，同样也是一个让人由衷尊重的企业。最好的矿工、最好的合作伙伴、最好的平台，这是她创新的焦点，也是世人关注的焦点：她尊重人才，以至“迷恋人才”，与员工一起成长；她尊重合作伙伴，坚持“透明共赢”，与伙伴一起分享；她珍爱平台，致力“绝对系统整合”，追求艳冠群芳的效果。曾有这样一句流行语：能走多远，看与谁同行。在“争做国际一流，勇闯世界前十”的征程中，与“巴理克”这样的公司实施战略合作，山东黄金无疑做出了正确的选择。

老矿山里的新鲜事

□宋晓庆、张会明　山东黄金矿业（沂南）有限公司

20世纪90年代末的改革让国有企业发生了脱胎换骨的变化。随着新时代的到来，国有企业迎来了新的挑战和机遇。山东黄金矿业（沂南）有限公司（以下简称“沂南金矿”）这座拥有60多年历史的老矿山，也紧跟山东黄金的“十三五”战略目标，在寻求可持续发展的道路上不断探索，用新鲜的管理元素大刀阔斧地推进改革，引得一方源头活水来。同样与改革同向同行的，自然也少不了老矿山里的那些人、那些事……

矿上有了“万元户”

20世纪90年代，“万元户”是一个让人羡慕的字眼。它既是财富的象征，更是改革开放的见证。现如今，在这个“百万元户”“千万元户”都不足为奇的新时代，沂南金矿却又出现“万元户”，还引起不小的轰动。这是怎么回事呢？

原来，沂南金矿新班子成立以后，大力推行“机械化换人，自动化减人”的策略，淘汰落后产能，实现机械化作业，发出有史以来第一张铲运机工、凿岩工“招聘令”。7位有着多年一线工作经验的矿工作为第一批“吃螃蟹”的人，成为沂南金矿首批招聘上岗的铲运机工和凿岩工。这个措施表明沂南金矿破除旧的工资制度，实行量价考核这一新

的分配机制，7 位应聘矿工要去“挣”工资了！这在沂南金矿的发展史上可谓首创。

新招聘的技术能手个个务实能干，自行管理能力超前。为了提高劳动效率，他们实现两台铲运机在同一矿房连续作业。在强化安全排查、调整好工作时间的情况下，大家主动加班，连续作业，既做到了作业现场随时掌控，又确保了采矿、出矿互不交叉，各项工作节奏加快，出矿量不断刷新纪录，开创了沂南金矿井下机械化作业的新局面。2019 年 10 月 29 日，沂南金矿铜井分矿的 9 月份自营矿石费用分配表显示：4 位凿岩工、3 位铲运机工的当月收入均超万元，沂南金矿一个月出现 7 个“万元户”！

这是沂南金矿对所有分矿实行内部承包经营后结出的第一颗硕果，也是彻底打破大锅饭、“多劳多得”释放的政策红利。让我们一起听听用劳动赢得幸福生活的矿工们的心里话吧！铲运机工刘余枚说：“这是

幸福是奋斗出来的

我工作35年来第一次一个月拿到这么多钱。汗水没有白流，这是靠劳动换来的，我心里特别高兴，矿上的好政策让我们尝到了甜头！”

和国有企业做生意的个体户

国有企业还有个体户？这是毫不含糊的实事。个体户在哪里？在沂南金矿劳动服务中心。他们怎样和企业做生意？在原有机修厂职能的基础上，开拓内外两个市场，自食其力，自负盈亏。这一切听起来是不是很让人向往？可通往成功的路途却没那么顺利。

身份突然转换，机修厂的员工变身“个体户”，他们的心态和工作都不太适应。他们满怀希望地请矿上拉一把、送一程，得到的回复却是“一天也不扶不帮，直接推下海”。带着对领导的抱怨和生存的压力，他们不得已走进民营企业的厂房、个体老板的车间、家庭作坊的现场。一圈转下来，接触的所有老板对领导的决策竟是一致的“齐声赞”。他们这才认识到自己的不足——一直以来靠在国企这棵大树上，使他们理念陈旧、思想保守、信息技术落后，已经让时代抛得很远了，真的需要逼自己一把了！

行动是最好的开始。外面的世界让他们放下了心中的抱怨，重新开始自我定位。“拓宽内部保收入，寻求外部谋发展”，尽快在矿内市场实现更广的创收区域，保障员工收入是当务之急。于是，每月全勤、加班加点就成了家常便饭；原来许多加工件工作能干不愿意干，现在是不能干想办法干；原来生产单位自己送货自己拉走，现在随时为生产单位拉货送货……意识的转变让他们有了角色转换后的全新体验，也让他们看到了市场化中的无限商机。

在充分借鉴民营企业的管理理念的基础上，劳动服务中心开始寻找技术合作伙伴，毕竟现有的装备和规模是不能满足竞争激烈的市场的。

经过谨慎的选择，他们与沂南一家机械行业的民企成功“握手”。利用合作方的技术、先进设备等优质资源，与矿山的安全生产充分融合互补，开拓出一片崭新的天地，其中最大的受益者就是员工。2020 年 4 月，有 4 名组长的收入过万元，这在以前是想也不敢想的。没有当初的政策，就没有如今的万元个体户，更不会蹚出一条改革创业的新路子。原来，走出去，世界那么大！我们真的都要去看看。

隐患查改市场化

隐患查改市场化，这又是一个什么概念？这是沂南金矿推出的一种新的安全管理模式，目的是彻底改变安全管理中“应付、凑合、糊弄”的现状，扼制安全事故发生的根源、苗头。

隐患查改怎么和市场化关联起来？首先要设置安全专管人员。安全专管人员应聘上岗，他们的收入和查出的隐患挂钩，隐患按等级分类，辅以金额不等的收入。他们查出的隐患级别越高、条数越多，收入越高。那么问题来了，如果有人为了挣钱随意多开罚款单，甚至同一类安全隐患要分成好几条怎么办？办法有的是。每查出一个隐患，安全专管人员要找到违章人员签字，罚款单方可有效。这样便有效杜绝了一直以来安全罚款“随心所欲”的问题，也彻底解决了安全管理只是例行公事、下去走一圈完成罚款指标应付了事的情况，大大提高了安全专管人员的积极性。对此，在隐患查改工作中一直稳居第一位的高则金深有体会，他说：“要想让职工被查得心服口服，需要很强的专业技能水平，这样才能让他们签字，进而增强安全意识。”这就证明了隐患查改完全可以市场化，并且充分调动安全专管人员的工作积极性和主动性，为他们更有效地监督工作中的安全隐患提供一个安全和谐的工作环境。

您瞧，市场化的魔力就是这么大！这只是冰山一角，真正做到“四两拨千斤”还需要用解放的思想、发展的眼光和创新的理念来实现。这正是“改革春风吹满地，国企老矿焕新意，思路一变天地宽，干部职工笑开颜”。随着“十四五”大幕徐徐拉开，老矿山里的新鲜事会越来越多，改革永远在路上！

只要跟着风走

□奚凤群　山东黄金集团有限公司全面深化改革办公室

人生四季，多数人都爱春天。一缕春风轻轻拂过，世界便如愿迎来姹紫嫣红。于我而言，生命也总是在春天重新启程。仿佛只要跟着风走，心之大树就能在人间四月里蔚然成荫。

2016年3月16日，春天刚刚苏醒，我便幸运地成为山东黄金推进深化改革工作的一名“新兵”。前一天，我还和同事们在莱州新城金矿参加集团企业文化示范单位现场验收会。转眼之间，再接到的工作任务却是学习研读国企改革政策文件，对集团“十三五”深化改革专题规划提出修改意见。

国企改革、体制与机制、抓经济与抓党建、国有资本……除了对新岗位怀有满腔热情，与改革相关的一切我知之甚少。但我始终坚信，“门外汉”只要肯钻研、善思考，也能在最短的时间内成功挑战自我。

我读到的第一篇与改革相关的文章是陈玉民董事长在2016年3月12日召开的集团深化改革工作会上的讲话稿。那次会议是山东黄金进入“十三五”新的历史阶段、深化国有企业改革进入攻坚时期的一次标志性会议，也是积极适应经济新常态、改革新要求、管控新需求的一次重要组织性变革。董事长强调，“十三五”是一个非常重要的时期，山东黄金要按照“两个走在前面”的要求，加快深化改革、转型升级的步伐，早日迈入全球黄金矿业综合实力前十强。面对新形势、新任务，董事长也坦诚地说，集团改革已经进入“深水区”，剩下的基本上都是“硬骨头”。

董事长的讲话犹如一道明亮的光，引领我叩响并走进深化改革的大门。虽说我对深化改革的一切还有些懵懂，但已然明确了集团深化改革的目标和方向，懂得了改革任务之急、责任之重、前行之艰。由此，我也体会到了被信任、被期待、获得更多持续成长新机遇的幸福感。董事长说，集团的改革要盯住目标，攻坚克难，一件一件落实好改革举措，不达目的誓不罢休。董事长还说，我们只有在改革进程中，不断发现问题、揭示问题、分析问题、解决问题，才能不断取得进步……我将这一切认真记下，告诉自己要知不足而后进。

就在这样的认真学习和反复研读中，我的心头突然一震。早在2016年1月13日集团召开党员代表大会暨“十三五”规划启动大会时，董事长就对编制集团“十三五”规划做了说明，强调集团“十三五”的战略目标是“争做国际一流，勇闯世界前十”，并对人才管理和选人用人、深化国企改革、走国际化发展道路、实施创新驱动战略、安全生产与生态矿业建设、企业文化建设、共享发展成果、全面加强党的领导等重大问题进行深刻论述，这标志着集团的改革发展箭已上弦。然而，已是两月有余，直至我真正参与到深化改革工作之中，我才清醒地意识到，一直以来，我只是满足于埋头在本职工作之中，满足于被激荡的洪流推着向前，却从未将“小我”作为“集体”的重要组成，从未用“第一人称”去思考、去变革，我不就是董事长在深化改革会上指出的“上冷下热”问题的典型注解吗？

春天，适宜万物生发。如此幸运，我就是在这样的节点、这样的心路历程中成为一名紧随集团改革发展大潮的执行者。到岗第二天，也就是2016年3月17日，新华社授权发布《中华人民共和国国民经济和社会发展第十三个五年规划纲要》。纲要明确指出，要坚定不移把国有企业做强做优做大，培育一批具有自主创新能力和国际竞争力的国有骨干企业，增强国有经济活力、控制力、影响力、抗风险能力，更好地服务于国家战略目标。这一目标志向高远、方向明确，为包括集团在内的大型国有骨干企业指明了“十三五”发展的目标和方向。因为突然的觉醒，我的心中已有风帆涨起，我也仿佛一下子被推到巨人的肩膀上。因为站得高，自然便望得远，我真正体悟到了全面深化改革办公室的重要职责。那便是做好“上”与“下”的呼应联动，将集团党委的宏观思考和顶层设计通过最具系统性、整体性和协同性的改革方案落实落地，将高层的运筹帷幄变成基层的改革创新，也通过基层的实践创造完善集团的政策主张，不断把改革引向深入，将“十三五”战略目标变成集团实实在在的发展成果。

正因如此，我也清醒地意识到自身专业知识的局限。如果说“改革”是具有建设性、生产性的“行动”，政策和法规是一切行动的保障，源于实际的自觉践行更易事半功倍。只有理解好、学习好、把握好相关政策法规，真正了解自身需求和实际问题，才能做好相关标准、方案的制定、引导和控制，才能为集团的改革发展开拓路径。

就这样，我全身心地投入工作中，一个又一个新的任务接连而至——混合所有制改革、主业资产证券化、现代企业制度建设、改建国有资本投资公司、公司制改革……这些与改革密切相关的重要举措加快了集团“十三五”的发展步伐。进入状态要快，工作效率要高，协作配合要好，重点抓得要紧——这是领导对我们提出的“参与好集团深化改革工作”的具体要求。我没有时间犹疑，不待扬鞭自奋蹄。

如果说“在路上”是挑战的最好状态，也是成长的最佳路径，那么，幸运如我，这五年，我一次又一次行进在学习借鉴的路途之中。

北京的秋、上海的夏、昆明的春……各自美得炫目，让人体味不同。跟随领导去这些城市的改革先行企业调研考察、交流学习，跳出政策文件再看成功企业的改革经验，虽说终极目标一致，但因选择的道路不同，所看到的风景也完全不同。原来，墨守成规从来不是深化改革的良配，开拓创新才能更好地践行使命。我很快便将这一心得应用到集团系列改革方案的谋划之中。

为了能够获得更多贴近集团实际的改革创新成果，我也一次次深入基层调研。无论是青海、内蒙古，还是海南、甘肃，我虔诚地将基层当作改革创新的“富矿”所在，努力寻求字里行间难以找寻到的“真知”。这样的行走让我看到更多更真实、更丰富、更有趣的风景，也认识和熟悉了更多爱岗敬业、内心丰富的同事。更重要的是，我看到那些曾被我视作概念的深化改革的关键词已经在集团的各个层面落地生根，也在每一位同事的心中长成参天大树。

春种秋收，天道酬勤，时间是最好的见证。这几年在领导和同事的指导和帮助下，我这个“门外汉”慢慢成长为改革的“行家里手”，对所有与国资国企改革相关的政策文件都已了然于胸。我积极致力于“双百行动”、现代化企业制度建设、“倒计时”改革、改建国有资本投资公司等转型升级与开拓创新方案的筹划与落地，成功甩掉了“制度惯性”与“路径依赖”，从“要我改”变身“我要改”，切切实实以最好的状态、最高的效率、最强的配合做到了为集团的改革出谋划策。

写到这里，突然间便想起初到全面深化改革办公室工作时，我呈交的第一份材料被部门领导用修订模式改得全篇通红的情形。不过，那还不是最惨的，因为后来又有无数次认真编写的材料被修改得“面目全非”。躲起来痛哭一场是最好的解压方式，但哭过以后就要把头高高扬起，以敬畏之心接受所有的修订。只有这样，距离成长为一名合格的改革执行者才能近一步，又近一步，更近一步。今天的我仍会有无数份认真写好的材料被修订得全篇通红，但窘迫却早已不在，因为我明白敬业更要专业，想要攀爬高峰，就要学无止境。

经济学家厉以宁说，改革是建设现代文明国家的必由之路，没有捷径可言。这几年的探索和成长让我深深懂得改革不易，只能在无数艰难险阻中一步一步往前走。2020 年春节，因为新冠肺炎疫情爆发，除了必要的值班领导，所有同事不得不居家办公。但那正是集团加快改革步伐的最紧要阶段，工作任务繁重，攻坚压力巨大，还有开不完的视频会议、写不完的方案材料、打不完的工作电话……省内省外几十家矿山的同事也都因此克服重重困难，为我们的改革工作提供最大的支撑。疲惫是日常，感动是日常，收获亦是日常。集团党委在危机中育新机、于变局中开新局；集团上下所有人始终保持"头拱地、往前冲"的精神状态；非常时期，集团的改革发展步伐全面提速，整体工作呈现良好态势，主要经济指标逆势攀升，圆满实现"双过半"。更让人振奋的消息在 2020 年 6 月 24 日传来，山东黄金梦圆世界前十的目标提前一年实现——这一切都是董事长《议"山金"战略》诗中"只争朝夕催快马，甘洒热血谱新篇"的最好诠释。

回首来路，方知去处。历经"十三五"时期的砥砺前行、不懈奋斗，今天的集团已经站在"世界前十"这一新的历史起点上。尽管成就辉煌，但前方还有一座座山峰需要翻越，还有一个个险滩等待跋涉。我们要心之所向、行之所往，继续沿着"做强做优做大"的发展路径阔步向前，始终秉承"追求卓越 创新进取"的企业精神不断突破，争取创造更多奇迹，早日与"致力全球领先，跻身世界前五"的未来紧紧相拥。我们坚信，只要有阳光，有雨露，有吹遍大江南北的风，春天的种子就能长出无限可能。

陪你走过“十三五”

□曲晓鹏　山东黄金矿业股份有限公司新城金矿

我是山东黄金矿业股份有限公司新城金矿（以下简称“新城金矿”）一名普通的宣传员，于 2014 年进入新城金矿工作，于 2016 年走上宣传岗位。担任宣传员的这 5 年，我聆听着奋斗的号角，欣赏着拼搏的背影，感受着同事的喜悦，用笔和镜头记录着矿山的点点滴滴，见证着矿山的历史变迁。很荣幸，我是这历史的记录者。当我的时光同集团发展的时光一同流淌，当我的脉搏同巨人的脉搏一同跳动，很庆幸，我是这历史的参与者。

流淌的时光

刚到新城金矿时，我在井下实习。第一次下井时由于太紧张，只记得橘红色的工作服在井下非常扎眼。我的第一份工作是修理斜坡道——在道路的两侧挖出水沟，沿着弯曲的道路一字排开，再将坑洼路面重新铺平。这项工作我一干就是 30 天。我清楚地记得，我的第一个月工资是 3300 元，其中 3000 元是基本工资，300 元是加班费。

实习结束后，大家被分配了岗位，有的去做井下运输，有的去做井下凿岩、碎石、排险。我被分配到了提运车间，成了一名拉矿工，还有了师父。师父当年 50 岁，是拉矿的好手。他已经在这个岗位上工作了近 20 年，不仅是车间拉矿量的最高纪录保持者，还是安全行驶的最高纪录保持者，20 年间无一起安全责任事故。刚开始“以师带徒”时，工区长问我们新来的谁还不会开车，我举起了手。当其他人都被挑走时，师父走到我身边，笑着说道：“看来这个笨徒弟是留给我的。”那一刻，我知道，和师父一起并肩作战的日子就要开始了。

新城金矿提运车间主竖井

2015 年，盲竖井进行了升级改造，提升能力由每天 3000 吨升至每天 4000 吨。我们工段是承接盲竖井运力的主要工段，“怎样将多出的矿量运走”成了工段上最棘手的问题。最开始，我们想的方法很简单——再加一辆机车。因为矿车一次能装 30 吨矿，我们的平均运输量是每天 12 趟，师父一个班次最多可以运 17 趟。不过是多加一辆机车的事，大家也没把这个问题当回事儿，正所谓“兵来将挡，水来土掩”，既然运力增加了，那就多加机车。

然而，实践是检验真理的唯一标准。在实际操作过程中，现实情况让我们知道了什么叫“理想很丰满，现实很骨感”。由于放矿和倒矿时间的限制，多加的机车根本就发挥不了作用，等待的时间比运输的时间还长。而且多加一部车后，维修时间加长，不仅耽误了运输，还增加了成本。在推翻了无数的方案后，师父把目光投向了我。他笑了笑，那一刻，我知道，和师父一起攻坚克难的时候到了。

在接下来的日子里，我和师父丈量着硐室的每一条钢轨，打量着井下的每一辆矿车，比对着一大堆电器、机械的材料。经过多个日夜的反复测量，我们将同尺寸的矿车集中到一起，又在每个停车装载区域画好标线。经过反复试验，师父的“标准化”机车上线运营了。第一天试运行，师父跑出了一个班次 21 趟的成绩，我跑了 20 趟。恰逢矿山推进内部市场化改革，大家按实物作业量拿工资。我清楚地记得，那个月，我和师父都拿到了 7000 多元的工资。那一年，我们车间获得“管理创新奖”。

镜头中的岁月

赶上矿上组织竞聘，我在 2016 年年初走上了宣传岗位，开始用笔和镜头记录岁月的变迁和矿山的发展。

2018年下半年，我和师父在井下不期而遇。他将机车停在前面，等待后面的放矿机放矿，放矿机旁边却没有人。我走过去笑着对师父说："师父，让我再给您放一次矿吧。"本想他老人家会很感动，可接下来的一幕让我赞叹不已。"一边去，我就是放矿工。"说罢，师父拿出遥控器，看着眼前的显示器，轻轻一按，放矿开始。那时的他，最高拉矿量是一个班次24车。

2017年至2019年，我采访编写提升系统自动化专题、排水系统自动化改造专题，最令我难以忘怀的是井下碎石机远程操控系统建设。曾经8台碎石机需要32名工人。碎石工作是全矿工作环境最恶劣的岗位，我每次下井给工人拍照时，镜头都是一片模糊。智能化改造后，操作工人减至8名，岗位从井下搬到了井上。随着集团的稳步发展，这样的例子还有很多。越来越多的井下岗位被合并或取消，取而代之的是各种自动化设备，看着在井下工作的兄弟转到井上，我们翘首以盼的良好的工作环境正在一步步变成现实。

凡是过往，皆为序章。2020年是集团"十三五"战略收官之年，这一年我们完成了新城金矿党建工作宣传片、绿色矿山宣传片、无尾矿山宣传片的拍摄工作。一组组镜头展现出了五年来员工精神面貌的变化、矿区环境的变化以及发展理念的变化。五年来，"山东黄金　生态矿业"的品牌形象更加具体，废水综合利用、尾矿综合利用、废石综合利用、资源综合利用等工程纷纷建成。我用镜头记录了尾矿如何变成高楼的建筑材料，记录了废石如何变成宝贵紧俏的资源，也记录了同事的工作与生活如何一天天变得更加美好。在以后的日子里，我依旧会用镜头记录新城金矿的成长与繁荣。

2016年年初，我第一次开着自己的车上班；2018年10月，我们家老二呱呱坠地；2019年年末，新城金矿员工的平均工资超过了12万元；2020 年年初，很多三十出头的年轻人都在规划着自己更加光明的前程。“未来可期”这四个字在新城金矿从来不是一句空话，一切都是有迹可循的。

2021 年是师父即将退休的一年，也是我来到新城金矿的第 8 年，看着新的智能运输系统一步步升级换代，师父与我都在翘首以盼更好的佳绩。“十四五”期间，希望集团“更上一层楼”！

青春在“山金”绽放

□付晓　山东黄金电力有限公司

从花样年华到即将三十而立，我一生中最美好的青春年华与山东黄金的“十三五”相逢相伴，碰撞出热烈精彩的火花。当我踏上山东黄金“十三五”的时代专列时，我已是一名有着近两年工作经验的助理工程师，故事就从此刻开始了。

瞄准目标，快乐出发——始发站 2016 年

2016 年是山东黄金“十三五”规划的开局之年，也是山东黄金“争做国际一流，勇闯世界前十”的起步之年。在这一年，山东黄金电力有限公司（以下简称“电力公司”）紧跟集团战略规划和发展目标，以内控体系建设为总抓手，学习借鉴先进电力企业的管控模式、方法，结合公司实际，重新修订完善了公司“十三五”发展规划，为之后工作的开展提供了坚实的基础。同时，为确保规划目标落实落地，电力公司努力克服受经济环境影响供电量增幅放缓等困难，根据供电负荷的变动情况，及时调整运行方式，降低基本电费的支出，提高电能利用率，使线损率、供电可靠性等指标始终保持在同级电网前列。同时，电力公司紧跟电力市场改革步伐，成功实现了与银东直流跨区直购电交易，为电力公司博

得了山东省跨区电力交易的头彩。

2016 年，为了增加知识水平，提高工作能力，我进修了电气第二学位，学习了很多理论知识，参与了很多项目工程，包括黄金三站 #2 主变增容改造工程、新建 35kV 箱式变电站、小电流接地选线系统的安装工程等。在小电流接地选线系统安装调试的关键时期，我和同事天天跟着厂家技术人员跑现场。时值盛夏，一瓶矿泉水、一盒藿香正气水、一副白手套、一沓图纸就是我们全部的装备。我们顶着烈日，穿着密不透气的工作服，奔波于各个变电站和机房之间，蹲在设备旁研究图纸。通过我们每天的辛勤工作，电力线路小电流接地故障快速选线系统顺利运行。该系统的运行对提高黄金电网运行的可靠性、矿山用电的稳定性，以及电力用户的安全效益、经济效益，具有重要的理论价值与工程意义。看到系统的顺利运行，我感到自己的付出没有白费，这让我更加明确了个人和团队协作的价值，也更加确定了自己以后工作的前进方向。

奋斗旅程，一路风景——途经站 2017 ~ 2019 年

2017 ~ 2019 年，集团“十三五”发展进入提速阶段，电力公司加快推进企业改制，促进企业转型升级。为尽快通过改制上市激发企业的发展活力，促进公司进一步做大做强，电力公司制订了详细的改制方案和工作计划，对公司进行非公司制企业改制，将电力公司由全民所有制国有企业改制为集团 100% 持股的有限责任公司。另外，公司电力四级承试升级为三级承试电力业务资质，成为山东省电力安全一级标准化达标企业。此外，公司还获得了国家能源局山东监管办公室颁发的省内首张供电类电力业务许可证，结束了多年来无供电许可的历史。这是新一轮电力体制改革以来，我省企业获得的首张供电类电力业务许可证，为企业今后的合法经营提供了保障，具有划时代的意义。面对日益激烈的售电侧市场竞争，公司正式进入售电市场，为今后拓展业务空间、培育新的利润增长点做好了准备。经过这几年的改革、创新，公司不断发展，不断壮大！在“十三五”规划中，我们乘风破浪，越战越勇！

那时的我有幸当选了党支部宣传委员。从 2017 年 9 月党支部改建以来，我们努力完成公司各项党建工作。党建工作难不难？我起初认为不难，觉得党建工作就是进行党员管理以及党员组织生活安排。直到有一件事彻底改变了我的想法。我们举行主题党日活动时，我发现党员们对安排的活动没有兴趣。我这才意识到，党建工作不能干巴巴的没有灵魂，也不能冷冰冰的没有人情味。“党建工作归根到底是为党员和群众服务的，必须‘接地气’。”于是，徐书记带领支部班子到所有党员群众的办公室谈心谈话，一方面传达了党委对支部建设的重视以及党建工作的重要性，另一方面了解到了党员对临时组织活动、频繁安排学习、会议拖沓冗长的不满。后来无论是学习、活动还是会议，我们都要求精益求精，更好地为人民服务。我们根据实际情况制订了每周半小时的学

习计划，做好每次活动和会议的准备、讨论、总结工作。通过我们的不懈努力，党员参与支部生活的积极性提高了，支部工作开展得更加有声有色，我们还荣获烟台事业部“创新型党支部”及公司“先进党支部”称号。

在这个过程中，我深刻感受到奋斗的人生最美丽，每一位奋斗者都是值得尊重的。因此，工作中的每一个节点、每一点进步和每一项业绩，都是我人生旅途中一道美丽的风景，令我终生铭记。

精诚所至，成功抵达——收官站 2020 年

2020 年是极不平凡的一年，电力公司在疫情期间不等不靠，及时调整施工方案，围绕集团十项重点工作攻坚清单，梳理确定了电网建设、工程项目、资产证券化等九项公司全年重点工作攻坚项目。公司相继完成了 35kV 莱索站无功补偿、110kV 黄金总站、35kV 电压互感器柜、避雷器柜改造、黄金博物馆箱式变电站等 5 项工程并送电验收；顺利完成光凯 16.5 兆瓦、20 兆瓦光伏变电站并网发电，现每天约有 20 万度清洁能源并入黄金电网；同时基于矿山扩产扩能，统筹谋划了“世界级黄金生产基地建设”新改扩建工程项目相关规划方案设计，以实际行动践行“矿业发展、电力先行”的发展理念。

如今的我已顺利获评电气工程师，并当选为党支部副书记。27 岁，工作 6 年，从一名 985 院校毕业的青涩学生到一名党务工作者、电气技术人员，从一个无忧无虑的少女到一个拥有可爱宝宝的妈妈，无论在工作中还是生活里我都收获满满。回首“十三五”，我的关键词是“学习”和“成长”；展望“十四五”，我希望未来我的关键词是“进步”和“担当”。接下来，我将收拾行装，带上我的知识和梦想与集团一起继续出发，相信下一段旅程会更精彩、更辉煌！

给山东黄金的一封“小情书”

□边雪　锡林郭勒盟山金阿尔哈达矿业有限公司

还记得与你初识，是在男朋友的入职通知书上，“山东黄金”这几个字让人激动不已。刚刚入职还在实习期的男朋友周末回来看我，得意扬扬地向我介绍他的工作单位。他问我：“你知道我们公司的理想目标是什么吗？”我说了一句“不知道”，便扭过头。他郑重地跑到我面前，一字一顿地对我说：“山东黄金集团的理想目标是让尽可能多的个人和尽可能大的范围因山东黄金集团的存在而受益。”我当时只是奇怪，是什么样的企业，怎样的一种精神，能让一贯桀骜不驯的他如此折服？这个疑问在我入职山东黄金后被彻底解开了。

第一次走近你已是两年后。彼时的男朋友也成了此时的丈夫，他已在你那里工作两年有余了。这两年里，我们的生活发生了很大的变化。丈夫丰厚的工资让我们在当地过上了富足的生活。因为你，我们有了贷款买房的底气。你的企业文化令人信服，丈夫成了你的拥护者，我也顺理成章地成为他“宣传”你的主要对象。关于企业宗旨、核心价值观、品牌形象，我已略知一二，对你的向往和期待又多了许多。一个周末，丈夫说：“我带你去我们公司看看吧。”我满心欢喜，终于要见到你了，心里莫名地激动起来。随着汽车缓缓地驶过一片小树林，你的名字——

山东黄金出现在我的眼前。橘红的底色被翠叶衬托得更加鲜明、艳丽。在门口登记过后，我们进入矿区，一排排整齐的小树为我们开路。它们在风中欢快地舞蹈，用舞姿向世人展示着你“生态矿业”的理念。明亮的宿舍、整洁的办公楼、现代化的调度室让我眼前一亮，原来矿山企业并不都是一排排的板房、黑乎乎的井口，而是可以绿树成荫、鸟语花香。此时，我的心里对你多了几许爱意。

时光飞逝，转眼间四年过去了。因为有你，我们有了自己的房子、自己的车子、自己的孩子，成为“三有家庭”。因为有你，许多美好的事物都在悄然出现。此时，你对外开发的蓝图已经绘就，你的数百名儿女正在祖国各地开疆拓土，为了你“争做国际一流，勇闯世界前十”的“十三五”战略目标披荆斩棘。我的丈夫作为你忠诚的一分子也在跃跃欲试，但总是话到嘴边却不忍说出口。在和朋友的一次闲谈中，我知晓了丈夫的想法。想到你的关怀、你的照顾，我主动找到他说：“你去吧，我支持你！”丈夫沉默了许久，说了句“谢谢”，便开始准备启程的手续。那一天，他独自离开。看着他为梦想坚毅前行的背影，我认为我的决定是对的。

两个月后，我有机会加入你的子公司锡林郭勒盟山金阿尔哈达矿业有限公司（以下简称“阿尔哈达矿业公司”），成了其中的一员。当我真正走进公司的时候，对你、对“山金人”的了解才更为深刻。报到的路上，草原的羊群、蓝天的白云都给了我你在山东省外的模样以无限的遐想，漫长曲折的路途和人迹罕至的草原也让我深刻体会到你远离家乡的不易。经过两天的舟车劳顿，当在草原深处再次看见你的名字——山东黄金时，我的心中激动不已。一样的字体、一样的浪花、一样的橘红，在此时此地除了鲜明、艳丽，更显坚毅、温暖。这是一种他乡遇故知的温暖与欢喜，更是对你只身在他乡辛苦打拼的钦佩和敬意。

当领到那一身橘红色的工装时，我知道从此我有了山东黄金的“身份证”，也在公司前辈的身上明白了这身工装更是一份忠诚和责任。在这里我认识了十年如一日默默坚守的老陈，他从矿区被收购开始就一直坚守在阿尔哈达；来自山东省的对外开发人员唐哥，他是两个孩子的父亲，更是阿尔哈达的安全卫士，“一年到头平平安安”是他最大的心愿，但一贯以阳光笑容示人的他提到孩子时也会泪眼摩挲；大学毕业就到阿尔哈达的小陈，在这里让青春的活力和智慧肆意挥洒，成长、恋爱、结婚，他早已把这里当成了自己的家……

2020 年新冠肺炎疫情期间的返岗复工让我铭记于心，难以忘怀。在疫情严峻的形势下，我接到了很多电话：“咱们什么时候能回矿？再不回去我们的生产任务怎么完成？”“你是不是在公司，我们可以回去了吗？疫情期间我们能为公司做什么尽管说。”“实在不行我们组建个自驾车队吧，既安全又能互相有个照顾”……大家说的不是疫情期间的困难与无奈，而是在询问自己什么时候能回公司，一起出主意、想办法。长期的矿山生活让他们在工作的地方生活，在生活的地方工作，那个远在内蒙古草原深处的矿区早已成了他们的家。国之大难，儿女归家卫家的渴望在每个人朴实的话语里难以掩饰。

置身于你的企业、你的文化、你的精神里，我顿悟了为什么丈夫当时会彻底折服于你，为你不懈奋斗。因为你“三让三不让”的承诺和安全环保“双零”的目标让他找到了安全感和归属感；因为你“德才兼备，举贤任能”的理念让他有了拼搏的希望和动力；因为你“让尽可能多的个人和尽可能大的范围因山东黄金集团的存在而受益”的理想目标让他有了社会责任感和社会荣誉感；因为你的理想、你的精神、你的价值观不只是纸上的文字、墙上的展板，更是融于每个“山金人”血液中的行为和追求。这些都化为了“山金人”在井下艰苦探寻的坚定脚步。

如今，我不再是旁观者，我也光荣地加入了这个团队，成了其中的一员，为你的发展和壮大贡献着自己微薄的力量。请你放心，我将把对你的敬意与爱意融在心间，为你付以青春，付以热血，用自己的努力为你的那抹橘红增添光彩。

——你忠实的追随者

以笔为戎　记录“十三五”

□李艳琼　赤峰山金瑞鹏贸易有限公司

我是一名普通的文字工作者。因为文字，我认识了赤峰山金瑞鹏贸易有限公司（以下简称“山金瑞鹏”），熟悉了山金瑞鹏，见证了山金瑞鹏的发展历程。

2014 年 7 月，一脸青涩的我第一次迈进了山金瑞鹏的大门。“能干宣传吗？”“宣传我没干过，但我会努力胜任这份工作。”与领导简单的对话，就这样开启了我与公司一道发展的奋进之旅。

2016 年，正值“十三五”开篇之年，集团及事业部对宣传工作非常重视，满满的工作热忱、新鲜的工作体验让我每天完成繁杂的综合部工作后，还能时刻保持临战状态，永远冲在一线抓新闻、找素材。正是在这些寻找中，我发现了公司的变化。

历史长河奔腾不息，实践发展永无止境。山金瑞鹏“在历史前进的逻辑中前进，在时代发展的潮流中发展”。从最初的几个员工、一个客户，到今年员工超过 100 人，业务遍布全国各地乃至海外，其中的曲折坎坷、激昂壮阔，唯有自知。

每个五年规划都是一个新的发展起点。站在“十三五”的发展起点上，山金瑞鹏上下形成了一种强烈共鸣。在新时代改革发展的宏大格局中，在实体经济、有色金属市场调整大换血中，山金瑞鹏决不能缺位、失位，而应全力抢位、争位，必须以实际行动践行“用诚信经营的理念，为有色金属行业缔造一个全新的贸易供销商”的初心。

“空谈误国，实干兴邦。”在山东黄金“争做国际一流，勇闯世界前十”的“十三五”战略目标指引下，山金瑞鹏重新确定经营发展方向，朝着一流有色金属贸易公司前进，“稳健经营，立足长远”的轮廓渐渐清晰起来。

我看见，即使底子薄、基础差，山金瑞鹏依然迈着坚毅的步伐，一步步冲破藩篱、缩减包袱，毅然踏上了转型提质的道路。公司切实构筑经营风险防范体系，持续加强清收清欠力度，终于啃下了一根又一根硬骨头，使得一个个“老大难”变成了“活水源”。

我看见，山金瑞鹏尽显国企担当，始终秉持“让尽可能多的个人和尽可能大的范围因山东黄金集团的存在而受益”的理想目标，积极参与爱心慈善、捐助等社会公益事业，努力在企业内部和社会外部释放正能量。

我看见，2020 年新冠肺炎疫情席卷全国，山金瑞鹏在完成“首季开门红”的同时，坚持疫情期间爱心、志愿服务不断档，主动对接园区管委会，成立志愿者服务队，自发捐钱捐物；党员干部更是主动冲在一线，让党旗在山金瑞鹏抗疫战场上高高飘扬。

我看见，党建引领要求落到实处，作风纪律建设得到加强；我看见，党总支核心领导作用开启，党员干部规矩意识显著提高；我看见，支部战斗堡垒作用凸显，经营风险防范能力有效提升；我看见，党员先锋模范作用充分发挥，公司社会知名度不断提高，对外形象持续向好……

这些看得见的变化背后是无私的奉献和付出。

我听见，撇家舍业来到内蒙古又长期不回家的汉子，收到视频对

面传来的浅浅的埋怨和深深的牵挂；我听见孩子们呼喊爸爸时稚嫩的声音和浓浓的想念。

我听见，为公司可持续发展连夜开会确定方案却不觉得累的男人们说想家时那浓浓的鼻音；我听见，同事为开辟优质业务，在驱车途中因车辆刹车失灵而跳车的惊险故事。

我听见，远在海外的员工为使公司业务免受疫情影响，顶着周围上百确诊病例的高压仍然每天坚持在发货一线的感人事迹。

我听见，公司员工因发货需要，8 个年头远在海外没有回家过年，每个年三十都自己煮一碗饺子，在零下 40 度的天气里泪如雨下的奋斗经历。

这样的故事在山金瑞鹏发展的路上还有太多太多，原谅我笔锋拙劣，不能完全写出这份忠诚与责任。

这还是我初识的山金瑞鹏吗？我不禁由衷感叹。党建文化氛围更加浓郁；企业文化环境更加统一；员工变得更加自信，脸上的笑容也更加明丽。只要我们坚定信念，下定决心用力去做，就没有攻不下来的堡垒。2020 年，全国经历了突如其来的疫情考验。人的生命有限，在岗时间有限，在“两个有限”里去看，这场疫情既是一场突如其来的灾难，也教会了我们敬畏生命、珍惜眼前。站在五年规划的交汇点上，面对“十四五”的全面蓝图，光荣的使命在激励着我们，历史的机遇在召唤着我们，风险挑战也在考验着我们。干好当下，向“中国第一有色金属贸易商”进军，是山金瑞鹏的唯一选择。

回顾“十三五”，我们经历、记录、见证；展望“十四五”，我们将继续陪伴、坚持、奉献。

青春之约

□钟晨雪　呼伦贝尔山金矿业有限公司

2020 年 6 月 24 日，铺天盖地的喜报在朋友圈刷屏：一向以“头拱地，向前冲”著称的山东黄金已悄然跃上了全球产金企业第十的位置，提前一年实现“十三五”战略规划的目标。消息传来，“山金儿女”怎能不心潮澎湃、振臂欢呼！

我第一时间把好消息分享给了父亲——这个在山东黄金工作了大半辈子的矿工，他应当拥有这份喜悦。

实际上，我与山东黄金的故事，也得从我的父亲说起。在我童年幼小的记忆里，矿山一定是与“脏兮兮”这样的词划着等号的。孩提时的我几乎每天都看不到父亲，只知道他是一名矿工，每天都要下井。每次我睡眼蒙眬看到的他，不是鼻子灌满灰尘像个泥人，就是浑身挂着冰霜像个雪人。记得有一次我抱怨他：“为什么同学的父亲都能陪他们放风筝、采野花，我却总是在等你回家呢？”父亲蹲下来，把我拥在怀里，满脸赔笑说：“咱们家需要我，可现在井下更需要我啊！等父亲老了，干不动了，一定好好陪你玩！”说完，起身又走向了他的矿井。父亲的背影很高大，但在当时的我看来也很无情。

那时的我尽管还表达不清楚我的情感，但隐隐地感觉到无奈，还夹杂着些许无助，心想：他的矿井显然比我重要，他的矿井居然比我重要。我哭了……就这样，年少而又倔强的我，变得不喜欢“矿工”二字了，变得不喜欢父亲每天都穿着的那身工装了。

一晃我长大了。可能是冥冥之中自有安排，毕业后的我，竟然从父亲手里接过了他的接力棒，成了呼伦贝尔山金矿业有限公司（以下简称“呼伦贝尔矿业公司”）的一分子，与曾经最不喜欢的矿山打交道，开始了日出日落、简单重复的矿山文秘工作。

三个月后的一大清晨，领导安排我去矿井拍摄、采访。正值冬季，皑皑白雪刺得眼睛生疼，我哈出一口热气赶紧搓了搓手，低下头迈着沉重的步子向井架走去。还没走到井口，就听到了一阵阵爽朗的笑声，虽然冰霜遮住了他们的面孔，但那一身身沾满泥土的工装我却再熟悉不过了。那是我儿时记忆里很少回家的父亲的模样啊！汗水湿透了他们的衣服，在零下四十几度的寒冬中冒着腾腾热气。这是何等艰苦的工种啊，但他们的脸上却都洋溢着激情和幸福。带着藏在心底十多年的疑惑和好奇，我问了其中一个矿工：“师傅，能说一下您下井的感受吗？还有，您累吗？”他憨厚地笑道：“累啊，很累，这些活儿你们年轻人干不了。不过啊，每当我穿上这身衣服，就告诉自己是山东黄金的职工，看见别人羡慕的眼光，我就很骄傲。再说，虽然下井累，但可以多挣点，我还要给孩子攒钱上大学呢，嘿嘿。”短短数语勾起了我儿时的回忆，仿佛父亲依旧穿着他那身沾满泥土的橘红色的工装，一下子跳到了我的面前。往事历历在目，令我热泪盈眶。

原来，人真的会被一个瞬间感动，真的会因为一句话而顿然开悟。

那一刻，我忆起了父亲无法陪伴我的那些日日夜夜，也忆起了他每天穿着的那身曾经令我不喜的工装。我似乎突然懂得了他的执着与责任。我悄悄告诉自己，从今天开始，我要将梦想涂上橘红的底色，带着父亲的责任与忠诚，迈开大步，奋不顾身地去赴一场青春之约。我要走到矿工中去，用照片和文字去记录他们向往美好生活的无比执着，用心灵和情怀去感受他们对“山金世界”的无比热爱，用梦想和信念去解读他们对家人和企业的默默奉献。

时光荏苒，转眼我已工作近三年了。那个曾经一度茫然消沉的我，早已融入了“山金大家庭”，更有幸乘载着山东黄金“十三五”发展的巨轮，感受着矿山一天天的变化，体味着幸福的成长。

我懂了，这身橘红代表着开放：山东黄金海纳百川，开疆拓土，圆了中国第一产金企业的梦想。

我懂了，这身橘红代表着包容：山东黄金胸怀博大，百花齐放，为构建人类命运共同体贡献出自己的力量。

我懂了，这身橘红代表着忠诚：一代代“山金人”远离故土，与酷暑为伴，和冰雪同行，绘就山东黄金高质量发展的壮美画卷。

我懂了，这身橘红代表着责任：“山金将士”敢于担当，乐于奉献，奏响山东黄金高歌猛进的宏伟乐章。

为了山东黄金的发展和对社会的担当，这身橘红无处不在！

在井下，他们不分昼夜，挥汗如雨，为企业开采财富，为员工创造幸福；

在办公室，他们挑灯夜战，运筹帷幄，任由血丝布满双眼；

在山坡上，他们植树造林，你扶苗，我填土，洒下一份汗水，种下绿色希望；

在烈日下，他们为森林管护站送去遮阳伞、矿泉水，也送去了清凉。

尤其是在这次来势凶猛的新冠肺炎疫情面前，这群身披橘红战袍的逆行者，同病毒战斗，与时间赛跑，不仅守护了公司全员的平安，更让呼伦贝尔矿业公司成为驻地首个复工复产的企业，为全年生产经营目标的完成抢得了先机。

现在，我终于可以骄傲地告诉父亲，我明白了这身工装的使命与担当，理解了对外开发、背井离乡的辛酸与苦楚，并依然选择将美好青春挥洒在山东黄金的热土之上。如今，我有幸成为圆梦“十三五”、奔向“十四五”征途中的一员，有幸跟随两万五千名“山金将士”纵横驰骋。

道阻且长，行则将至；行而不辍，未来可期。我笃定是这片橘红色海洋里一朵小小的浪花，以梦想之名，去赴一场青春之约，跳跃着，与山东黄金同行，奔向远方……

与你仗剑走天涯

□刘茜茜　西和县中宝矿业有限公司

初闻山东黄金，是第一次和老公相识的时候。那年，微信小程序“摇一摇”风靡全国，彼时他在内蒙古，而我在陕西，受上天眷顾，我俩就这样“摇上了”。接着，我提出连环三问：“在什么单位工作？在哪里？家在何处？”“山东黄金，在内蒙古，家在山东。”他坦诚地答道。此时的我不知何为山东黄金，而他怎么在内蒙古上班，只知道若真嫁到山东，他在内蒙古工作，千里相距，这一定不是我想要的生活。

然而，如今我们已结婚 7 年有余，还有了一个非常可爱的宝宝。我是何时改变了想法呢？是第一次见面的时候。他拥有“山金人”独特的魅力，神采奕奕、气宇轩昂、幽默风趣。当时我问他：“怎会选择去内蒙古？”他毫不犹豫地说：“没有人会轻易选择离开家，但为了山东黄金，我愿意！”只因这句话，同年（2013 年）我们步入了婚姻的殿堂。随后，我紧跟他的步伐加入赤峰山金红岭有色矿业有限责任公司（以下简称“红岭公司”）。

辽阔、萧条是我对内蒙古的第一印象。刚入职红岭公司时，我的岗位是选矿厂运转工人。第一天岗前培训时，我就被山东黄金的企业文化吸引，尤其是“让尽可能多的个人和尽可能大的范围因山东黄金集团的存在而受益”的理想目标，令人震撼不已！作为运转工人，我起初对三班倒的工作不太适应，尤其冬季的零点班，突然停电的情况简直就是噩梦。零下数十度的气温，穿水靴的速度赶不上冰冷的尾矿砂、矿浆全部涌出的速度。我匆匆忙忙地跑到门口敞开大门。黑漆漆空旷的厂房里只有我一个人，听着哗啦啦的流淌声，害怕、恐惧弥漫我的全身。我打着手电期盼着维修人员赶紧过来。但每当此时，班长都会第一时间打来电话：“小刘，不要害怕，我们正赶往你那儿。”我想这就是“山金速度”吧！日复一日，年复一年，整整 3 年，我曾因冻到发抖大声哭过，曾因想念父母委屈地哭过，曾因同事的关怀感动地哭过，更曾因加入山东黄金激动地哭过。在这里，我收获了智慧，收获了友谊，更收获了成长。

2016 年，我和老公因工作需要被调到同属内蒙古企业的锡林郭勒盟山金白音呼布矿业有限公司——集团首个自建自探自采的矿山。此时的公司正处于项目建设初期，仅有的 30 余名员工既是管理人员也是岗位工人。起初的办公条件较差，租用驻地政府废弃的办公房，十几个人挤在一间面积不大的房间内办公。这里的气候条件也较为恶劣，尤其每年到了 10 月份以后，气温便持续下降；深冬时节，白天室外温度保持在 −30℃至 −35℃，夜间气温更是逼近 −40℃。在这里，没有都市的喧嚣，只有草原的寂静；没有亲人的陪伴，只有对家的思念。但即使这样，我们仍然高歌猛进、乘风破浪，突破重重难关，拼出条条“血路”。随着建设快速推进，从最初只有两条竖井的矿山，到如今厂房林立的矿区；从租用驻地政府废弃的办公房，到盖起四层的办公楼；从租住在取暖全靠牛粪的房间，到住进水暖、浴室、活动室俱全的宿舍……时间追赶着项目建设，项目建设紧跟奋斗的步伐。

春季，漫天黄沙、飞沙走石，我们无所畏惧；

夏季，骄阳似火、烈日中天，我们昂首阔步；

秋季，暴风骤雨、电闪雷鸣，我们一往无前；

冬季，风饕雪虐、大雪封山，我们奋不顾身。

周而复始，我们披荆斩棘、聚势谋远，蹚出山东黄金项目建设开发的新路！

每当看着日新月异的矿区，自豪和骄傲之情溢于言表。我放弃了与亲人团聚的美好时光，错过了与闺蜜相约逛街的快乐，无怨无悔地把青春与热血抛洒在了这片土地上！岁月匆匆流逝，4 年短暂的青春奋斗史永远留在了草原腹地。

2020 年 6 月，我们加入甘肃省西和县中宝矿业有限公司，来到陇南市西和县秦岭深处。这里让我深知何为爱企爱岗！走进矿区，我感到这里随处散发着浓郁的爱岗敬业的气息。经向同事打听我才知道，原来 2020 年年初公司开展了“爱企爱岗”主题教育活动，推行了“521”学习理念（即每周学习 5 次，依托两种学习措施保障学习效果，明确一项工作提升），提供《让爱岗敬业成为一种习惯》《躬行在道》《立足岗位干好本职工作》等书籍，不断引导大家积极、主动地学习，不断提高大家的思想政治水平。同时，公司充分利用周度、月度例会分享关于成功励志、爱企爱岗、感恩企业、职场法则等内容的文章，让大家牢固树立“企兴我荣、企衰我耻”的荣誉感和使命感，争当企业楷模，凝聚思想共识，营造了积极向上的浓厚学习氛围。“原来我们都是‘当一天和尚，撞一天钟’，恨不得早点下班。现在，每天不加点班、看点书就浑身不自在。”一位同事得意地说道。

每天深夜，看着灯火通明的办公区，我感慨万千：有的同事已半年没回过家，有的同事顾不上即将生产的妻子仍在加班，有的同事刚上井就又一头扎进了办公室……原来这就是真正的爱企爱岗！

我常与老公开玩笑说：“我这辈子值了。生在山中，嫁到海边，工作在草原，接着来到秦岭。遇到山东黄金后，我的生活开始多姿多彩，看来我要紧紧追随她呀！”

我与黄金海岸共成长

□赵国鹏　莱州黄金海岸旅游地产有限公司

回想在莱州黄金海岸旅游地产有限公司（以下简称“莱州黄金海岸公司”）工作和生活的十多年岁月，无数的瞬间浮现在脑海，我有太多太多关于收获和成长的感悟可以分享。

在这里，我感受到团队合作的力量。公司的各项工作都需要部门之间相互协调沟通，严格按流程进行，每一个分项工作都需要严格把关、规避风险。每一个环节都不能缺少，每一个人都非常重要。每当大家加班加点、齐心协力地把艰巨的工作任务圆满完成的那一刻，我都会为我们的团队感到无比自豪。还记得莱州黄金海岸小区三期“御景阁”工程开工建设时，为解决小区供暖问题，我连续一个多月吃住在现场，在网上查阅资料，并且结合小区的特点与同事们大胆论证、小心尝试，经过多次试验，最终实现用发热电缆达到房间独立控制温度和时间的目标。与同事们共同撰写的《发热电缆在黄金海岸小区中的应用》获得了集团科技进步四等奖。

在这里，我认识到将自己及时“清零”的必要性。在工作中，我们总会遇到各种各样的难题，或许是与业主在重要事项上的分歧，或许是棘手的投诉意见。只有及时“清零”负面情绪，才能让我们以饱满的热情投入接下来的工作和生活；只有及时“清零”固有的认识，才能虚心接纳新的知识和思想，在时代的变迁中屹立不倒。还记得我被调到销售部成为一名房产销售市场专员时，从工程施工管理到产品营销，一切都得从零开始，我成了一位“门外汉”。但是，干一行爱一行的宗旨没变，勤奋工作的热情没变。我们这些“新人”一方面认真学习专业知识，另一方面强化外出交流和培训。我作为主持人与大家分享所学的知识，其他同事进行了场景模拟，得到公司领导及同事的一致好评。两个月之后，我也逐渐掌握了一定的销售知识及销售技巧，能够与同事们一起分享销售过程中的各种经历……从刚开始协助分销发单宣传，到起草市场调研报告，销售部也因我的加入成立“市场组”，一切对外的工作都由我们来负责，包括分销洽谈、分销接待、到访看房、外出调研等，接到任务说走就走是我们一贯的风格。2015 年至 2016 年，公司成立了北京营销自建点，开展自主营销，我又是其中的一分子，40 多岁的我成为公司“走出去销售第一人”。面对陌生的环境，我不知从何处入手，只能摸着石头过河。我尝试联络小区老业主，寻求他们的帮助。通过外出宣传发单、往返小区进行业主统计、为业主订座订票、免费接送业主等，得到北京业主的高度认可。随着时间的推移，客户的咨询电话多了起来，逐渐开始发团看房，从开始只有一组客户到后来越来越多的客户前来看房，我们倍感欣慰。有到访才能有成交，记得自建点第一组成交客户缴纳定金时，我们都流下了激动的热泪……高兴的同时，我们更加珍惜每一位来之不易的客户。

在这里，我学会了信任与包容。公司给予了每个人发挥自己潜力、实现自我价值的机会。各项工作的开展离不开团队的鼓励、信任以及公司领导耐心的指导。现在的我也慢慢学会了将这种信任和包容传递给身边的人。我相信，只要不是态度问题，相互信任并给予恰当的指导，每个人都可以为团队贡献自己的一份力量。2018 年，我刚开始负责物业管理工作时，内心相当忐忑。当时的物业保安、保洁队伍人员少，工作量大，还时常会接到业主的投诉。我们针对业主反映的问题进行汇总分析，通过召开早会统一思想、统一认识，利用两个月的时间与业主进行沟通。与业主的关系融洽了，投诉自然减少了。我们的工作不能只在办公室里，只有走到现场才能发现问题，只有与业主多交流才能化解矛盾。工作中，我鼓励大家与业主成为好朋友。2020 年春节期间，突如其来的疫情让小区的日常管理工作量急剧增加，从方案制定、封闭小区、出入测温登记，到公共区域集中消杀、暂停一切聚集性活动，我们始终奋战在疫情防控的一线，把争做“最美物业人”的信念融入日常的工作中。经过团队的齐心协作和不懈努力，小区疫情防控工作持续向好。

我的个人成长依托于山东黄金这个大平台的快速发展。如果说我当初是因为新工作带来的新鲜感而选择加入莱州黄金海岸公司，那么现在我对生活和工作的无限热情，则是出于我对这份职业发自内心的认可、对这个平台给予机会的感恩和珍惜。其实，我选择的这条路并不平坦，且充满未知和挑战，我和同仁们自知任重而道远，仍需砥砺前行。我相信，秉承“追求卓越、创新进取”的企业精神，我们可以走得更远！

送青春踏上金色旅程

□徐怀、宋宁宁　山东黄金物业管理有限公司

我常常在想：青春的意义是什么？我的青春应该在哪里绽放？有人说，青春就是奔跑在赛场，是一种激情、一种热血、一种拼搏。后来，我明白了，青春是用我们最宝贵的时间，去建立对这个世界的认知。

我叫宋宁宁，是一名勤劳肯干的“黄金物业人”。我来到山东黄金这个大家庭5年了，这5年是我送青春踏上金色旅程的5年，更是我与山东黄金共同成长的5年。1825个日日夜夜见证了我从基层岗位做起、成长为一名优秀“物业人”的历程。在领导、同事的帮助下，在业主朋友的感谢声里，我懂得了服务和品质的意义，坚定了不忘初心的信念，明白了逐梦前行的未来。青春就是我们无悔逐梦的星辰大海！

2020年1月1日是一个特殊的日子。在这一天，山东黄金物业管理有限公司（以下简称“黄金物业”）正式进驻济南遥墙机场物业服务项目。进驻以后，我们立即行动起来，加班加点地进行着开荒清理工作，领导们更是紧盯一线、身先士卒，因为我们要打造一个标准舒适的环境，迎接属于我们的第一个春运！

工作现场热火朝天，人员斗志昂扬向上……

突然，一切都仿佛静止了！ 2020年年初，一场没有硝烟的战争向

我们袭来。这场突如其来的疫情让机场变成了前线！

“我必须坚守，首战用我，用我必胜！”那一刻，我内心的声音是如此清晰且坚定。在这场我们真正面对的战争中，我学会了调配消毒液，学会了使用各种消毒设备，成为一名奋战在抗疫一线的战士。每当我戴着防护装备检查消毒时，就会感觉脚下的每一步都承载着国家和人民赋予我的责任和使命，在岗位上的每一刻都是在保护身后无数的生命。

两万八千平方米的在管区域，我们每天需要步行两万多步进行全面消毒，相当于徒步 15 公里。即使是这样，也没有一个人喊累，没有一个人叫苦。在每一位同事的共同努力下，我们安全护送了一批又一批客人平安回家。看着客人离去的背影，我突然懂得了“哪有什么岁月静好，只是有人为你负重前行！”这句话的真正含义。

大年三十，我和同事们在机场吃了一顿毕生难忘的年夜饭。那是在机场的一家面馆里，我看到新闻里播报的新冠肺炎感染人数不断增多，防控形势越发严峻，内心压抑的情绪化作热泪顺着脸颊流下，落在碗里，吃在嘴里，疼在心里。我默默发誓，要与疫情战斗到底！

大年初一，我们安全护送山东首批援鄂医疗队 138 名勇士飞赴武汉。在出征的队伍里，我看到了很多和我一样年轻的面孔。他们步伐坚定，千里驰援。当时，一种莫名的崇敬感在心底油然而生！这些抗疫天使、逆行英雄们，为守护山河无恙，立志人间皆安，不惧艰险、挺身向前。

我们岗位不同，职责不同，但是我们的使命和信念是相同的。那就是全力以赴、不辱使命，逆行冲锋、全力奋战！我们用实际行动和付出，让人们看到了一个个平凡岗位上默默奉献的“黄金物业人”，也让更多人看到了“山金人”骨子里不忘初心、造福社会的国企责任与担当。

我们 24 小时全心守护，365 天默默付出。我们以时光为笔，用青春作画，微笑出发！我们是青春逐梦人，也默默守护着万千逐梦者。我们可以自豪而骄傲地向人们大声呼喊：“‘山金世界’，有我更精彩！”

“十三五”这 5 年，我读懂了青春的含义，更明白了平台的珍贵！我把青春绽放在平凡岗位的坚守中，绽放在品质服务的创造中，绽放在山东黄金品牌的铸就中！“十三五”这 5 年，我见证了山东黄金的跨越发展，尤其是提前一年迈入世界前十的壮举，无限增加了“山金人”的荣誉感和自豪感，更加激发了“山金人”昂扬的激情、坚强的斗志！

青春建功勇担当，我与山东黄金共成长！在这里，我的青春梦想也将在集团圆梦“十三五”、奋进“十四五”新的征程中绽放。

这就是我与“十三五”的故事，简单而平凡。最后，我想说：“您好，这里是黄金物业，有什么可以帮到您？”

挚爱·“山金”

□杨磊　山东黄金冶炼有限公司

富饶的齐鲁大地，
这里是孔孟的故乡，
这里的文化积厚流光，
这里是山东黄金诞生的地方，
如一颗璀璨的明珠点缀在东方。

美丽的山东黄金，
这里是激情的海洋，
这里的胸怀山高水长，
这里是群贤毕至的地方，
似一方明净的土壤蕴藏着力量。

“十三五”的旌旗飘扬，
“十四五”的战歌嘹亮，
指引着“山金儿女”，
乘胜追击、驭风破浪。

在那渤海之滨，
有你殷切渴望；
在那草原之上，
容你腾飞翱翔。

在那天涯海角，
看你击水中流；
在那昆仑山旁，
有你笑傲风霜。

山东黄金啊！
你的足迹踏遍千山万水、荒漠草原。
山东黄金啊！
这是你历经风雨磨砺才铸就的辉煌。

这里有着可爱的人，
他们身穿橘红的工装，
走过大地深沉宽广的胸膛，
以勤劳的双手和炙热的豪情，
换来赤黄的金液流淌。

这里有着可爱的人，
他们披着晨曦的霞光，
立在高山险峻奇伟的臂膀，

用滚烫的汗水和宽广的胸怀，
容纳天地，谱写新的华章。

穿越历史的长廊，
劳动的画卷映满边墙。
一幅幅，一幕幕，
颂成宏伟的赞歌，
在蔚蓝的天空不断回响。

走进崭新的厂房，
幸福的微笑绽放脸庞。
一张张，一个个，
似那冬日的暖阳，
让心灵深处充满能量。

山东黄金啊！
是你让我们放飞梦想、扬帆起航，
是你让我们有了努力成长的土壤，
是你让我们团结一心，无畏风雪寒霜。

富民强国，矢志担当，
绿色发展的旋律悠扬；
人文关怀，情深意长，
拼搏奋进的战鼓擂响。

催快马，谱新篇，
奋进的方向坚定而执着；
前十夺，前五现，
前行的力量磅礴又飞扬。

这是你经营宗旨的深孚众望，
这是你庄严承诺的人心所向。
这就是山东黄金，
是我魂牵梦绕的胜地。
这就是山东黄金，
是我心中挚爱的殿堂！

我骄傲，我是“山金”矿工

□杜日胜　山东黄金集团蓬莱矿业有限公司

那年，我走出校园，
怀揣沉甸甸的毕业证书，
徜徉在车水马龙的街巷，
彷徨迷茫挂在我的脸上。
我也曾留恋城市的高楼林立，
我也曾向往都邑的华灯初上。
然而，冥冥之中使命在召唤：
到祖国需要你的地方去，
到儿时曾梦想的地方去，
到实现人生价值的地方去！
因此我毅然决然奔向矿山，
成为“山金”的一名矿工。

我把老矿长的殷切厚望、领班师傅的语重心长，
凝聚化作无形的力量。
紧紧接过钻工师傅用了几十年的矿灯，

对着那面发黄的青年先锋队队旗，
热泪盈眶！
把母亲期盼的目光、谆谆的教导，
深深烙印在心中，
成为一名合格的矿工，
融入“山金”建设的大潮，
就这样，我加入了“山金”创业者的大军。

在那深达千米的井下，
借助矿灯的荧荧微光，
撑起钻机，
开凿那亿万年未曾扰动的岩芯，
就这样，我变成了探索人类文明的使者，
将那地下宝藏重新安放。
当我把一条条巷道开拓，
沉默的岩体啊，刻印下无悔的青春；
当我把一块块矿石爆下，
心中的浪花啊，翻滚着峥嵘的岁月。
我似乎看到，
成锭的金子熠熠生辉、闪闪发光，
被打造成少男少女们的定情信物，
幸福将笑脸点亮。
我的心情啊，也倍感舒畅！
“山金”的一名矿工，
是我此生倍感荣耀的身份。

是我们用机器的雷雷轰鸣，

奏响了新时代最美的和声；

是我们用几十年的初心不改，

写就了“山金人”青春无悔、不负韶华的决心；

是我们完成任务后与家人团聚的欢笑声，

追忆着“山金人”决胜“十三五”的辉煌历程；

是我们用矢志不渝、造福八方的信心，

阐述着“开放、包容、忠诚、责任”；

是我们用“追求卓越、创新进取”的企业精神，

诠释着“山金人”跑赢“十四五”、勇闯世界前五的雄心。

我骄傲，我是一名矿工！

我骄傲，我是“山金”的一名矿工！

坚守 · 千淘万漉

追忆广德

□陈玉民　山东黄金集团有限公司

魏广德同志工作、学习简历：

魏广德同志，中国共产党党员，高级工程师，1973 年 12 月在河南省民权县中学参加工作。历任河南省民权县中学教师，武汉钢铁学院学生，北京有色冶金研究总院黄金分院项目经理，山东省黄金建设工程总公司高级工程师，山东黄金工程建设监理中心总经理，山东黄金集团建设工程公司总经理，山东黄金集团智业房地产开发公司董事长，山东黄金集团北京分公司经理，嵩县山金（天运）矿业公司董事长、党委书记等职。于 2013 年 3 月退休。

今天，是广德兄离开我们两个月的日子。

我找了个托辞，一个人在家，想为他写点什么。听着窗外传来的阵阵鞭炮声，我提笔，放下，又提笔，又放下……不知道反复了多少次，总觉得广德兄没有走。他怎么舍得走呢？家有贤妻，一双儿女或成家或立业，自己又刚刚从工作岗位上退下来，若赋闲在家、儿孙绕膝，该是一幅多么温馨的画面！

我认识广德兄是在 1990 年。那时，我在矿山的生产部门工作，而他在北京一家知名的设计单位。之后，我赴京读研，因脱产学习，彼此又仅是一面之交，我们联系很少。真正熟悉起来，是在我担任矿山综合计划部门负责人时，这个部门与设计单位的联系很多。从那时到现在一晃已经二十多年过去了，无论是个人的沉浮，还是工作单位的变动，我们联系不断，交往愈深。

与广德兄交往最多的阶段是在他担任山东黄金监理公司负责人期间。他喜欢下沉到现场的工作方式，时间一久，这成了他的工作作风：在矿山简陋的招待所一住就是几个月。白天工作，晚上喝茶，周末饮酒。他酒量不大，但风格畅快，敢于跟号称“走遍全国无对手”的同事较量，而且喜欢斗智斗勇。在茶余饭后，我们喜欢一起谈天论地：从国家大事，说到山东黄金的发展；从矿山企业的经营，说到人们关心的方方面面。与他在一起聊天，感觉是在读一本书——一本历史书、一本社会书、一本经营书、一本道德书。

回忆起来，广德兄工作的大部分时间都贡献给了山东黄金。而且，他工作的大部分职位是单位主要负责人。主要负责人是要直面矛盾的，没有退路。若不注意工作的方式方法，工作有了成绩的同时，也会得罪一些人，无论这个单位是大还是小。但广德兄没有这方面的顾虑，与其合作过的同事对他的评价都是正面的。这种结果与他有丰富的社会经验是分不开的，与他始终信奉与人为善也是分不开的。他对同事的评价总是褒奖在先，即使是批评也是善意的。

一个热爱事业的人，对家庭也应该是满腔热忱。广德兄就是这样一个人。他在大学时表现优秀。毕业前夕，冶金工业部人事部门的同志去学校招人，一眼就相中了他。因看他是未婚，人事部门的女同志还有了其他不可言传的意图。待赴京报到时，看到他填有“已婚”的表格，那些人都惊呆了。原来，广德兄入学前曾在家乡乡村中学教书，那时就已订终身。高考入选后，他成为当时社会上令人刮目相看的77级大学生。

那时，社会上有一种背弃婚约的做法，虽然遭受道德的谴责，但颇为流行。电视剧《孽债》描写的就是这么一个故事。要知道，在计划经济时代，双职工与单职工在家庭收入、福利等方面的差别是相当大的！况且，若在北京另择佳偶，面对的会是京城许许多多的干部子女，会有更为广阔的仕途！诱惑之大可想而知。但广德兄信守诺言，忠于婚姻，其高尚的情操由此可见一斑。

两年前，我与同事、朋友去看望病中的广德兄时，他还满怀信心。半年后再去探望他，受放疗、化疗的影响，其痛苦状已让人不忍直视。其病情在诊疗一年后曾经好过一段时间，那时他又到矿山工作，并且打来电话说医生可能误诊了。但两个月前的一个晚上，他的女儿打来电话，告知我其父已经离世了。我半天不敢相信：人的生命就这么脆弱？

2016 年 12 月 7 日，在北京八宝山梅厅，我们见了广德兄最后一面。他安卧在鲜花丛中，面容祥和。厅内的大屏幕上循环播放着他与家人几十年的生活照。我看着大屏幕，仿佛广德兄微笑着又向我们走来。他在问："再来一杯衡水老白干吧？"他在问："与同事们一起打造的'嵩县山金'什么时候产金量能过 1 吨？"他在问："山东黄金'十三五'规划进展得怎么样了……"

愿天国没有不治之症，广德兄不用再受病情的折磨。广德兄，你安心地走好吧！你养育的儿女都非常优秀，女儿为了全身心照顾你甚至两次辞掉了工作！相信孩子们在嫂夫人的教育下会更好地成长！你关心的山东黄金也一定会越来越强大，越来越好！

2017 年 2 月 6 日于家中

井下是我一辈子的坚守

□口述：曹福选　代笔：于炳宾　山东金洲矿业集团有限公司

走在潮湿的巷道中，摸着腰侧的工具包，我的心一片宁静。不时闪现的柔和灯光，整齐有序的水电管道，偶有吆喝声的作业现场，机器的轰鸣声和空气中特有的味道，一切的一切都是那么熟悉、亲切——我觉得我就是为矿山而生的，我一辈子都要坚守在井下。

坚守井下，让“活着”更美好。我十六岁参军，十八岁在对越自卫反击战中火线入党。在炮火硝烟中看着一个个鲜活的生命逝去，我的心像被重锤一遍遍敲击般碎了满地。那时，感觉最美好的事情就是“活着”！复员后，我到山东金洲矿业集团有限公司（以下简称“金洲公司”）参加工作。因为经历过生死考验，我的心态放得很平。在别人抱怨工作辛苦、待遇低的时候，我常常问自己：一没文凭，二没技术，一个只懂得冲锋陷阵的“大老粗”有什么不满足的？再苦再累，只要还“活着”就是幸福的！靠着心中的这份坚守，从扒装工，到凿岩工、支护工，再到目前的充填工，这些井下最为艰苦的工种，我一个也没有落下，一干就是三十年。三十年间，我从青年走到了中年，足迹遍布井下每一个巷道、每一个角落；三十年间，我亲眼见证着矿山的崛起，享受着身为金洲公司员工的幸福生活。以前觉得“活着”就是美好的事，现在觉得日子有

奔头，有想要坚守的东西才算真正美好的事。每当我投身工作，矿石那独有的味道令我沉醉，坚守井下的信念也更加坚定。

坚守井下，让兄弟们平平安安。金洲公司是1970年建矿的老矿山，随着开采深度的增加，深部地压、岩爆等问题频出。在这样的情况下，充填工作显得尤为重要，井下充填质量直接关系着安全生产。充填作业危险系数极高，作为充填班的班长，我的组员换了一批又一批，有的已担任矿山负责人，但我依然坚守在井下。这么多年最令我骄傲的是，我带领的组员无一人伤亡！因为我心中总有一个声音在回荡：“保证我的兄弟们平平安安，就是我最大的职责！”

坚守不易，且行且珍惜。2016年，3号井充填施工任务紧张，我连续几天没有回家，手机也忘了充电，妻子食物过敏，浑身不能动弹，给我打了二十几遍电话也没有打通。幸亏妻妹有事来我家，才及时发现过敏的妻子并将其送到医院。到院后，医生说：“你家男人呢？怎么拖到现在？再晚一会儿就有生命危险了。”为了这事，妻子和我冷战了一个月。我虽然心里不好受，也只能把委屈埋在心底。直到妻子看到我手里拿着筷子就睡在了餐桌上，她才明白坚守井下的不易，一场冷战因为我们两人的惺惺相惜就这样结束了。

坚守不难，只要不放弃。还记得 2018 年农历小年那天，正值 5 号井井筒施工的关键时期，由于井壁出水量大，乘罐的过程会被泥水淋透，大量的涌水成为施工过程中的“拦路虎”。有工友开玩笑提议：“要不等明天再施工？先回家好好过个节。”可考虑到第二天的施工衔接，我笑着摇了摇头，还是继续和工友们“撸起袖子加油干”。经过近六个小时的艰苦奋战，终于提前完成该阶段的施工任务。升井时已是晚上七点多，刚上到井口，寒风一吹，衣服上的汗水、井壁水瞬间冻成了冰疙瘩。

“三百六十行，行行出状元”是我的信条。我没什么大本事，文化水平也比较低，我能做的就是认真仔细、埋头苦干，用我的全心付出为井下生产铺好路，从而实现自己的人生价值。由于我一心扑在工作上，以“坚守井下”为爱好，妻子有时调侃我：“你说你一个小工人，整天这么累死累活的，是不是‘彪’？”听着妻子的话语，我也觉得自己对工作有些“痴狂”，可一回到井下，我的眼中便只有安全、任务和责任。我的努力和付出被领导和工友看在眼里，我连续多年被评为“工作标兵”，2019 年被评为“山东黄金集团有限公司劳动模范”。当拿到鲜红的荣誉证书时，我哭了，不为别的，就为我的工作得到了认可。我的坚守是

值得的，我无愧于自己的人生。

结束一天的工作，走在宽敞的巷道里，看着灯火通明的施工现场，扒装机、铲运机轮番上阵，地质测量人员为一组数据争得面红耳赤……熟悉的感觉啊，亲切到了心窝子里，我的脑海里不断浮现着三十年间令人心情激动澎湃的各种场景。“十三五”期间，矿山翻天覆地的变化令我感触颇深：建成“千米深井”，地质探矿取得重大突破，“机械化换人、自动化减人”加快变革，入选“绿色矿山”名录，“大学习、大考试、大改革”让工作更有效率……所有的这一切让人对未来充满希望和斗志。尤其是山东黄金提前实现“十三五”目标，进入“世界产金前十”，更加坚定了我坚守井下的信念与恒力，也坚定了我们勇往直前、誓夺胜利的信心与决心。

因为热爱所以选择，因为选择所以坚守，因为责任所以义无反顾！我知道，我没什么大本事，但我会一如既往地坚守在井下，为了金洲公司的发展贡献出自己的一切；同时也祝愿山东黄金劈波斩浪，开拓奋进，早日实现“致力全球领先，跻身世界前五”的“十四五”战略目标。

发展的印痕

□纪进科　山东黄金矿业（莱州）有限公司焦家金矿

6月24日，山东黄金以47.94吨的黄金产量成功跻身全球产金企业第10位，提前一年实现“十三五”战略目标，在山东黄金发展史上留下了浓墨重彩的一笔。我作为“十三五”发展的见证者、亲历者、参与者、建设者，屡屡回首、心潮澎湃，频频回顾、思绪万千。五年栉风沐雨，五年孜孜以求。五年来，我们共同见证了集团从跟跑到领跑，一举成为全国最大、世界前十黄金生产企业的巨大飞跃，共同亲历了集团向世界发出“山金声音”、加入世界黄金协会、市值过千亿等精彩瞬间和高光时刻！

过去的五年，是奋发拼搏、锐意进取的五年。

2016年，集团首次制定“十三五”发展规划，提出了“争做国际一流，勇闯世界前十”的战略目标，明确了“黄金做优做大、有色做优做强、地产做优做精、金融做优做稳、资源做优做多”的产业定位。发展规划一经发布，随即在集团上下引起热烈反响与强烈共鸣，为集团各业务板块和各个企业“十三五”该怎么走、走多远制定了行动纲领，指引了发展方向。

过去的五年，是务实重干、攻坚克难的五年。

百舸争流，奋楫者先。从福建省政和县源鑫矿业有限公司（以下简称“源鑫”）到新城金矿，再到焦家金矿，从“有色板块”到“黄金板块”，从“年产黄金737公斤的小型矿山”到“年产黄金7420公斤的山东黄金第一大矿”，无论企业规模如何变化，身份角色如何转变，我都始终以习近平新时代中国特色社会主义思想为指导，以集团战略为导向，严格按照“十三五”战略规划确定的“时间表”和“路线图”扎实工作，逐级分解任务、层层压实责任。

2019年5月，我带着集团党委的信任与重托，带着“保持第一大矿地位不变”的庄严承诺，踏上了焦家金矿这片热土。时值集团“十三五”实现的关键时期，集团通过总结“十三五”前半程的成绩，分析研判全球经济和黄金矿业发展形势，对“十三五”战略规划进行了修编，即“到2020年，年产黄金55～60吨，利润总额30亿元，上市市值过千亿”。

过去的五年，是厚植基础、久久为功的五年。

大矿就要有大矿的担当。我始终牢记陈玉民董事长“焦家金矿作为山东黄金第一大矿，要充分发挥排头兵作用”的殷切嘱托，在集团党委、烟台事业部党委的坚强领导下，以修编后的集团“十三五”战略为引领，以“逢山开路、遇水搭桥”的精神破难题，以“踏石留印、抓铁有痕”的劲头抓落实，攻克了一系列事关全局、影响长远的难点难事。2019年，公司黄金产量同比增长2.63%，采掘总量同比增长7.75%，选矿处理量同比增长4.03%，利润总额同比增长26.53%，继续蝉联集团“黄金产量最高奖”，持续巩固了焦家金矿在集团第一大矿的地位；人均工资较上年提高21.58%，达到了历史最高水平；三个分矿全部被列入国家级绿色矿山名录。

“行之力则知愈进，知之深则行愈达。”2020年，突如其来的新冠肺炎疫情为“十三五”战略目标的实现增加了困难。我们在集团党委的坚强领导下，以“战时”状态，汇聚“战时”力量，展现“战时”作为。在这场没有旁观者的战役中，全矿一盘棋，上下一条心，发挥泰山挑山工精神，以顽强的战略定力和战略自信，全面打好打赢疫情防控、生产经营两场战役，充分展现了“山金精神”“山金力量”，用实干担当按下了“加速键”，以8个烟台事业部综合排名第一、7个集团金属产量贡献率第一的优异成绩，向集团党委交出了一份合格答卷。

“历尽天华成此景，人间万事出艰辛。”在这两场战役中，我看到了“山金人”的勇敢与朴实。当时因招远疫情，公司下达了“回招不回矿，回矿不回招”的要求，所有生产车间的招远员工都选择了坚守岗位。面对一线缺员的情况，他们都积极响应矿部号召，从“二线”转“一线”，干起了凿岩台车司机。安全生产部有一个“80后”小伙子，在“点对点”直通车接返莱人员时，主动选择最远最苦的线路。在历时59.5小时，穿越260多个隧道，往返3600公里平安回矿后，他用一封“请战书”又申请参加第二批“点对点”。他说：“我最年轻，应该多承担。”正如习近平总书记所讲：“展望未来，我国青年一代必将大有可为，也必将大有作为。这是‘长江后浪推前浪’的历史规律，也是‘一代更比一代强’的青春责任。”

发展的道路没有奇迹只有足迹，前进的道路有压力才有动力。“岁月不居，时节如流。”实践证明，集团“十三五”的战略方向是完全正确的，五大板块的产业定位是完全正确的。在集团党委的正确领导下，“山金人”以不畏艰难、坚韧不拔的意志，以持之以恒、奋发有为的毅力，以敬终如始、久久为功的韧性，不懈怠、不松劲，助力“十三五”战略目标的实现。

“雄关漫道真如铁，而今迈步从头越。”回眸“十三五”，定向再发力。如今，站在总结“十三五”、谋划“十四五”的新起点上，集团提出了“致力全球领先，跻身世界前五”的“十四五”战略目标。新的成绩催生新的起点，新的希望承载新的使命。围绕全新目标，我们焦家金矿也描绘出了"'十四五'期间再造一个焦家"的发展蓝图。风雨多经志弥坚，关山初度路尤长。新的目标激励我们承前启后、继往开来；新的征程需要我们开拓进取、拼搏奋进。在"十三五"成功经验的指导下，在集团党委的坚强领导下，焦家金矿2600多名干部职工定当众志成城、全程发力，定能勠力同心促发展，实干笃行谱新篇。我们将以更饱满的热情、更昂扬的斗志、更务实的行动、更坚定的步伐，只争朝夕、攻坚克难，扬帆破浪、高歌猛进，为实现集团新一轮跨越式发展奋勇冲刺、砥砺前行！

焦家金矿办公楼鸟瞰

征途犹与梦相关

□高玉杰 西和县中宝矿业有限公司

“梦想总是要有的，万一实现了呢？”6 月 24 日，在“集团成功迈进全球产金企业前十”的庆典活动现场，陈玉民董事长在致辞中引用了马云的这句名言，从根本上指出了梦想在事业征途中的重要性。回望“十三五”，我从辽国古都到齐鲁大地，再到“乞巧之乡”，在不同的地方与不同的“山金追梦人”一起经历了生命中的惊喜与惶恐，经历了追梦路上的迷茫和坚持，闯过了一个个难关，越过了一个个险滩，只为实现心中的梦想。如今，山东黄金提前一年实现“十三五”战略目标，我为之鼓舞，为之欣喜，心中充满了期望与信心。

回忆往昔，5 年时间犹如电影帧帧播放。2016 年，我从赤峰山金红岭有色矿业有限责任公司调任山东黄金矿业（莱州）有限公司焦家金矿安全总监，“筑牢安全根基、勇担发展重任，全面提升矿山本质安全管理水平，为‘十三五’助力”成了我工作的追求。常言道，安全须常抓不懈。作为安全的“管理员”，我深知只有保障安全方能确保生产，只有从根本入手方能解决问题。为了不断强化“红线意识”，完善安全生产责任体系，我结合当前的管理模式，提出了三大改变：一是月度安全生产大检查组织模式。由以往“安全总监牵头、安全管理人员参与大检查”的组织模式，转变为“矿长牵头，其他矿领导任小组长、相关车间（部门）安全负责人及管理人员参与检查”的新型模式，进一步完善了安全生产责任体系。二是月度安全生产大检查的检查形式。通过延长检查时间、将各专业检查纳入检查范围、对亮点和污点进行拍照等，有效形成了闭环管理。三是月度安全例会召开形式。从扩大参会人员范围到增加会议内容，从通报检查内容到提出具体要求，用更高的标准、更大的力度、更实的举措狠抓安全防范责任措施落实，确保安全生产形势稳定。这三个改变虽是小改，但也遇到了些许阻力，尤其在推广井下文明生产“红蓝旗”评比的时候。起初，方案下发时，11 个外委施工单位都比较排斥，而且到了月度评比的时候，他们依旧无动于衷。我心想：这样不是办法啊！便暗暗下定决心：“我要一个个地做工作！大不了，水杯，我自己带；方案，我自己讲。”于是，我每天挨家挨户地找单位负责人，跟他们说明为什么这样做，这样做能给他们带来什么好处。有时为了能够等到单位负责人，熬夜到凌晨两三点是常有的事；有时为了说服他们，沟通四五个小时也很正常。有一天，我洗完脸照镜子时，发现自己的头发已略微花白，虽然有些心疼自己，但是我从不后悔，因为我始终坚信我选择的这条路是正确的。也就是在这一年，我荣获了“山东黄金 20 周年杰出人物”称号。

正所谓，安全是革命的本钱。我从建章立制、提高员工意识，到改进奖罚方式、加快合规步伐，从全面推进“两体系”建设、强化科技兴企，到锻造优秀安全团队、提升作业现场水平，桩桩件件，事无巨细，事必躬亲。在我看来，深入现场始终是不可动摇的第一要务。我知道，只有深入现场，才能查处安全隐患；只有结合实际，才能制定符合实际的规章制度；只有了解员工，才能明晰问题所在。在正式推行评比一段时间后，我在此基础上更深层地探索组织了“安全生产示范单位”评选活动，通过细化考核指标，进一步促进各分矿在采掘施工质量、顶帮支护、浮石检撬、管线架设标准、文明生产水准、安全科技创新等各方面安全管理水平的整体提高，切实消除了岗位隐患，有效助推了本质安全。也就是在这一年，我有幸被青岛理工大学聘请为校外兼职硕士研究生指导老师。

2018 年是我圆梦路上的转折点。8 月 19 日，一纸任命书，我背负着集团领导的重托和信任，怀揣初心与使命，丝毫没有留恋省内优越的条件，以最快的速度赶赴秦岭深处——西和县中宝矿业有限公司（以下简称“西和中宝公司”）。这一年的西和中宝公司遇到了前所未有的挑战，矿产资源面临枯竭，花费大量气力探矿却依然毫无效果。对此，国内外探矿专家也一筹莫展，公司不知该何去何从。在赴任的路上，我看着沿途的风景由沙滩浪花变成了深山老林，衣裳也从短裤短袖换成了长裤长袖。“资源该从哪来？效益该在哪里？人心该怎样‘拢’？”这三大问题不断地在我的脑海里盘旋，我越发感到不安与彷徨。但是当我走进矿区时，看到在如此艰苦的条件下依然坚持拼搏的同志们，看到大家那一双双期盼的眼神，我的彷徨与不安瞬间转变成“明知山有虎，偏向虎山行”的坚定决心。这一年注定是我大刀阔斧的“改革年”。

任正非说过：“一个人，一个企业，心中要有理想，坚持只做一件事。”为了接续企业的“生命”，找资源、找矿脉成了重中之重的任务。但由于探矿工作长期没有突破，所以每当谈起探矿时，大家都一筹莫展，毫无动力可言。可是，长此以往必出大问题！于是，我一边统一思想，鼓励员工重拾信心，以润物细无声的方式将探矿的决心和管理理念逐渐传递，一边开始针对主要问题谋划出路，从一片迷茫中寻找前进的方向。我凭借着沂蒙老区男儿顽强不屈的劲头，白天在井下一线与地质技术人员交流，晚上翻阅地质资料、设计报告。与此同时，在这一年里，我接连邀请了经验丰富的老专家来实地诊断指导，在充分摸清地质构造的基础上筹划布置，理清探矿思路，结合以往地质资料及目前见矿情况，理清了构造控矿探矿思路，最终决定采取“坑钻结合，以钻带坑”的施工思路，既发挥了坑内钻低成本、灵活性强的特点，又提高了坑探工程的有效性。功夫不负有心人，这一年，经过创新性改革探矿思路，实现了从一条巷道到多个中段见矿的转变。一切如同雨后春笋，蓄势而发，捷报频传。

2020 年注定是不寻常的一年。面对新冠肺炎疫情的爆发，我认真贯彻落实集团党委系列要求，肩任了疫情防控管理组的组长。我深知责任重大，将春节期间原定回家看望父母的计划再次“搁浅”，继续紧盯第一线，逆向而行，组织定点接送员工、捐赠物资、三线下一线等活动，最终创造了指标逆势上扬的佳绩。面对提质增效，我带领团队从各个环节着手，开展“优化采充工艺、降低损失贫化”专题活动、制定诸多制度、破除瓶颈等，最终使选矿厂实现了从 650 吨／天提升到 800 吨／天的改变；面对节约节能，我精打细算，从上到下贯穿“没有废品，只有使用位置不当”的理念，通过库存旧炭再生处理、矿毛分拣、改造浮选管路、毛石不出坑、优化系统、组织义务劳动等措施，节约资金1000余万元……面对所有的面对，攻克所有的攻克。这一年，集团提前一年实现“十三五”的战略目标是毫无悬念的，也是无可置疑的。它是集团党委正确领导的结果，更是数万“山金人”齐心协力、共同努力的结果。我内心的骄傲与自豪无以言表。

“一腔热血勤珍重，洒去犹能化碧涛。”此时夜已深，我双眼湿润。入秋的深山格外寒冷，室外的雨滴答答地坠落。回忆这五年，酸甜苦辣，百感交集。永恒的信念、追梦的脚步，让我的平凡变得不平凡，感谢山东黄金让我成长！

一封矿工的家书

□刘骞蓬　山东黄金矿业（莱州）有限公司焦家金矿

亲爱的老婆：

我已经很久没有静下心来给你写信了。现在已是深夜，你应该已经进入梦乡了吧。而我坐在办公室里，看着窗外灯火通明的矿区，心里久久不能平静。因为今天是个特殊的日子，咱们的山东黄金成功进入世界前十，“十三五”工作提前一年圆满完成了！

作为一名基层的员工，能够见证咱们山东黄金这个伟大的历史时刻，我倍感光荣。记得刚刚入矿，第一次坐罐笼下井时，我内心是十分忐忑的，于我而言，井下工作的一切都是未知的。转眼间十年过去了，我成长了，也成熟了；面对工作，也可以自己独当一面。而咱们的矿山更是有了飞跃性的发展：一条条竖井屹立于天地之间，一座座厂房拔地而起；千米地下，人工凿岩的场景早已被大型的矿山机械设备取代；凿岩台车与锚杆台车的联合作业，使得咱们工人兄弟的安全更加有了保障。

还记得我刚到寺庄分矿，在进行深部开拓工程的时候，斜坡道向下施工突遇涌水，工人们泡在水里，一边抽水一边打钻，机油的烟雾与热气混合在一起，大家的衣服每天干了湿，湿了干。升井后大家都累得不想再多走一步……再看现在，咱们的工人开着凿岩台车，只需要操作机器就可以完成工作，机械作业代替了人力工作，劳动强度降低了，工作效率提高了，大家的腰包鼓起来了，每个人的脸上都洋溢着幸福的笑容。

对了，回想第一次与你见面，当我告诉你我在矿山工作时，你问我在矿山工作脏不脏，累不累，危不危险。那时的我并没有直接回答，因为当初的矿山工作确实是辛苦、危险的。但是现在的矿山焕然一新，在这里工作真的不脏，不累，不危险！咱们都按照矿上的要求喷水洒毛，不用再一身粉尘。矿上配备了大型设备，咱们不用再出苦力，操作设备就能完成工作。工作中的双体系管理与安全员兄弟，每天都在保障着我们的安全。

矿上的领导也对咱们矿工关爱有加。咱们多劳多得，只要肯努力、踏实干活，就一定会有回报。全国产金第一企业、产金百吨矿山……这些金灿灿的荣誉都是领导们正确指挥的成就，也是咱们工人兄弟辛苦劳

作的成果。我们每一个矿工兄弟的心里都有着一个共同的梦想——希望我们的企业越来越好。为了这个梦想，我们每个人都在努力。也许我们的力量很微薄，但是我们从没有气馁过，从没有放弃过；大家齐心协力，拧成一股绳，劲往一处使，不停地一起协作、奋斗、拼搏。

亲爱的老婆，我以能在咱们山东黄金工作为荣，我以能穿上这身鲜艳的工作服为傲。如今“十四五”规划的开启，又给了我们新的奋斗方向。我要在自己的岗位上努力工作，踏实前行，用我的努力让你过上更好的生活，与所有的矿工兄弟们一起见证咱们山东黄金更多的伟大时刻！

爱你的老公

2020年9月28日

“家”在山东黄金

□马晨　山东黄金集团有限公司充填工程实验室

家是什么？

作为集团充填工程实验室的一名“新兵”，身处在山东黄金这个大家庭中，我目睹的一幕幕，让我对“家”有了更深的理解和感悟。

近年来，集团从矿山生产实际出发，大力开展尾矿废石综合利用研究探索，取得了重大突破，开辟了一条全资源产业链的无尾无废矿山建设新路径，尾矿废石得以综合利用，实现了变废为宝、化害为利，创造了巨大的社会效益和经济效益。充填工程实验室勇挑重担，积极努力，让“山东黄金　生态矿业”的品牌形象更加熠熠生辉。

视频中的“家”

夕阳的余晖洒满大地，白墙、灰瓦，一座满是家的气息的农村小楼映入眼帘。镜头扫过墙角新搭的葡萄架，葡萄藤已慢慢爬上架顶，一串即将成熟的葡萄在叶间若隐若现。宽敞的院落铺着平整的水泥地面，院落中央围坐着一群有说有笑的老老少少，一个中年汉子坐在中间，正逗着怀里牙牙学语的小孩儿，鬓角的斑白隐约可见，洋溢着笑容的脸上隐藏着一丝落寞。

这一切是研发工程师宋泽普通过手机视频看到的画面。他略带感伤地对同事们说：“你们快看，这就是我家，昨晚家里聚餐，我的两个姐姐带着孩子都回去了，我爸可喜欢他的小外孙了。”有人问道：“你怎么不回家啊？国庆假期这么长，回去看看两个老人，一起过个中秋节，多好呀！”宋泽普回答道：“新城项目正在调试的关键期，很多数据都要调，离不开人的。我这个时候走了，怕影响进度，耽误大家时间。再说了，实验室也是我家，和你们一起过节，也挺好的嘛！”短短几句话透出的全是坚定。

一个视频、一段对话、一种坚定，这是充填工程实验室一位普通研发工程师的故事。2017年，他研究生毕业之时，正值实验室成立之初。他没怎么犹豫，毅然投身实验室的研发工作当中，与同事们一起见证了实验室3年多的成长。

工地上的“家”

吴再海是充填工程实验室对接山东黄金矿业（鑫汇）有限公司（以下简称“鑫汇公司”）的项目部经理。自2019年8月对接鑫汇公司项

目以来，他以现场为家，把全部精力都投入到工作中，在晨昏交替中默默奉献着自己的光和热。在进行细粒级尾砂沉降半工业试验时，为在最短的时间内获取需要的工业参数，他争分夺秒，连续半个多月都靠在现场。面对设备连续运转的状况，他每隔一小时取一次数据，一分一秒都不敢耽搁，夜晚就和同事轮流爬到砂仓顶部取样。在试验过程中，有两天数据不稳定，他在接近 40 度的高温下，顶着烈日，站在 12 米高的半工业砂仓上面调节絮凝剂添加量。为了防止溢流水跑浑，他坚持 5 个多小时来回不间断地调试，直到数据稳定达标，他才从砂仓上面下来。映入人们眼帘的是他那被汗水浇湿的面孔和布满红血丝的双眼。

正是靠着这股韧劲，他在半个月内获得了半工业试验的各项参数 100 多项，为细粒级尾砂配比新型胶凝材料尽快应用提供了数据支撑，为项目正式建设运行赢得了宝贵的时间。最让人记忆犹新的是他们提前一周完成实验室下达的目标任务，当项目带料运行充填到井下的那一刻，他和他的团队成员激动地拥抱在了一起，他对同事说：“今天，我们的努力终于得到了回报！”

项目运行意味着细粒级尾砂配比新型胶凝材料方案是可行的，这为无尾矿山建设开拓了一条全新路径。他以开拓进取的精神保质保量地完成了公司交给的重大项目，为充填数据收集论证赢得了时间。目前，新充填工艺已运行半年之久，系统稳定，充填细粒级尾砂 12 万立方、充填体强度较高，为集团无尾矿山建设走出一条新路子奠定了坚实基础。

有归属感的“家”

充填工程实验室的研发人员有一个共同点：对实验室有一种发自内心的归属感，研发工作是他们的事业，更是他们的追求和使命。正是这批以实验室为家的研发人员兢兢业业、不辞劳苦，才有了实验室从分级尾砂充填到全尾砂充填、再从全尾砂充填到细粒级尾砂充填这打破旧有观念的技术突破，才有了自主研发的、同行业领先的速凝早强充填胶凝材料，才有了具有自主知识产权的深锥浓密及搅拌设备，为实现无尾矿山建设提供了技术保障，在集团“十三五”的主旋律上留下了自己的音符。

现如今，实验室承担的鑫汇公司无尾矿山建设项目创建了溢流细尾砂高浓度胶结充填、粗粒级尾砂作为矿山产品外销的黄金矿山生产新模式，改变了充填剩余尾砂排放至尾矿库的传统处置方式，获得了省厅领导、集团领导和社会媒体的广泛关注和充分认可，项目验收时更收到院士专家团队“国际领先水平”的高度评价。目前，该项目成果已推广至新城金矿、焦家金矿、玲珑金矿、沂南金矿充填系统建设和尾矿处置再利用方面，为解决矿山生产生存问题提供了科技支撑。

自主开发的匹配细粒级尾砂速凝早强的新型胶凝材料现已进入批量化生产。两个月的焦家金矿细粒级尾砂充填井下采场的结果表明：该胶凝材料能够满足矿山生产需求；与市场同类产品相比，该胶凝材料原料来源广，生产成本低，充填体凝结速度快、强度高、稳定性好，能够满足矿山机械化高强度采矿的要求，具有广阔的市场前景。

家是什么？我有了新的答案：家是筑建在心灵原野上的一幢精神大厦，家是点亮人生的一盏七彩路灯，家是责任与担当，家是努力践行“绿水青山就是金山银山”的力量源泉。

“家”在山东黄金，山东黄金就是“家”。

结缘深井

□刘焕新　山东黄金集团有限公司深井开采实验室

“十三五”，对于每一个普通员工而言，更像润物细无声的春雨一般，浇灌着工作、生活中的点点滴滴。平日里，你似乎感觉不到它的脉搏，偶然回首，才发现企业的发展和变化已是波澜壮阔。沧海横流，方显英雄本色。山东黄金包容而广阔的平台，以及流淌的精神魅力，让每一个拥有才华和能力的追梦者拾级而上。

一

2014年，我坐上了从北京南下山东的火车，内心充满了惆怅和不舍。跨专业读研的我，虽在校成绩优异，但专业冷门，加上就业环境严峻，求职四处碰壁，北京似乎与我无缘。

我倒了几趟车，最后站在了一个叫三山岛的地方。这里有三座并列的小山包，山后有一片湛蓝的海。第一天报到的傍晚，我沿着海港慢慢走，街上尘土飞扬，没有了车水马龙，没有了校园里的同学……

王国维说，古今之成大事者，必经三种境界。“昨夜西风凋碧树，独上高楼，望尽天涯路”，此第一境也。那时夏夜，吹着凉爽的海风，闻着空气里弥漫的鱼腥味，我却仿佛感受到了冬季的孤冷，对前途命运的恐慌唯此句可形容。

“风一更，雪一更，聒碎乡心梦不成，故园无此声。”风雪之夜从井下上来，纳兰的词在我耳边萦绕，虽情景并不合，但心境相契。彼时，我无比思念我的家乡，那个鱼米之乡，在那里，空气都是香甜的。

然而，可能连我自己也想不到，当时无比挣扎的我，居然在这个海滨小镇待了6年之久，还在此地娶了媳妇，成家扎根。

如果把我和山东黄金的缘分比作一场爱恋，那我和她是“先结婚后恋爱”。

或许这便是一个大国企的魅力所在，它不会让一个有志青年因找不到方向而沉落。“让尽可能多的个人和尽可能大的范围因山东黄金集团的存在而受益。”我想我应该是一个幸运者，也是一个受益者。

二

那是2016年的冬天，有一天，我坐在三山岛金矿的办公楼里，听闻陈玉民董事长过来视察，重点是调度三个实验室的建设规划事宜。

机缘巧合，我意外地看到一本打印好的文本，那是一本汇报材料，上面描述着深井开采实验室的建设思路和方案，其中明确提出要招聘一批硕士研究生及以上学历的研究人员。

我激动地读着那本汇报材料，感受着一个企业逐梦的脚步，这本汇报材料像一丝星火点燃了我心中的希望之光。

当晚，我心潮澎湃地给实验室主任写了一封自荐信，后来又跟主管领导透露了自己的想法。我的部门经理是一个和我一样，毕业后孤身一人来到山东黄金的南方人。十几年来，他从一个年轻的四川小伙变成了一个“山东汉子”，性格爽朗，但从不吃馒头，只愿意吃米饭。因为一种独特的向心力，他选择了在此扎根，在海风之下“点石成金”。

他对我的想法并没有反对和阻拦，而是倾力相助。

那年春节的前一天，我踏着积雪，一路咯吱咯吱地来到了一座三层小楼上，见到了两位实验室的领导。

三

“衣带渐宽终不悔，为伊消得人憔悴”，此第二境也。柳永的这句词，放在此处最为恰当不过。一个人有了崇高的梦想，又有了可以挥洒的平台，剩下的只有使不完的干劲了。

山还是那几座山，海依然是这片海，空气里仍然是难闻的鱼腥味，但此时的心境却已截然不同。

结婚前，我几乎吃住都在办公楼里。几年来，我们的足迹遍布国内与海外。

我们的团队下过世界上最深的近 4000m 的矿井，经常在高温高湿的环境中挥汗如雨。我们探讨的话题总是围绕着关于深井开采的几个突出的技术难题。

我们想破解深部岩石力学的奥妙，我们建成了山东黄金自己的岩石力学实验室。

我们想为工人创造更好的井下工作环境，想减少任何形式的深部地压灾害事故。

我们虚心向国内外同行专家、学者请教，邀请他们为我们进行技术指导。

我们踊跃地申报和参与省部级、国家级重点课题。

我们想在国内外学术舞台上崭露头角。

……

与澳大利亚专家进行技术交流

在中国国际黄金矿业技术高峰论坛会上做学术报告

“十三五”已接近尾声，集团提前一年实现了当初的壮志豪言，而我们有幸以一个普通员工的身份，从科技领域的侧面观览到集团发展的壮丽笔墨。就在此前，我在电脑上敲打着实验室的“十四五”发展规划，我拟定了实验室发展的“四项基本原则”：

——坚持以自主创新为主。

——坚持以服务集团为使命。

——坚持以建设国家重点实验室为目标。

——坚持开放、合作、共同发展。

“众里寻他千百度，蓦然回首，那人却在，灯火阑珊处”，此第三境也。蓝图已然绘就，就等着我们用热血去实现！

心有明灯

□宫雪　山金期货有限公司

“十三五”以来，集团以时不我待、只争朝夕的紧迫感和使命感，提前一年实现了“市值过千亿、超预期完成利润指标、进入世界前十”的战略目标。作为集团的老员工，我亲身感受到了集团励精图治的发展历程，对集团取得的成就深感骄傲和自豪。

2014 年，我被派驻山金期货有限公司（以下简称“山金期货”），历任财务总监、副总经理、总经理。从我被派驻的第一天开始，如何打造特色鲜明的产业化金融服务商，在众多实力强大的期货公司中站稳脚跟、厚积薄发、脱颖而出，就成了我多年来一直在思考的问题。幸运的是，我的背后有强大的集团和拼搏的“山金战友”的支持。在集团的正确领导和全体员工的共同努力下，截至 2019 年年底，公司营业收入较“十三五”初期增长 1580.52%，利润总额增长 277.46%；截至目前，日均保证金较“十三五”初期增长 220%，公司行业排名提升 37 位。

每每回首过去，我都思绪纷飞，感慨万千。这五年来质的飞跃，离不开我们坚定不移地贯彻落实集团及山金期货“十三五”战略规划，更离不开我们坚定不移地弘扬“山金文化”，坚定不移地以企业文化建设引领公司发展。

从渤海之滨到黄浦江畔，变的是地域，不变的是“山金人”的奋斗初心

从2014年成立山金期货后，山金期货的初心和使命一直是“服务集团产业链，打造具有竞争力的金融衍生品服务商”。任陵迁谷变、斗转星移，这份初心和使命都深深烙印在每一个“山金期货人”的内心。成立伊始，我们便提出了“在2016年进军上海、服务全国”的目标。要实现这个伟大的目标，首要任务就是将管理总部从天津搬迁到上海，建立起完备的后台管理体系。但是在“十三五”之前，这一目标的实现却面临着重重困难：公司管理部门均在天津，核心部门人员少，流动频繁且缺少工作经验。面对这些困难，我倍感压力，但是更坚信压力就是动力。为了实现平稳过渡，我与集团派驻人员常往返天津、上海两地办公，详细规划搬迁方案。凭借着“头拱地、往前冲、抓攻坚”的干劲，我们提前完成了总部搬迁，重新组建了后台管理体系。这辉煌战绩的背后也饱含了每一个“山金期货人”忘我的付出。结算部当时只有两名员工，由于结算业务不熟练、工作量大，他们经常出错，而且常常到晚上八九点才完成结算任务。因为担心结算问题，集团派驻人员张肖与员工张琪一起加班加点，反复核算，讨论研究每个结算细节，积极向同行请教学习。正是因为“山金期货人”团结一致的拼搏干劲，公司结算业务从试错阶段逐渐实现了专业化、精确化运作。张琪也在这种高压下成长为公司结算业务骨干。

搭建后台管理体系的同时，我们也在想方设法开拓市场，做强业务，而这必然离不开人才的支撑。“人才之难万冀一，一士其重九鼎轻。”人才是企业发展的根本。出于实际需要，我们不拘一格地大胆选用认同“山金文化”、敢打敢拼的业务带头人。几年来，公司业务范围从天津、厦门、晋江扩张到上海、济南、烟台等地，分支机构从最初的3个增加到 8 个，活跃客户从 600 个增长到 4700 余个，经纪业务从严重亏损到盈亏平衡再到实现盈利。我们解放思想，引进了一批资管精英，与上海著名金融机构、顶尖私募建立合作关系，探索出经纪业务互换与投资业务协同发展的模式，使资管业务转型升级工作走在了行业前列。

成功在上海建立“根据地”，打造出山金期货品牌，需要集团外派人员大力发扬对外开发精神，更需要山金期货员工在集团文化的感染下认同集团发展愿景及企业文化。

从文化碰撞到文化交融，变的是理念，不变的是“山金人”的包容精神

山金期货成立初期，由于员工之间的工作背景不同，秉持的价值观和文化理念不同，相互之间沟通协作难免出现分歧和矛盾，这就导致工作上出现过一些挫折，也让我深感挫败。但是，我坚信集团的包容精神可以让每一位员工求同存异，谋求更好的发展。于是，我们矢志不渝地坚持贯彻集团“开放、包容、忠诚、责任”的核心价值观，以“大事讲原则，小事讲风格”的工作理念，逐步建立了心齐实干的领导班子和奋发向上的员工队伍。

从文化碰撞到文化交融的实现，需要包容的企业文化理念，更需要切实的企业文化措施。为了使背景多元的员工能够快速融入“山金文化”，我们也积极贯彻集团的“三让”承诺，锐意改革，探索推行职业经理制度，搭建市场化薪酬体系，建立了“业绩升、薪酬升，业绩降、薪酬降”的激励奖惩机制，使公司在竞争激烈的浪潮中逐步彰显出吸引力。“十三五”期间，我们通过市场化方式引进了 11 名职业经理人（中层及以上），通过公开竞聘形式提拔了 13 名年轻员工，这些年轻员工大多为“90 后”。

企业与员工之间是你给我温暖和力量，我给你奇迹和壮观，共生共荣、密不可分的依存关系。而山金期货将这种关系处理得恰如其分。正是我们积极为员工搭建发展平台，提高员工对集团的认同，才促使他们愿意扎实工作、实现自我；也正是他们的努力付出，才促使山金期货的营业收入、利润总额、日均保证金等主要指标较“十三五”初期实现了跨越式增长，使得行业知名度和品牌影响力大幅提升。

从疫情防控到复工达产，变的是境况，不变的是“山金人”的责任和担当

2020年，面对突如其来的新冠肺炎疫情，作为公司疫情防控处置工作领导小组组长，我选择了坚守岗位，选择了放弃春节与家人团聚的时间，选择了靠前指挥，全力以赴，与集团一起共同打好疫情防控阻击战。作为首批复工的金融机构，我们面临着员工假期分散在59个城市的巨大压力，防控物资采购难、员工信息掌握难、到岗现场办公难、各类业务开展难。对此，我们迅速建立总部统一管控、分支机构严格落实的联防联控机制。尽管这个时间点是除夕，正值春节假期，但是公司的防控对策一经发布，全体员工一呼百应：只要公司有需求，我们就愿意上！综合部徐鑫，从早上开始就通过各种平台抢购口罩等物资，有时候一盯就是一整天。有的员工还主动将家里的物资寄送公司。综合部单佩瑶，为及时统计上报员工健康信息，往往要到晚上八九点才能结束工作。技术部周华伟，除夕夜后就立刻返回上海，进行系统开盘前的巡检和测试。交易运作中心张铱俪，春节假期未结束就提前返岗，她每日单程通勤时间为1个小时以上。财务部曹学宗，从开市当天就坚持每日到岗办公，为减少与家人的接触，他就在公司附近单独租房住。在到岗员工的坚守下，公司顺利复工复产达产，1～3季度，公司主要经营指标全都超预期完成。

再回首全员齐心抗疫的历程，再回首“十三五”的发展成果，我不禁感叹，正是一个个普通员工心系企业、勇于担当、不计得失，并坚持不懈地为之奋斗，才绘就了集团“十三五”的美好画卷。

“十三五”即将收官，“十四五”将要起航。回首过去，我们思绪纷飞，感慨万千；立足今日，我们胸有成竹，信心百倍；展望未来，我们坚信明天会更好。我们将锚定集团“致力全球领先，跻身世界前五”的目标，以“功成不必在我”的精神境界和“功成必定有我”的历史担当，精诚团结，携手共进。一张蓝图绘到底，重整行装再出发。我们会始终沿着集团党委指引的方向坚定前行，续写集团发展的新篇章。

乘着幸福的翅膀

□邵泽阳　锡林郭勒盟山金阿尔哈达矿业有限公司

暮来朝去，岁月静好。细细数来，我加入山东黄金已经 14 年，5000 多个日夜转瞬即逝。与山东黄金相伴的日子，注定是人生中一段不平凡的旅程。在这里，我和我的伙伴们见证了山东黄金的辉煌，同时也收获了难忘的成长经历，实现了人生的蜕变。

一方水土养育一方人。我的家乡位于山东省最大的石膏矿带之中，我所在的镇有 1/3 的人依矿而生、依矿而长，我的生活也和矿山息息相关。大学毕业后，我回到家乡，加入了山东黄金石膏矿业公司。从此，我与矿山结下不解之缘。

近年来，山东黄金吹响了"抢占资源、对外开发"的号角。大批有志之士加入省外开发行列，北达边疆，南至南海，橙色的旗帜遍布祖国河山。"山金人"正诉说着企业展翅腾飞的热血衷肠，迎着改革创新的大潮乘风破浪，踏上了布局全国的征程。

只有经历了寒冬，才知道阳光的温暖。2011 年 8 月，我非常荣幸地加入到对外开发工作中，来到了草原深处的锡林郭勒盟山金阿尔哈达矿业有限公司（以下简称"阿尔哈达"）。那是我第一次出远门，来到未知的边疆，踏入向往的草原。离开年迈的父母，舍下还在牙牙学语的儿子，看着满眼坚强的妻子，我们一群人背上行囊，义无反顾地踏上了征程。乘坐火车、高铁、长途大巴，辗转两天两夜才坐上公司迎接我们的大巴车。那亮丽夺目的橘红色如春日暖阳，让我的心中充满温暖。远离了城市的繁华与喧嚣，等待着我们的是浓浓的矿山气息。我们十年的对外开发征程就这样开始了。

或许对于大部分人来说，雪是生活的调剂、茶余饭后的谈资，而对于奋战在漠北边疆的“山金人”来说，一年中 8 个月的天寒地冻却是最难熬的日子。2012 年 3 月，我国其他地区的春风已吹拂大地，北疆的风雪却依旧不肯离去。此时，“山金人”毅然身背行囊，踏上了返矿之路。他们身披红装，脚着胶履，冒着零下 20 度的严寒，奋战在冰天雪地间。

“有四辆返矿车辆被困在一棵树附近，‘白毛风’太大，找不到道路，需要救援……”听到电话里的求援声，调度值班人员立即安排救援人员带上燃油、热水、面包、香肠等物资，调动勇士履带车、推土机、铲运车，并找来有草原救援经验的老员工带路，马上出发展开救援。室外大风呼啸，雪花飞舞，到处是白茫茫一片。“白毛风”正肆虐着大地，气温逐渐降至零下 30 度。此时已是晚上 9 点多，如不及时救援，车内被困人员将无法坚持到天亮。出发时外面已分不清东西南北，能见度不到两米，道路也被大雪覆盖。在老员工的带领下，救援车辆从草原上开辟出一条新的道路。前有推土机开道，后有铲车平整道路，一行车辆摸索前进，经过 4 个小时的艰难跋涉，救援人员终于找到了被困车辆。

当时的我就在被困车辆之中，在等待救援的 4 个小时里，车内暖气已不起作用，车内温度已降至零下，脚已冷得没有知觉。我们几个人挤在一起，默不作声。听着车外嚎叫的狂风，看着车窗外白茫茫的一片，我第一次真实地感受到生命是如此脆弱，顿时思绪万千……突然，一束光刺破黑夜，穿透狂风暴雪，出现在我们的视野——救援车辆到了！喝到温暖的热水，吃到暖心的食物，见到亲人的笑脸，我终于感觉到生命的回归。随后，我们一行人在救援车辆的带领下，经过艰难跋涉，终于在次日凌晨赶回了矿区。

第二天，“白毛风”离开后，草原一片银装素裹。谁能想到这么美的景色下竟然潜伏着危险？同时，“白毛风”对生产系统产生了较大影响，一场“山金人”与风雪的大战由此拉开序幕。所有的道路和井场附近的地区都被掩埋在1米甚至数米的积雪之下，仅靠人力根本无法恢复，必须借助机械。为了彻底铲除冰雪、打通道路，全体员工冒着零下20度的严寒配合铲车清理矿区道路和井场附近的积雪；维修人员及时修缮被大雪压塌的车间，维护设备，确保生产经营的正常进行。推土机、铲运机齐上阵，经过与积雪6天的搏斗，终于打通了从矿山到满都镇长达35公里的生命之道，保障了矿山生产及后勤出行的安全。

2015年，公司改变原有的采矿方法，采用充填采矿法，优化运输、充填、选矿系统，多碎少磨、精矿再磨，引进坑内地质大钻，建设地表加沙系统等举措，取得了显著成绩：铅锌出矿品位大幅提升，万吨采掘比、总损失率、总贫化率大幅下降，采掘技术指标创历史新高，当年经济效益增加近7000万元。阿尔哈达焕发出勃勃生机，从此驶入了发展的快车道。

历经10年发展，“山金人”深耕内蒙古地区铅锌有色金属采选行业，目前生产能力达到3000吨／日，持有东乌旗境内探矿权8处，探矿面积236.4平方公里；阿尔哈达已发展成为内蒙古地区“国家级绿色矿山”“安全标准化一级企业”，牧企关系和谐、利润利税过亿的标杆企业，锡林郭勒盟地区和东乌旗政府重点扶持企业。

2016年，山东黄金制定了“十三五”战略规划。我们怀揣着对美好生活的向往，紧跟集团发展步伐，迈开步子，甩开膀子，奋斗在大草原上。

矿业本身就是一项艰苦的行业。冬季斗严寒，夏季驱酷暑。生活的枯燥、交通的不便也对员工思想情绪影响很大。进趟县城历时 4 个小时左右，大部分员工只有在休假期间才有机会出矿；员工离家 1800 多公里，回家需要倒车四五次，用时两天才能到达。随着公司不断发展壮大，如何保证对外开发队伍的幸福生活，如何吸引人才加入对外开发队伍，如何留住人才，是不得不面对的攻坚课题。

10 年间，历届经营团队在挑战中革弊求新，在机遇中创新突破，实现了经营发展的历史性跨越。刚接手之际，阿尔哈达百废待兴，面对生产系统简陋、地域偏远、交通不便、气候恶劣、文化差异、企牧沟通等难题，“山金人”没有畏惧，没有退缩，而是凝心聚力，直面困难，敢于担当，披荆斩棘。公司从成立之初的亏损企业，迅速成长为中华事业部乃至集团公司的骨干企业，实现了从小到大、从弱到强的精彩嬗变。

公司员工的工作环境和生活质量也得到了极大的改善，正式开启了对外开发队伍的幸福生活模式。公司先后投资新建 3000 多平方米的职工活动室、标准化塑胶篮球场、羽毛球场等场地，乒乓球桌、台球桌、动感单车等锻炼器材一应俱全。从此改变了员工下班后无处可去，只能待在宿舍的枯燥乏味的生活。修建员工洗衣房、晾衣房，修缮职工宿舍，新建双职工宿舍，建设企业文化长廊、职工阅览室，组织形式多样的主题活动。配备医疗设备齐全的救护车，改建矿内医务室，邀请技术精湛的部队退休医生坐诊，将员工生命安全放到第一位。现在矿区内绿树成荫、繁花朵朵，已然成为草原上一颗璀璨的明珠。这开创了集团对外开发队伍的幸福生活新模式，员工的幸福指数和幸福感直线飙升。矿山日新月异的变化见证了对外开发人员的付出和收获，“幸福阿尔哈达”之名在齐鲁大地广泛流传。

“海阔凭鱼跃，天高任鸟飞。”2020 年，阿尔哈达刚过完 10 周岁的生日，我们最早的一批对外开发人员也已坚守了 10 个年头。我们在这里撒播汗水，收获成功。许多青年员工从技术岗位走上了领导岗位，从青葱学徒变成了专业能手。企业效益年年攀升，我们的工资收入也不断提高，家庭生活质量发生翻天覆地的变化——旧房换新房，小车换大车，家庭幸福指数爆棚。这些都是我们参与到集团对外开发中的收获，是幸福的源泉。十年坚守，十年拼搏，十年收获。我们在阿尔哈达用实际行动诠释了“以人为本、坚守担当、凝心聚力、不负韶华”的精神内涵。

汗水与幸福充斥着我们奋斗的疆场。瞭望碧蓝如洗的天空，一望千里、牛羊满地的草原，对外开发将士还在默默坚守。我相信，总有一天，黯淡无光的沙砾会在不断磨炼中成为耀眼的珍珠。就让山东黄金这条大船载着我们扬帆远航吧！

以规矩成方圆

□孟伟　山东黄金集团有限公司黄金局办公室

回眸“十三五”的发展历程，令我感受最深的是山东黄金对于“规矩”的理解和实践。总结“十三五”的成功因素，我认为“以规矩成方圆”是最主要的方面。

2016 年 6 月 14 日，济南南部山区群山吐翠、万木葱茏。我和同事们提前一天赶到这里，筹备集团“十三五”战略推进研讨会会务。在办公室工作时间长了，文秘、会务等工作已成了家常便饭，所以我们只当作是把会议室从集团内搬到了集团外。调试 LED 屏、摆桌签、起草新闻通稿……我们机械地做着已经熟悉得不能再熟悉的各项工作。当看到会议日程时，我不禁吃了一惊。

会议首次邀请建银国际（控股）有限公司、中国国际金融有限公司、摩根士丹利华鑫证券有限责任公司、花旗国际环球金融有限公司、蒙特利尔银行、罗兰贝格企业管理（上海）有限公司等 8 家国际知名公司，详细分析集团“十三五”发展面临的国际国内形势，实现“十三五”目标需要破除的制约瓶颈、需要采取的措施方法等，让人听了耳目一新。

会议首次让与会的 66 人，对照“十三五”战略定位、业务布局、

山东黄金召开“十三五”战略推进研讨会

发展目标、实施路径，对照所在业务领域、所分管工作、所在部门职责一一进行热烈探讨，他们对此提出了许多有针对性的建议。

会议从当日上午 8:30 开始，一直持续到次日凌晨 1:50，历时 15 个小时，与会人员脸上写满疲倦却笑意盈盈，眼睛布满血丝却精神抖擞。他们仿佛看到“十三五”发展的辉煌成就已经呈现在眼前，仿佛看到山东黄金的世界一流企业道路越走越宽。

争一世之雌雄，需要从全局出发去规划。“这既是一次集团‘十三五’战略规划实施路径的研讨会，更是一次近距离与国际顶级专家对话学习的机会，必将为集团‘十三五’高质量发展奠定坚实的理论基础。”陈玉民董事长在会上的一席话道出了这次研讨会的意义和价值，也道出了集团以战略引领高质量发展、建设世界一流企业的雄心壮志。

2015 年 10 月 23 日，集团新一届董事会成立。这是集团历史上第一个极具现代企业管理内涵的董事会。集团新一届董事会第一次会议召开前夕，陈玉民董事长专门召集我们研讨会议的每一份资料，并告诫我们，制度管人、流程管事，董事会的每一个决议事项都必须符合党的路线、方针、政策，符合现代企业经济管理模式，符合集团“十三五”战略规划要求。时任办公室主任的吕海涛同志指导我们完善每一项制度、每一个流程，将一项项工作都纳入符合现代企业法人治理的范畴。由于日常事务繁杂，办公室的每个人都身兼数职，像制度完善、文件起草等工作一般都放在下班后。有时候忙得顾不上吃晚饭，大家便吃火腿肠配方便面凑合一顿，七八个人同时围在资料橱旁吃方便面的场景颇为壮观。就这样，《集团党委“三重一大”决策制度实施细则》《董事会一人一票表决制度》《外部董事履职服务制度》《企业治理主体间密切沟通制度》《董事会会议资料存档制度》相继起草、出台，董事会决策更加科学、规范、高效。

制度是规范员工行为的规则，是保证企业良好秩序的前提、基础，是各项事业取得成功的重要保证。随着时间的推移，集团董事会建设步步深入，集团又明确了党组织在企业法人治理体系中的重要作用，继而

筹备山东黄金第一届董事会第七次会议

在把方向、管大局、保落实中充分发挥领导核心与政治核心作用；健全完善“三重一大”决策制度实施细则以及党委常委会、董事会、监事会、经理层“三会一层”议事规则，厘清了治理主体的职责边界；探索推行职业经理人制度。2016 年 3 月，经集团党委常委会推荐，董事会正式聘任了总经理、副总经理等经理层成员，从此拉开了董事会市场化选聘、契约化管理经理层的序幕。

“设绳墨而取曲直，立规矩以为方圆。”据不完全统计，“十三五”期间，集团累计修订、完善和制定实施管理制度、管理规定、管理办法、实施细则等千余项，进一步巩固了“用制度规范行为、按制度办事、靠制度管人”的现代企业管理机制。集团进一步营造了广大干部员工人人遵规、事事守纪的氛围，加快了集团“十三五”战略规划的顺利实施，促成了企业乘风破浪、扬帆迈入世界前十的骄人业绩。

2020 年 7 月 14 日，时隔 4 年后，我和同事再次来到济南南部山区。这次是为了筹备“山东省黄金行业后疫情时代黄金发展新形势新机遇座谈会”。在会议报到现场，集团参会领导微笑着迎接山东招金集团有限

山东省黄金行业后疫情时代黄金发展新形势新机遇座谈会会场

公司、中矿金业股份有限公司、山东恒邦冶炼股份有限公司等全省其他知名黄金企业的主要负责人，一起畅谈当前的国际国内经济形势、黄金矿业发展环境等，相互交流企业一年来的发展情况、工作感想。场面热情洋溢，处处体现着“开放、包容、忠诚、责任”的集团核心价值观。

“十三五”以来，集团更加重视企业文化建设，以文化引领员工行为规范，营造全员拼搏“十三五”的浓厚氛围。“集团的每一个会议、每一份文件、每一次奖励、每一句演讲、每一次出行、每一次会见都成为企业文化的宣传载体、传播媒介，让集团内外时时处处闪耀着‘山金文化’的光芒。”2015 年 12 月 28 日，集团“十三五”规划及企业文化体系研讨会在济南长清园博园召开，会议在研讨集团“十三五”战略的同时，首次大范围地对企业文化体系进行专门研讨，全面深化拓展企业文化体系，进一步丰富内涵、提升层次，形成了包括企业精神、核心价值观、理想目标等在内的集团企业文化理念体系，为实现“十三五”战略目标提供了不竭的动力源泉。

企业文化能否给员工带来使命感、归属感和荣耀感，决定着企业的发展前途。2016 年 2 月 16 日，集团又在 17 楼会议室召开“十三五”规划和企业文化体系学习研讨会，进一步推进集团“十三五”规划迅速落地和新企业文化体系深入人心。集团坚持通过趣味运动会、矿工节、新年联欢会等极富山东黄金特色的娱乐活动凝聚员工团队精神；坚持通过主题演讲、安全知识竞赛、文化艺术节等喜闻乐见的文化活动引领员工全面发展；坚持通过员工书画展、自荐书阅览室、主题访谈等形式多样的活动提升员工综合素养，努力满足不同员工群体多元化的精神文化需求。通过企业文化的宣传贯彻，集团将员工的精神凝聚在一起，凝聚到企业的发展崛起上来，凝聚到“十三五”战略目标的实现上来。

"木受绳则直，金就砺则利。"从集团战略明确发展目标到五年规划定位发展方向，从规章制度驱动企业前进到集团文化引领精神崛起，无不是先出规矩再谋发展，才有了集团各项工作的跨越式超常规发展，才有了"十三五"的圆满收官。

走近 Perth　走进 Focus

——与集团海外项目“第一次亲密接触”

□王伟霞　山东黄金集团有限公司企业文化部

位于澳洲 Perth 的 Focus 公司是集团海外运作的矿山之一，其管理经验、人才储备、文化交流等，对于推进集团“国际化”进程具有重要意义。紧跟集团“走出去”的步伐，我们走近 Perth，走进 Focus，与集团海外项目“第一次亲密接触”。

身未动　心已远

在接到赴澳采访的通知之初，对于这次不同以往的一线采访，我们期待满满。怎样向海外“山金人”传递集团大家庭的温暖，如何更快地深入海外矿山，在最短的时间内将海外矿山的声音传递出去，成为我们的首要问题。

围绕想到的各种问题，我们请教了集团副总经理、山东黄金国际矿业有限公司（以下简称“山金国际”）兼 Focus 公司董事长裴佃飞，访问了山金国际副总经理、Focus 公司董事葛玉环，熟悉了 Focus 公司的总体情况。我们还特意为他们团队制作了专属工作日志本，集团董事长陈玉民，集团总经理、山东黄金矿业股份有限公司董事长李国红在每

由集团领导亲笔致辞的 Focus 团队专属日志本

一本工作日志上都亲笔写下对海外将士的寄语。

得知山金国际副总经理葛玉环和投资发展部经理张翀为推进 Focus 复产工作也有赴 Perth 工作的计划，时间和我们基本吻合。能与他们同行，让我们心里踏实了许多，彼此在无形当中增加了许多亲近，爱开玩笑的葛总更是被我们尊称为“葛大爷”。从准备资料到签证办理，从温馨提示到行程计划，从矿山介绍到沟通安排，葛总和张翀倾力相助，点点滴滴透着“黄金一家人”的关照和体恤。对于未来十几天的“Focus 时间”，我们身未动，心已远。

走进 Focus

Focus 公司成立于 2001 年，是一家澳大利亚黄金上市公司。2012 年 12 月，经山东省国资委和山东省发改委审批，山金国际出资并购该公司 51.27% 的股权，目前持股比例为 49.53%，其核心资产为位于西澳大利亚的 Laverton 矿区和 Coolgardie 矿区。

在并购后的第二年，受国际金价下跌、备采矿量保有不足、产量下降三重因素影响，成本大幅上升。经过 Focus 公司董事会决议，先后于 2013 年 5 月和 7 月对两个矿区进行停产。2015 年以来，随着国际金价的回升、澳大利亚经济形势的变化、探矿增储的积累，公司做出了对 Coolgardie 矿区复产的重要决策。

此次的 Focus 之行，山金国际副总经理、Focus 公司董事葛玉环的任务是赴澳推进 Focus 的复产，而我们不仅要体验这里的矿山工作和日常生活，同时也将见证 Focus 公司积累多年后的再次启航。

诚信文化下的高度自觉

尽管外面夜色朦胧，尽管舟车劳顿，也难抵初访 Perth 的那份期待。随着人流行进在过关的通道中，听说国外对进关要求严苛，我们早已做好准备。轮到检查我们的行李时，“秘书长”主动承诺，我们没有携带任何违禁物品。对方表示：“你要为你的承诺负责。”在得到确定的答复后，对方选择了不开箱验查，直接机器检查。检查完毕后，他向我们伸出了大拇指。“你要为你的承诺负责”，足显西方文明对诚信的重视，也是对我们“山金人”践行企业核心价值观的一次检验。

在 Focus 公司，诚信文化无处不在。员工入职后，要在第一时间去银行办理个人缴税账号，有了缴税账号，才能领取薪酬，才能租房、买房。这里的每一个人都会自觉纳税，在年底前为防止少缴税款，他们会选择多缴一部分，宁愿多退，也不愿因此影响个人诚信。

公司员工合同工作时间略有不同，有的 9 小时，有的 8 小时，有的 7 小时，没有打卡，没有监督，但是每一个人都会自觉遵守入职时签订的工作时间，若是需要提前下班，他们一定会把上班的时间自觉提前。

在矿区一线的工作现场，同样没有专人进行考勤监督，每一个当班的人都按照各自的工作计划向前推进。

在澳洲，诚信成为一种下意识的思维方式，成为一种近于本能的行为习惯，这体现了一个群体共同的进步。在我们的企业文化里，诚信同样是被上升到人文层面的共同认知："山金人"坚守自己的本色，坚持自己的底线，诚信真正成为每一个人的文化自觉。

把敬业当成常态

到达 Perth，入住酒店时已是凌晨时分。无论是初次造访的我们，还是久居海外的他们，都压抑着内心升腾的激动。这份亲切就像我们去国内任何一座矿山一样，丝毫没有因为距离的遥远而隔断内心的共鸣。即使彼此没有太多的了解，也同样能体会到家人般的亲切。

经过一夜的休整，加上初来乍到的好奇，清晨醒来，我们又都精神焕发。按照这里的上班时间，我们赶在 8 点前来到办公室。闲谈中得知，办理完入住手续后，"葛大爷"与 Focus 公司 CEO 杨旺红就复产工作交流到凌晨 3 点。到公司的第一天，他又迅速进入状态，第一时间听取 Mining one 针对 Coolgardie 矿区复产的预可研汇报。他的这份敬业令我们深深折服。

而敬业也并非中国员工专属。我们了解到，在 Coolgardie 矿区和 Laverton 矿区的野外作业人员执行的是工作 9 天，休息 5 天，日工作 12 小时的工作制。西澳夏季气温高达 40 多度，在裸露的野外没有树荫可以乘凉，没有冷气可以降温，只能依靠携带的冰块和冰水防暑降温。因此，当在 Laverton 听詹姆士和欧文说，他们每天三四点起床，5 点多钟就会以邮件的形式将前一天的现场数据发回公司，6 点钟就带着午餐赶去现场时，我们深受感动。

对于这份敬业，Focus 公司 CEO 杨旺红这样向我解释："在澳洲，包括大多数西方人心里，相比于宏大的公司目标，他们更专注于自己的岗位目标，而这个过程更多的是体现出每一个人的'职业化'素养。"这使我想起曾经采访过的"全国劳动模范"山东黄金矿业（莱州）有限公司焦家金矿寺庄分矿安全大组长王显亮，对于"三十三年井下行走十万八千公里"的传奇，他对自己工作的评价却只是一句"安全检查是我的本职工作，我得对我的工作负责"。

"责任"在我心中。是的，只有每一个个体极尽所能、共同努力，才能成就一个有远大理想的集体。

海外矿业的人才竞技

得益于澳洲发达、成熟的矿业体系、矿业环境，成熟的矿业劳动力市场，尽管 Focus 只是西澳很小的一家上市公司，但同样拥有专业的管理团队和技术力量。新的物化探技术在公司勘探中应用广泛，地质数据库、各种地质软件、资源模型优化等成为公司进行地质工作的必备工具。

Focus 的 19 名员工中就有 7 名地质师，他们分别是澳大利亚和加拿大相关专业协会的会员，其中 4 名资质人（CP）负责和参与 Focus 公司勘探成果以及资源量等信息的对外披露。根据 JORC 规范，资质人须为澳大利亚矿业与冶金学会 (AusIMM)、澳大利亚地质科学家学会 (AIG) 或认可专业机构的会员。此外，资质人应熟知 JORC 规范，同时在相关领域具有足够的经验和知识。

随着集团"走出去"步伐的加速，对于海外矿业人才的需求日益强烈。从举办商务英语培训班提升团队国际化语言能力，到参与世界金属矿业大会拓宽专业管理人员的国际视野；从组织人员赴海外矿业公司考察洽谈，到组织赴海外矿山工作及学习锻炼人员的选聘，可见集团打造国际化专业人才的决心和努力。

通过 Focus 这个窗口，我们了解到，作为一名海外矿业人员，除了要具备最基本的语言技能外，还要有丰富的专业矿山经验。地质人员要熟悉多种地球物理和地球化学等区域地质工作方法，并能熟练使用地质信息数据库和 GEOVIA Surpac 地质软件；采矿人员要熟练使用矿山地质模型及 GEOVIA Whittle 矿山设计和优化设计软件。这样的要求在海外矿业是基本的职业要求。对于有着更高职业抱负的“山金人”，除了需要投身集团海外事业的满腔热情外，我们更要从专业化的角度与世界接轨。

简单也是一种风格

简单是我们对西方人处事的一种普遍印象，这份简单同样适用于 Focus。

Focus 公司董事会秘书、公司发展总经理 Dane Etheridge 这样描述他心中的 Focus：工作思路非常清晰，人与人之间的职责、权限也同样清晰。从公司架构简单的扁平化管理，到面对问题时直接查找根本原因，从人与人的相互关系，到工作生活的完全分开，都体现着一种西式的简单。

Focus 公司环境工程师 Michael 告诉我们，澳洲大多数公司更注重团队沟通、协作能力，提倡直接式问询。比如，对于新入职员工，每一个应聘岗位都会有非常明确的职责和目标，并且每一个人都有一份比较清晰的职业规划，以便让每一个人更好地专注于自己的岗位工作。此外，相应的“导师系统”会对他们进行引导和试用期评判，这有些类似于国内我们熟悉的师傅。而导师们也会以“同一个目标”为出发点，做到有问必答，毫不隐藏。

公司为两位“寿星”准备的生日聚餐

在Focus，我们也有幸体验了Focus的复活节活动和员工的生日聚餐。假期的前一天上午10点，公司所有员工如约汇聚在办公区外的茶歇间，或坐或站，围成一圈。桌子上早已摆放好了两盘甜品：一盘是公司员工汉娜亲手烘焙的面包，另一盘是公司买的几组巧克力蛋糕。公司CEO杨旺红简单几句开场白后，大家就开始分享这简单的“节日大餐”，享用的过程中相互聊一些轻松的话题，十几分钟后便各自回岗，重新进入工作状态。而员工的生日聚餐一般安排在周五举行，两盘不同口味的三明治是大餐的主角。

简单的场所、简单的茶点、简单的方式，这就是Focus的复活节活动和生日聚餐，独特的方式又一次印证了西式的简单。在矿区，同样是每个周的周五，现场工作人员也会借安全例会的机会组织简单的BBQ（户外烧烤），这种放松形式成为矿区工作、生活的简单点缀。

“简单”一词，在对Focus员工的采访里，是被来自各国的员工提及最多的词汇。简单、直接的思维方式、工作模式在像Focus一样的海外公司中普遍存在并被广泛认同。“山金文化”所倡导的“公正、开放”，同样是要构建公开、公正、简洁、高效的管理体制和人文环境。我们要“走出去”，首先要走出固有的思维模式、工作模式，保持一颗初心，轻装上路。

不一样的矿区体验

"飞"着去上班

西澳地广人稀，矿区距离遥远，早就听说 Focus 的员工需要坐着飞机去矿区工作，独特的矿区生活让我们满怀憧憬。

按照计划，我们乘飞机由 Perth 先飞往黄金小镇——卡尔古利，然后从小镇开车半个多小时到达 Coolgardie 矿区。

正如之前大家介绍的那样，机场随处可见身穿矿工服的矿工拿着行李赶飞机，这样的场景让我们大开眼界。在到达卡尔古利机场的最早航班上，同机舱的乘客 90% 都是身着矿工服的矿工，俨然一副"矿工专机"的样子。澳洲各家矿业公司的矿工服基本以荧光绿为主体，辅以藏蓝作为配色，所以放眼整个机场和机舱，我们身着的山东黄金橘红色的矿工服格外显眼，此刻这抹橘红让我产生了从未有过的自豪感。

与国内矿山相比，这里的矿区十分偏远，矿区周边更为闭塞，这也是为什么这里的矿区工作时间和休假时间要相对集中，员工要在矿区连续工作 9 天后再进行倒班休息。

好山、好水、好寂寞

Coolgardie 矿区和 Laverton 矿区相距 5 个小时的车程。在公司目前的工作中，两个矿区同时肩负着紧张的勘探任务。我们依次到达两个矿区重要的探矿点和原来的采矿点，并入住矿区营地，亲身体验这里的矿区生活。

白天的矿区有着我们难得一见的蓝天，脚下是一眼望不到边的低矮植物，空气通透得让人禁不住多吸几口，这番美景随便一拍就堪比专业的摄影大片。

站在矿区，放眼望去，除了寂静还是寂静，陪伴现场工作人员最热闹的“伙伴”是成群的苍蝇。在这片荒无人烟的矿区，只要人一出现，无数只苍蝇就会扑面而来，我们也着实感受了一把它们的热情。Focus的同事笑称，这些苍蝇太久没见到这么多“活物”了，更何况我们的到来还让它们难得换了换口味，以至于如此欣喜若狂！

Coolgardie矿区营地是公司在离矿区不远的小镇上租用的一处平房，供这里的现场人员轮班入住，室内配有日常所用的家用电器。Laverton矿区营地同样坐落在小镇上，由一家专门的矿山营地经营公司承接，以酒店式的管理模式来经营。这里是附近多个矿业公司营地的聚集地。营地房间是简单的集装箱和板房结构，每一个集装箱内配有单人床、书桌、衣柜、空调、淋浴、马桶等设施。这里所谓的“小镇”可不是我们热闹无比的“中国式小镇”，汽车行驶在去往矿区的路上，我们能见到的除了灌木丛还是灌木丛。

到达Laverton矿区时已是下午6点多，刚刚抵达营地的我们恰好遇上收工的Focus员工。通过他们的简单介绍，我们得知，常年工作在这里的他们，每天的生活极其简单，矿区—营地两点一线，白天在野外，

Coolgardie矿区 Three Mile Hill选厂

傍晚回营地。为了缓解枯燥，丰富矿工生活，营地配有简单的健身、休闲设施。年轻的詹姆士告诉我们，忙完一天的工作，回到营地，他每天晚上 7 点多就准备睡觉了。

习惯了热闹和繁华，看着营地夜空的无数繁星和空中飞来飞去的萤火虫，在惊艳于这番美景的同时，我们更是感叹陈玉民董事长对这里“好山，好水，好寂寞”的评价。在这座孤独的城市里，每一个工作在这里的人，在习惯这里的美景之余，更要习惯这里简单到让人“寂寞”的矿区生活。

Focus 的温情相伴

十几天的“Focus 时间”，除了对矿区和总部工作的熟悉了解，怎样将集团大家庭的温暖传达到位也是我们此行的一项重要工作。

当我们将陈玉民董事长和李国红总经理亲笔签名的工作日志本送到 Focus 的“山金人”手中时，公司 CEO 杨旺红连连表示“太感谢了，太意外了”。透过这份意外的惊喜，我们体会到，我们的工作可以更多、更好地去传递集团对每一名“山金人”的关怀和关注，无论他在世界的哪个地方。

“Focus 时间”虽然短暂，但是作为集团派出的文化使者，我们更想利用有限的时间为这里的“山金人”做点什么。于是，我们提议，工作之余去超市采购食材，在酒店的房间里以家宴的形式，邀请海外的同事们共进晚餐，尽可能多地去温暖这里每一颗漂泊孤寂的心。

“葛大爷”的顺菜，燕子的蒜蓉西兰花、凉拌芹菜，杨总亲手煮的刀削面，郭总的独家酱牛肉，风帆的“孙式烤肉”，“秘书长”张翀到位的刷碗技术……忙完一天工作的大家汇聚在一起，谈天说地，轻松畅聊。饭菜虽简单，但这一顿由“家人”共同完成的团圆饭，却不知能抚慰多少漂泊在外的心。

温馨的瞬间被定格在Perth这座孤独的城市。繁星点点的Perth之夜，虽没有繁华都市的热闹，但因为对职业的专注投入，对初心的执着坚守，对“争做国际一流，勇闯世界前十”这一共同目标的追求，共聚于此的“山金人”此刻不寂寞！

黄浦江畔的“山金人”

□孙永登　山金金控资本管理有限公司

上海黄浦江东岸，其昌栈码头旁，银联国际、中国进出口银行、江西铜业等企业一字排开，山东黄金也位居其中，背后便是陆家嘴滨江高耸入云的金融建筑群。这里是游客眼中美轮美奂、叹为观止的天际线，是国家规划版图上的资本重镇，也是当之无愧的现代金融产业地标。

自 2012 年以来，集团在这里设立山金金控资本管理有限公司（以下简称“金控公司”），开始与国际一线资本平台近距离接触，这就有了黄浦江畔的山东黄金的故事，有了金控公司在“十三五”期间奋斗的身影。

由于工作需要，我有幸与不同岗位上的“山金人”直面接触，让我得以窥见文字材料背后一个个鲜活的个体。正是这些立足于个体之上凝结的集体意识或曰企业文化，构筑了企业发展的坚强基石，让山东黄金的金字招牌在黄浦江畔熠熠生辉，成为集团对外开发成果的展示窗口。

“晓翔，帮我看看社保卡有没有收到？”趁着来这里出差的间隙，在金控公司所属企业就职、开拓深圳市场的李国栋问我同事。我打听了一下原委，原来，因为长期忙于公务，无暇顾及自身，他去深圳之后很久才意识到没有办理上海地区的医保卡，只能委托别人代办。屈指算来，李国栋离家已经五年多了，亲历了集团“十三五”规划的整个历程。从泉城、黄浦江畔到改革开放的最前沿——深圳，不同工作岗位上的历练，让他显得愈发成熟稳重，但他初心未变。他的个人成长轨迹，与集团开始逐步构建的产业链金融业务版图、正式登陆国际的资本平台、不断发展的对外开发战略相生相伴。他是集团重要历史进程的见证者和践行者。

每天午休时间，我都会遇到沿着滨江散步的风险管理部经理夏强。下班回家的地铁上，有时候我们同程，他偶尔会跟我聊起家乡南京的紫金山、玄武湖和他的母校南京大学，这时候才能看到他骨子里江苏人柔情似水的那一面。我们都喜欢历史，地铁上，他会用 kindle 下载文献古籍研究那些遥远的往事。不同于生产型企业，资本管理行业具有业务流高度抽象、资本流高度聚集的特征，从业者是名副其实的“戴着镣铐跳舞”，风控审核、实时监控、事后稽核、责任追究“四位一体”的风险防控体系是保障所有业务顺利开展的大前提。作为风控部门的主要负责人，做好资本的“守门人”是他奉行的圭臬，也是他践行的目标。我们都因为一个共同的目标来到山东黄金，长期来看，都受到了某种使命

金控公司夏强

的感召。这种感召既是对同一种精神理念的认同而产生的同志情谊，也是对美好生活的向往。诚如斯言：“幸福是奋斗出来的。”

“我们单位烟台人很多，我事先都跟他们打听好了路线。在蓬莱机场怎么拼车，大巴的路线是什么样的，会在哪些站点停，这些我都已经了解。这样每次回去，我坐飞机才不会慌。”每次回到烟台探亲，付纳都是匆匆忙忙。工作脱不开身，她就坐周五晚上的航班，这样可以多出一个晚上来陪伴家人。疫情期间她给父亲理发的一张照片让我动容，也让我想起了自己的家人。作为“山金人”，大家平时马不停蹄地忙于手头事务，鲜有真情流露的机会。在那一瞬间，我才看到了她眼中深深的暖意。“滨州医学院在烟台设置了分校，这样离爷爷奶奶近，又可以学自己喜欢的专业，反正我常年在外顾不了家。”谈起儿子，她身上严谨干练的那层外壳会暂时地褪去，此时她不再是为维护公司权益和业务对象据理力争的职业经理人，而是一个妈妈。家庭是她在黄浦江畔灯火通明的办公室兢兢业业的“锚”，是将身处异乡的自己锚定在坚实大地上的坐标。从精炼厂交易部、市场部到金控公司所属贵金属公司经纪业务部，付纳的职业轨迹深刻反映了集团“十三五”规划产业链金融板块的战略调整步伐。

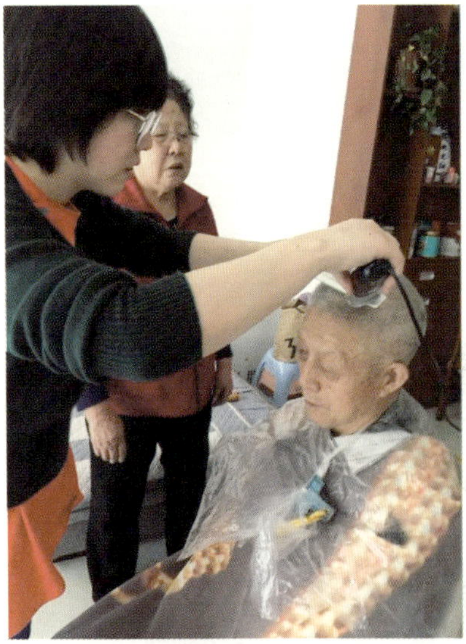

金控贵金属公司付纳

如果说，李国栋是集团深化产融结合力度、“向外走”的典范，那么，金控公司引进的高级金融管理人才夏强，就是集团五湖四海广纳贤才、构建专业的人才梯队的标杆。而付纳则代表了从一线业务岗位上成长起来的“半边天”，她身体力行，参与集团贵金属业务产品线对外扩张，见证了金控公司“十三五”产融结合道路的发展轨迹。

这片金融领地上的人都有自己的故事，但是只在夜深人静或酒酣耳热的时候才有机会讲述。他们有的从一线矿山加入对外开发大潮；有的从集团调任；有的曾经驻扎省外并购企业，长年累月不能回家……这就是我身边的“山金人”，赤忱火热，严谨规范，每个时刻都要演绎好自己的角色。

疫情期间，这座号称“不夜城”的大都市被迫按下了暂停键。虽然工作没有停止，但此时的“山金人”格外想念家乡的美食。在租住的员工宿舍里，他们学习抖音上的鲁菜做法，用这种方式一解乡愁。故乡的山川风月此刻显得既遥远又真实。这些黄浦江畔的“山金人”，因为一个共同的目标聚集到一起，各司其职，恪尽职守，但于金控公司这个大系统而言，他们如紧密咬合的齿轮，环环相扣，围绕集团“十三五”规划修编后的产业战略定位，将黄金产业链金融业务板块的发展目标一致推向前。

凡是过往，皆为序章。创制伊始，金控公司在黄浦、杨浦两处逼仄的写字间办公，初期的拓荒者逢山开路，遇水搭桥，艰难地周旋于资本市场，于人迹罕至处杀出一条血路，绘就了黄金产业链金融的发展蓝图。后来，金控公司搬迁到浦东新区，有了新的起点，团队不断扩充，业务版图也日益扩张。2021 年，金控公司即将跨过江水，搬迁至中国近代工业的发源地杨树浦地区，与陆家嘴金融中心隔江相望。这短短的一江水，赴沪对外开发的“山金人”来来回回走了整整 8 年。这点点滴滴是集团对外开发步伐的生动印记，曲折却又坚毅、矢志不渝。未来，金控公司将继续于平凡之中书写传奇，成就集团发展大业的辉煌。

守住心中的梦想

□高超　内蒙古山金地质矿产勘查有限公司

每个人的心中都有梦想，而梦想对每个人来说，都好比人生道路上的一座灯塔，始终在远处指引着你，让你奔着它的方向不断前行。人活一世不一定要轰轰烈烈，但一定要求真务实。淡泊明志其实也是一种人生境界。只有守住心中的梦想，才能在人生的路上走得踏实、稳健、精彩。

还记得 8 年前，大学毕业后，我非常荣幸地进入了山东黄金，并被外派到位于北疆的内蒙古山金地质矿产勘查有限公司（以下简称“内蒙地勘公司”）。在入职报到的第三天，我便赶上了一场罕见的大雪。这场大雪来得突然，不觉让人感到一丝紧张，据说那年的雪是几十年不遇的一场大雪。熙熙攘攘的雪花下下停停，大约持续了两天，以至于街道两侧的堆积雪凝成了一米多高的冰墙。由于这里的气温持续低下，直到第二年的五月，冰墙才消融不见。赤峰的冬天虽然寒冷，但我们的内心却一片火热。

我们这个地质小分队一行 8 人，带着对草原的无限向往，向着锡林郭勒盟大草原深处缓缓驶去。在历经 8 个小时的长途跋涉后，我们如愿抵达了我入职后的第一个勘查项目——布金黑项目。此时夜幕已经降临，但我们还是情不自禁地四处张望了一番。迎面是高耸的井塔；眼前是看似简单却并不简陋的房屋；不远处的朦胧西山被晚霞映照着，像是泼了一层鲜红的墨，红透了半边天。初到草原的兴奋让我们忘却了饥饿和舟车劳顿的疲倦，只顾忙着搬卸行李，收拾床位，打扫卫生……忙活着这一切的同时，我们也在整理着自己的心情。面对全新的环境，年轻的我们既兴奋又紧张，憧憬着在这片土地上实现我们的价值。因为我们拥有着同一个梦想，命运的轨迹也被捆绑在一起，我们一起来到了这个美丽而又陌生的地方，一起履行使命，探获矿藏，创造奇迹。

布金黑项目位于锡林郭勒盟的东北部，距与它最近的罕乌拉苏木也有近 15 公里的路程。驻地以南不足两公里处有一条被称为呼吉尔郭勒的河流，北面有一座被称为布金黑绍荣的山峰，整个勘查区地势开阔，人烟稀少，驻地周边仅稀疏地散布着几家牧户。这里山清水秀、风光优美，是牛羊马群的自由天堂，亦是珍稀动物的栖息之地。灰鹤、鸿雁、大雁、鱼鹳等许多珍稀动物在这里自由快乐地生活；可爱的土拨鼠、狡猾的狐狸、欢快的狍子，你都能在这里发现它们的身影。在如此美丽的草原上，形形色色的花自然是少不了的，有火红的萨日朗、洁白的芍药花、米黄的罂粟花、胭脂粉的狼毒花等。这些花朵在幽幽的青草间盛开得姹紫嫣红，为这绿色的草原平添了几分姿色。美丽和谐的环境、珍贵可爱的动植物们都让人流连忘返。

在这片草原上，你可欣赏到风景如画的一面，当然也会看到苍凉萧瑟的一面。这里是高原地区，一年四季风沙盛行，昼夜温差偏大，风云变幻无常，春夏迟来短暂，冬季绵绵漫长；你会时常听到黄沙漫天的呼啸声，或是遭遇突如其来的大雨，甚至会“欣赏”到传说中的六月飞雪。每年的九月下旬便是草原漫长冬季的开始，茫茫草原脱落得只剩下枯黄一片；等到十一月过后，枯黄的原野上白雪皑皑，厚厚的积雪像是一床巨大的羊绒毯，紧裹着这片大地，让人分不清哪儿是来时的方向，哪儿是归去的路途。

随着布金黑项目勘查工作的逐步开展，我们这个年轻的地质小分队也不辱使命、绽放青春，一股脑儿便扎进忙碌而又繁杂的地质找矿工作中。白天起早，背着军绿色的地质包，带上罗盘和放大镜，提着锤子，踏着青草露珠，沿着既定路线一路前行；翻山岭，越山谷，寻找岩性界线，识别地层岩性，追索矿化线索，测量地质产状，采集岩石标本。夜晚细耕，三五人围席而坐，各自忙碌，整理总结一天的地质笔记，查阅书籍解决疑难杂题，利用软件绘制各类图件，一起探讨第二天的工作计划。在这里，我们每天的工作忙碌而又充实，艰辛而又快乐；每一项工作，我们都一丝不苟地去完成；每一件事情，我们都细致入微地去处理。随着时间一天天地过去，我们逐渐熟悉了这里的环境，学会了在静谧的黑夜里欣赏浮云星辰、草原月色，倾听大自然的风声、雨声，昆虫嘶鸣和爬行的声音，飞蛾扑打窗台的声音，还有隔壁传来的同事熟睡的鼻鼾

布金黑项目

声。我们也会在朦胧的月色下，顶着满天的星光，借着微弱的信号去传达我们的思念：有的人拨一通电话给千里之外的父母，道一声问候、报一句平安；有的人拨一通电话给要好的朋友，诉一诉知心的话语；有的人则拨一通电话给远在他乡的女友，悄悄地说几句绵绵情话。

野外的地质生活是寂寞的、漫长的，就像这片草原的冬季一样沉寂。受自然环境的局限，这里每年的黄金探矿时季仅为五至九月份。一旦进入冬季时节，随着西伯利亚寒流的来袭，昔日的美丽草原会在转瞬间变成千里冰封、寒风肆虐、气温达到零下近 40 度的荒野。记得有一年冬天临近，由于工期紧，任务重，我们这个小分队没有撤退，而是一直坚持驻守，静静等待着最后一台钻机的到来。按当时的情形，这台钻机应该在大雪封山前到达现场，完成最后一个钻孔的施工。由于钻机是施工方从很远的地方调派过来的，经过漫长路途到达离驻地最近的白音华镇时已临近寒冬，大雪早已封山，最后在施工方雇用铲车开出近 30 公里的雪道后，钻机才顺利抵达施工现场。当钻机终于安装完毕，准备施工的时候，滴水成冰已经成为我们身边的现实写照。即使在这么艰苦的环境中，我们这个团队也从没有抱怨过。我们坚持完成这些任务，用事实证明我们将自己的青春奉献给我们的工作，展示出我们年轻人的风貌和精神气概！

作为勘查历程的践行者和见证者，在“十三五”期间，我们踏遍了这里的山山水水，也熟悉了这里的一草一木；经历了四季的严寒酷暑，也付出了青春的汗水和泪水。曾经有过一段时间，因为地质信息的有限及找矿线索的中断，我们一时找不到新的勘查方向，钻探工作几乎近于停滞状态。在那段令人苦闷的日子里，我们虽然年轻，没有找矿经验，但从未言败气馁，始终保持一腔热血，守着心中的梦想。一方面，我们充分挖掘利用有限的地质信息，做着大量的室内综合研究工作；另一方

顶风雪复查岩芯

面，我们把主要精力放在了地表踏勘工作上，试图寻求新的找矿线索。为了不放过任何找矿线索，我们推行“地毯式排查”地表踏勘法，将勘查区划分为若干区域单元，然后根据计划部署，按区域单元逐个攻克。炎炎烈日下，我们负重前行，即使蚊虫叮咬，我们也默默忍受着，迈着缓缓的脚步，用心观察每一块砖石，用力敲击每一处岩石，哪怕是一不小心脚滑跌倒了，擦破裤管，腿上流出了鲜血，我们也只是拍拍身上的尘土，擦擦脸上的汗水，继续前行！事实证明，一切付出都是值得的。当一条条找矿线索清晰地浮出水面的时候，我们如释重负。往往看似最为笨拙的方法，最后却有着最务实的收获。

生活总是回报那些勤奋的付出者。布金黑项目在领导和专家们的正确指引下，始终坚持探矿目标，不断攻克技术难关，顺利解决瓶颈问题。通过进一步勘查探索，我们成功实现了找矿的新突破，一举打开了勘查找矿的新局面。后来，我们乘势而上，于 2018 年全面拉开了勘探大会战的序幕，最终圆满地完成了勘探报告的备案提交，以超过 4 倍的探矿储量增幅，向集团递交了一份满意的答卷，实现了奋进“山金人”的“金色”梦想。

人因梦想而伟大，因筑梦而踏实。每次回首往事，我总会感慨万千，不觉心中充满怀念，眼中布满泪水，脚下越发坚实。虽然今天的我们已不在同一个地质小分队，各自奔向了新的勘查项目，但我们一起拼搏时的苦与乐、悲与欢、义与情仍然历历在目。我总在想，从对找矿一无所知的“山金青年”蜕变成草原上的找矿能手，这六年的坚持，我们靠的是什么？难道仅仅是技术、能力和运气吗？不，还有梦想和信念的力量！作为新时代的“山金人”，我们还需要继续奋斗，充分发扬“追求卓越，创新进取”的企业精神，在砥砺奋进的伟大事业中不断筑梦、拼命追梦、坚实守梦！

最后，就让我用曾经写过的一首小诗作为文章的结尾吧，以纪念我们这个地质小分队在布金黑项目六年来的勘查奋斗；同时，也将这首小诗献给所有正在为事业而奋斗的地质工作者们，相信未来永远属于那些坚守梦想的人！

披烈日，沐雨雪，
攀山川如履平地，
吟秋风以作欢歌。
脚下，是孤寂的大地；
脸上，是坚实的神色。
敲岩石，察地形，
把青春奉献钻塔，
让激情引流沉默。

手中，是紧握的铁锤；

心中，是铿锵的拼搏。

他们不是铁人，

而是一群把梦根扎于大地的孩子，

是这个世上最为可爱的人。

方寸之间有匠心

□黄文娟　山东黄金集团财务有限公司

每天营业前一个小时，山东黄金集团财务有限公司（以下简称“财务公司”）营业厅的灯光就已亮起。检查机器设备、开启功能模块、登录业务系统、整理仪容仪表是我与营业部的伙伴们每天必做的准备工作，为的是以饱满的精神和高昂的热情，迎接每一位客户的业务垂询，认真高效地处理每一笔业务。

资金归集与结算工作是财务公司的基础业务，是财务公司承担集团资金集中管理、金融服务职能的重要窗口。“十三五”期间，财务公司资金归集与结算业务规模呈大幅增长态势，业绩的强劲增长离不开财务公司营业管理部每一位平凡的结算工作者的执着担当与开拓进取。

默默坚守，敬业奉献

岗位虽平凡，责任却重大。一人一机，营业管理部结算人员在方寸之间耐心细致地与客户进行业务交流与指导，严谨高效地处理业务；加班加点已稀松平常，周末或节假日也常常能看到他们忙碌的身影。在疫情期间，外地人员不能到岗，业务人手骤然紧张，王颖、阎新、张会芳、李忻四名同志毫不犹豫主动请缨坚守奋战在一线窗口，确保资金平台正常运转，支持集团和成员企业复工复产。只要工作有需要，孩子、老人、家庭等都不会成为她们的阻碍，没有人推脱，也没有人计较得失。他们的默默付出与敬业奉献，是为了让成员企业感受到结算平台服务的安全与便捷，更是为了担起服务集团资金集中管理的职责重任。

孜孜求索，创新发展

为提升结算平台系统功能，结算人员积极探索，寻求创新。张会芳和田艺两名同志在处理日常业务之余，还承担起测试业务系统的职责。2019 年 9 月 9 日，两笔对私批量付款指令在财务公司网上结算平台成功实现提交并清算。该结算功能实现了成员企业对不同个人、不同收款银行账户的集中批量支付，大大提高了成员单位支付结算效率，减轻了财务人员工作压力，完善了财务公司结算服务职能，是财务公司更好地服务成员企业的重要举措，其中凝聚了普通职工的默默奉献。

在人民币资金池服务职能平稳运行的基础上，财务公司积极拓展，完善外汇服务职能。刘芳和王颖两名年轻的业务骨干与我共同担负起这一重任，发挥高素质、高水平的优势，考取外汇从业资质、搭建测试业务系统、编制准备申办资料、熟练掌握外汇法规。经过一系列紧张的筹备工作，该项目于 2019 年 12 月 10 日顺利通过了山东外汇管理局的现场验收，并以最快速度向国家外汇总局提报业务审批。

2020 年 6 月，在深入企业调研的基础上，网上结算平台调整完善了电子回单印章、回单即时打印、个性化信息查询等功能。营业管理部团队始终以企业需求为导向，不断优化平台系统的用户体验，不断提升客户满意度，以实际行动努力践行“追求卓越 创新进取”的企业精神。

术业专攻，坚守匠心

营业管理部团队的每位员工都始终履行着金融行业“零差错、零事故、零投诉”的安全管理责任。加强法规学习、严格内控管理、强化技能培训、克服业务难点、共谋发展举措等手段是资金归集与结算业务做好、做专、做精的秘密法宝。

“十三五”期间，营业管理部团队建立起资金归集与结算业务内控手册，梳理总结岗位业务操作风险点，打通与上市公司的金融服务渠道，实现关联交易额度的有效提升，相关成果荣获省级企业管理现代化创新奖。同时，团队还向集团提出强化账户网联信息化管理工作方案，搭建起加强企业账户集中管控的信息登记系统。

“千淘万漉虽辛苦，吹尽狂沙始到金。”资金归集与结算工作任重而道远，营业管理部服务团队将继续坚守对企业的忠诚、对客户的真诚、对工作的热诚，以实际行动展现山东黄金金融服务团队的风采！

为梦想发声

□郎井　山东黄金集团有限公司企业文化部

老百姓常言："是金子总会发光。"当初我就是怀着这样的信念走进山东黄金的。那时正值集团诞生12年之际，她犹如一个正青春的少年，荣耀与光芒并存，仿佛靠近她的人都能价值倍增。当我真正走近她，才发现这世上每一克金都是历经磨砺、淬炼，才铸就了熠熠光芒。黄金有价，而那些探金、采金、炼金的劳动者——"山金人"才是无价的宝藏。

从来没有想过，我这个非科班出身的人，竟能成为集团各项活动的主持人。这也开启了我用"声音"与集团"十三五"进程紧密相连的旅程。一次次深入了解、一次次用声音感知，伴随着集团风雨兼程，我也不断蜕变成长。从2015年12月30日我首次以主持人的身份登上集团茶话会的舞台开始，"为梦想发声"便成了我这五年的工作主旋律。在声音与声音的碰撞和交流中，在对话与倾听中，我了解了更多的矿业知识，接触了更多的山东黄金矿工；感受到激情与活力，体悟到责任与使命；学会了执着与坚韧，明白了实现梦想的唯一途径就是拼搏向前！

初遇时的紧张早已不在，在声音的律动中我一次次获得成长。犹记得2017年的矿长论坛，为了"争做国际一流，勇闯世界前十"这个共同的初心，矿长们齐聚一堂，共同探讨“打造国际一流示范矿山，提升国际化运营水平”要走怎样的路径。作为现场互动主持人，我不敢有丝毫懈怠，深知这个舞台不是秀场，而是极具挑战的赛场，必须做到了解核心、把握节奏、引导话题，才能使这场盛会发挥最大价值。论坛开始之前，我便展开对矿长和总部负责人的私下访谈，反复向他们请教专业知识，借助他们的引领使相关政策文件入脑入心。为了能够在论坛现场提出一些更有深度、更有价值的好问题，我从网上搜索了许多知名专家的讲座，学习他们的讲解方式，使严肃的话题增加生动性与互动性，激发现场观众的共鸣，以此达到更好的交流与沟通。紧跟集团紧盯“两个走在前面”的要求，我在以国际化视野和开放性思维“争做国际一流，勇闯世界前十”的伟大进程中，也悄然变成了小小的参与者。“泰山不让土壤，故能成其大”，或许我的力量微乎其微，但只要用心付出，真诚讲述，用声音传递能量和温暖，就能为集团“十三五”战略目标的早日实现做出一些独属于“黄金宣传者”的贡献。

2017 年 9 月 14 日，我满怀激情地讲述着《一位老党员的坚守与担当》，登上了山东省百姓宣讲总决赛的舞台——这是集团“十三五”以来第一次作为国资国企代表参加的省级宣讲比赛。在“山金柱石”侯学武的故事让许多人热泪盈眶的同时，“山金人”的金色品质也在齐鲁大地发出闪耀的光芒。

今天想来，侯学武身上最打动我的，除了他对事业的忠诚和热爱，还有他的朴实无华和家国情怀。为了更加深入地了解侯学武，寻找到更多真实的讲述素材，我以记者的身份来到山东黄金矿业（玲珑）有限公司。侯学武不是个侃侃而谈的被采访者，他反复告诉我：“没什么了不起，大家都是这样做的。”在他身上，我听不到惊天动地的伟大事迹，我看到的、感受到的都是他的“平凡”——四十多年干遍了生产口的所有岗位，四十多年只专注干一件事，四十多年在井下走过的路连起来能绕地球好几圈……他身上体现出的“山金柱石”精神，犹如一粒金沙，看似渺小，然而正是像他一样默默无闻的一粒粒金沙，铸就了恢宏的“山金世界”。这一位位可亲可敬的矿工，从青涩学徒做到资深师傅，坚守在矿山，把青春献给矿山，把财富献给国家，自己也走入熔金岁月。

平凡的故事，不平凡的人生，许许多多“山金人”创造了奇迹。2018 年，集团连续两年黄金产量跃居全国第一。我到矿山采访，见到一位刚刚升井的矿工，我问他：“集团得第一了，你有什么感想？”这位可爱的矿工大哥眯着眼睛，看向远方，用很不标准的普通话说了两个字：“挺好。”话音落定，他便憨憨地笑出了声，笑容里全是满意、自豪和荣耀。是啊，集团二十多年栉风沐雨，从呱呱落地的婴儿成长为活力四射的青年，而今傲立在中华大地上，成为引领产金企业的龙头。这一切的一切，不就源于一代代“山金人”像爱护自己的孩子一样，在热爱与坚守中陪伴她变得更加强壮吗？

2020 年 6 月 24 日，我再次作为主持人通过手中的话筒向全世界的“山金人”、向关心支持山东黄金的社会各界传达了这样一个振奋人心的消息：“‘山金人’实现了数代中国人的梦想，跑出了中国人的加速度。”这五年，集团实现了跨越式的发展，而我也因无数次机缘亲历了一个个精彩的瞬间，在无数次与榜样们的交流学习中快速成长。

现在，我深切领悟了“是金子总会发光”这句话的含义。如果我也想成为这样一粒闪烁的金子，就必须付出艰辛与努力，有坚定的信念与梦想。前辈们创造了山东黄金的辉煌成就，我们理应接过重任，攀登更高的山峰，创造更美好的未来！

七律·蒙古马

□马明辉　锡林郭勒盟山金阿尔哈达矿业有限公司

万里草青入云天，“山金”开发永向前。
春秋五载进前十，昂首载誉伴歌还。
初心壮志终不改，乃林河畔立豪言。
跃蹄奋进夺前五，白石山上续鸿篇。

矿山逆行者

——致敬矿山应急救护队

□刘勇　山东黄金归来庄矿业有限公司

在潮湿阴冷、艰苦孤寂的巷道里，
你们是撕破黑暗的希望之光，
是矿工兄弟心中的指路明灯，
是全矿井安全生产的守护神。
你们绽放的灼灼微光，
在地层深处闪耀着璀璨光芒。

在浓烟弥漫、毒气肆虐的战场中，
你们是与时间赛跑、和死神博弈的勇士，
是守护生命安全、拯救遇险人员的天使，
是解除危险隐患、提升安全保障的卫士。
你们以自己的血肉之躯，
筑造起一道道安全的防火墙。

在枯燥乏味、单调无趣的训练场，
你们是练就钢筋铁骨的汉子，
摸爬滚打，战严寒、斗酷暑，
你们说，只有今天把汗水流尽，
明天才不会让矿工家属把眼泪流干。
你们苦训后的强健体魄，
在救援路上释放出无限温暖。

大地深处，你们的灯光闪烁，
火灾现场，你们的背影坚毅，
训练场上，你们的汗水洒落，
一群默默守护矿山安全的逆行者，
在为矿工兄弟负重前行。

橘色的衣服、耀眼的灯光，
一次次给予矿工坚强活下去的信念。
刚毅的脸庞、伟岸的身躯，
一次次冲锋在事故救援的第一线。
矫健的身影、逆行的步伐，
一次次给家属们带来幸福的曙光。

沁园春·红山

□卢山　内蒙古山金地质矿产勘查有限公司

拜都向南，赤耀塞北，轮回七千。
顾燕山叠嶂，大兴安岭，西辽水汇，脚踏芙蓉。
幽林郁郁，草碧花红，何忆谁主沉浮？
望峥嵘，涅槃显真金，圆梦“十三五”。
契丹横跨亚欧，开疆扩土，四方劫掠。
掌天下耳柄，主客不由，市如长江，浪起层叠。
强弩无末，箭弦弓满，五载竟四载功成。
红山志，承“山金”共进，再励“十四五”。

矿山的脊梁

□张伟丰　山东黄金矿业（莱州）有限公司焦家金矿

假如，岁月穿梭、光阴回溯能矗立起一座时代的雕像，
让我们的子孙目睹父辈战天斗地、坚定前行的形象，
朋友，你会用怎样的语言来描述刚刚过去的五年？
你又是否想过，谁是支撑“焦家金矿”发展的脊梁？

假如，记忆的天空中有一双眼睛，
我想将它定格在 1975 年的春天。
渤海的涛声告诉我，
这是一群勇往直前的拓荒者，
以苦为乐，以矿为家，万人操弓，共射一招，
撑起了这座拔地而起的现代化矿山。
这一刻，我看到了信仰筑起的脊梁。

假如，记忆的冰雪里有一双足迹，
我想重新走一走这几十年的矿山。
一批批壮志凌云的“黄金人”，

励精图治，不畏艰难，艰苦创业，吞石吐金，

凭借特别能忍耐、特别能吃苦、特别能战斗的意志，

铸就着这片神奇土地的灿烂与辉煌。

这一刻，我看到了坚韧前行的脊梁。

假如，记忆的时钟上有一双耳朵，

滴答之间，五年的刻骨铭心怎能忘？

从 2017 年 10 月 23 日，成为国内首家实现“累计产金突破一百吨”目标的地下开采矿山，

到 2019 年 12 月 31 日，基于 5G 技术的井下智能铲运机生产作业性试验获得圆满成功，

“焦家金矿”向着智慧矿山迈出了更加坚实的一步。

这一刻，我看到了精益求精的脊梁。

假如，记忆的铅字间有一颗心跳，

2020 年全球报告应为我们谱写一篇华章。

集团作为中国第一产金企业，

以 47.94 吨的黄金产量成功跻身全球产金企业第 10 位，

提前一年实现“争做国际一流，勇闯世界前十”的“十三五”战略目标。

这一刻，我看到了勇立潮头的脊梁。

深邃的天空，不见得能涵盖岁月流逝带来的深沉，

奔腾的河流，未必能见证风雨中奋战的所有艰辛。

当眼前的风景，在时间轮回中渐渐被掩埋而变得模糊，

总有一种记忆，能带给我们不尽的遐想与无限的力量。

与时间赛跑，抓细节、重指标、强管理，力求前瞻，将科技与创新打造为提升企业核心竞争力的关键，

与寒冬作战，激活力、挖潜力、增动力，实施人才战略，让三项制度改革成为激活企业发展的原动力。

在艰苦卓绝的环境面前，我们没有退缩，

在花样百出的困难面前，我们没有动摇，

我们始终坚守，不曾逃离，冲云破雾，击水中流。

这些年，如果不是亲眼所见，

我怎能相信这眼前的画面对心灵的震荡？

都说这地下掩埋着无尽的宝藏，

可挖宝的人却需要有非凡的力量和自觉的担当，

那力量与担当，似铁如钢，聚集着谁与争锋的能量！

这些年，如果不是亲身经历，

我怎能把这么多的画面融入心灵的成长？

多少个日日夜夜，

多少次寒来暑往，

那闪光的质朴和粗犷的个性，历练一身的勇敢与坚强！

是你们，披荆斩棘，用金子般诚挚的心灵，

浇铸了山东黄金的铁骨铮铮。

是你们，勠力同心，以钢铁般坚毅的脊梁，

擎起了集团未来的晴空朗朗!

风正潮涌，自当乘风踏浪。

任重道远，更需策马扬鞭。

我曾经无数次的发问：

什么样的脊梁能一回回顶天立地?

什么样的脊梁能一次次铸铁成钢?

什么样的脊梁能够永远践行理想?

又是什么样的脊梁，能在风雨搏击中，在跋涉征途上，不断把号角吹响?

啊！是“黄金人”！

那矿山的脊梁!

奋进·战鼓声声

“紫金”之行的启迪

□陈玉民　山东黄金集团有限公司

在紫金矿业集团股份有限公司（以下简称“紫金”）厦门办公楼的会客室，悬挂着一幅油画，名曰“天赐金山”。画的内容是上杭县紫金山的远眺景色：苍翠的紫金山静静地横卧大地，碧绿的汀江缓缓流经她的脚下。我站在画前，久久不肯离开，从紫金的发展想到许多、许多……

十年前，我来过紫金。那时候的紫金，公司股票上市不久，集团上下敢想敢干，敢打敢冲，充满着年轻的活力。弹指间，十年已逝。再来紫金，感受了她的沧桑巨变，更引发无尽遐思：偏于上杭一隅，高山阻挡，汀水阻隔，交通不便，信息不灵，却从深山里飞出了金凤凰。紫金发展的诀窍在哪里？

企业有一个正确的战略无疑是非常重要的，但更重要的是坚定的战略信念、执着向前的战略定力。

紫金的先期战略目标分三步走：从领先中国黄金行业，到领先中国金属矿业行业，直至成为全球矿业行业的重要参与者。每一步的战略推进，“紫金人”都始终目光如炬，紧盯矿业。众所周知，刚刚过去的十年，是中国地产业快速发展的十年。即使是这样，紫金也不为眼前利益所诱惑，一心一意谋矿业。这种坚定的战略执行力岂是一般人、一般企业能做到的？但陈景河做到了，紫金做到了！

远眺紫金山，她雄伟，她秀丽。虽然古时的采金者曾经留下足迹，但是当代的专家却下出了“紫金不是金”的结论。陈景河不受名家理论束缚，以战略家的雄才和技术专家的严谨，大胆创新，提出了“经济品位”的概念，并从采、剥、选、冶等各个工序着手，优化方案，降低成本，把紫金变成了黄金。从此，紫金山成为无人不知、无人不晓的名山。

在如今的紫金，言必称“创新”。创新已经成为从高管到普通员工浸透到灵魂的基因，成为其核心竞争力。

远眺紫金山，其实能看得更远，山外的世界同样精彩。紫金国际化起步早，发展至今已形成一个完善的体系，对集团的贡献度越来越高。在国际化进程中，紫金敢于亮剑，没有框框：股权合适则并购股权，资产合适则并购资产。虽有失误，但更多的是成功。

远眺紫金山，其实还想了很多，精彩的背后是辛酸，前进的道路不会永远一帆风顺。一个人是如此，一个企业亦是如此。在企业发展顺利推进时，环保事故、尾矿坝事故接踵而至；媒体热议、政府问责之后，紫金怎么看？紫金还将怎么走？同行瞩目。非常庆幸，事过七年，面对同行，紫金对曾经的事故不遮不掩，不躲不藏，坦然面对，主动提及，

紫金矿业集团发源地紫金山金铜矿

引起共醒。对内则自立石碑一座，告示员工，警醒后人。在这两起事故之后，紫金的发展更加健康，更有可持续性。知耻而后勇，乃大丈夫也！

远眺紫金山，其实想得最多的还是人，企业的发展与企业家密不可分。陈景河是紫金山金铜矿的主要发现者、研究者和开发组织者，是紫金的创始人和核心领导者。一个企业家在企业内部处于如此地位，他该是什么风格的人？可能你会想到“说一不二”这个词。但实际上，陈景河是个非常包容的人，是个对法人治理结构很有研究的人。也正因如此，他能网罗天下英才，即使是紫金曾经的竞争对手；他能善待一起创业的兄弟们，即使曾经在决策时投过反对票；他能一个人手提行李箱走遍五大洲。他就是这么一个人，提到技术创新则滔滔不绝，说到并购项目则目光炯炯。

有这么一位胸怀宽阔的优秀的企业家掌舵，紫金的发展之路定会越走越宽，越走越远。

有紫金为伴，山东黄金实现战略目标的路上不会寂寞。山东黄金应该虚心学习，经常看看紫金奔跑的姿态、奔跑的速度。这样，我们的奔跑才会越来越快、越来越稳、越来越科学。

从紫金归来，我与同仁共议企业家与企业家精神。对此话题，仁者见仁，智者见智，不求统一。但从紫金的成长、发展路径上，从陈景河的品格、风采上，我们取得广泛的共识，并产生强烈的共鸣。

2017 年 12 月 16 日

塞外征战鼓正酣

□王成　赤峰柴胡栏子黄金矿业有限公司

题记：有一种幸福是奋斗半生，专注的是自己的热爱；有一种骄傲是筑梦十年，收获的是矿山的崛起。

从“十二五”到“十三五”，在历史长河里也许只是一个瞬间，但在山东黄金发展史上却是举足轻重的十年。这十年是“山金人”逐梦圆梦、不负韶华、只争朝夕的艰辛十年；这十年是集团开发事业实现从起步到奔跑的跨越十年；这十年是对外开发人员胸怀大梦想、不惧风雪寒，在塞外高原战天斗地的征战十年。这饱含着无数汗水与泪水的十年，为集团提前实现“十三五”规划目标贡献了力量，也给我留下了许多难以磨灭的记忆。

路遇“白毛风”

你听说过“白毛风”吗？“白毛风”又称“吹雪”或“雪暴”，因狂风扬起的积雪如同缕缕白色的毛发而得名，是内蒙古草原特有的一种恶劣天气。“白毛风”来袭时，狂风舞雪，漫天飞舞，四周均是一片白茫茫的景象，风雪迷眼，难以视物，能见度几乎为零。

那年出差返程路上，风云突变，我与60年难得一遇的“白毛风”

天气竟撞了个正着。雪越下越大，风越刮越猛，丝毫没有停下来的迹象。暴雪已将道路掩埋，周边也没有任何参照物。在这样的天气下，我根本无法找到回公司的路，只能被迫留宿满都镇。此时，矿区所有的对外联系方式也因“白毛风”中断，独自留宿满都镇的我不知道矿区的生产是否正常、职工有没有饭吃，或者有无其他意外情况。这些担忧在我脑海中反复萦绕，而与外界隔绝的我却什么也做不了。那段时间我真切地体会到了心急如焚、坐立难安的滋味。

恶劣天气持续了三天，待天气稍微好转时，我心想：我必须马上回矿区。但是一出门却发现，因积雪太深，越野车已经无法上路行驶。幸运的是，驻地牧民有一台拖拉机，我们试了试，觉得应该能上路。于是，我们穿好羽绒服，戴好皮帽子，一头扎进风雪中，一边摸索，一边前行。那一次，35 公里的路程我们走了整整 8 个小时。到达矿区时，真有一种绝处逢生的感觉。那一刻，我深深地感觉到，面对大自然，人类是那么渺小、脆弱，仿佛一阵狂风就能毫不留情地把人吞没。那种无助感、无力感，每每想起，仍令我心生感慨。

然而，就是在冬季零下三四十度的严寒中，在大雪封路难以出行的恶劣环境下，在四周荒无人烟的“蛮荒”之地，“开发人”用信念书写忠诚，用行动展示担当，耕耘出一片片朝气蓬勃的热土。毛主席说：“与天斗，其乐无穷。”在锡林郭勒盟山金阿尔哈达矿业有限公司（以下简称“阿尔哈达”），我们真真切切地体会到了这种乐趣。“人定兮胜天，半壁久无胡日月。”一批批“开发人”在恶劣的气候下，不服输，不怕输，做足了准备，打了一场场“人定胜天”的漂亮仗，而阿尔哈达的未来也愈加璀璨。

“信念”的力量

有人说，种下一棵梦想的树，用坚韧不变的信念浇灌养护，终有一天你会看见它变得枝繁叶茂。2015 年 2 月，我初到赤峰山金红岭有色矿业有限责任公司（以下简称“红岭矿业”）时，身边不少职工反映红岭资源枯竭，难以为继。部分员工人心浮动，担心自己将来的出路。

职工关心的问题就是我们首先要解决的问题。为了解决大家普遍关心的资源问题，我通过征询有关专家的意见，按照大胆推测、审慎求证的原则，鼓励专业技术人员打破传统观念束缚，掀起“头脑风暴”。我们对地质资料进行重新分析和研究，提出了“两翼拓展求增储，上下盘探索求突破”的思路，加大地质探矿力度，最终实现了新的突破。“精诚所至，金石为开。”2015 年至 2017 年，共新增地质储量 267 万吨；深部探矿取得阶段性成果，整体储量达到 2200 万吨，解决了红岭矿业接续困难的难题。

然而，令人意想不到的是，赤峰柴胡栏子黄金矿业有限公司（以下简称“赤峰柴矿”）又面临了相同的局面。当时，所有人都说 1、2 号井没矿，应该闭坑。但我偏不信这个邪，我觉得地质探矿久久没有突破，

是因为工作还没做到位，应该再回头看，查找规律。我坚信，这世上没有战胜不了的困难。那段时间，我与工程技术人员对照图纸，一个个地点仔细对比联系，得空就跑现场实地取样编录，用“实测＋逻辑分析”的手段，一条一条地摸清了地下矿脉的走向。“有志者，事竟成，破釜沉舟，百二秦关终属楚；苦心人，天不负，卧薪尝胆，三千越甲可吞吴。”正是靠着这种锲而不舍的精神，我们最终在1、2号井浅部中段取得重大突破，收获了曾被众人抛弃、遗失的一块又一块“金矿石”。近三年，赤峰柴矿累计探获金金属量过7吨，平均地质品位2.86克／吨。其中，仅2019年就累计探获金金属量5.24吨，平均地质品位3.82克／吨。

通过这两件事，我明白一个道理：只要心中有信念，终将会采摘到绚烂的成功之花。

家乡与他乡

小城莱州是故乡，是我的骨骼和血脉，生离死别再难割舍；内蒙古是他乡，是我为之奋斗的远方，筑梦十年腾飞希望。而如今，我却早已把他乡当作家乡，又把家乡当作了他乡。

家乡有扯不断的牵挂。2016 年 11 月，家乡的老父亲突发疾病住进重症监护室。在简单安排完公司的事情后，我连夜赶回老家，望着躺在病床上的老父亲，心中满是愧疚。等到父亲病情稍一稳定，因挂念公司生产，我又不得不匆匆踏上归程。那次住院后，父亲就卧床不起了，而母亲的身体也已不如从前，生活起居均需要人照料。每每念及于此，我内心都自责不已。后来，同乡的同事们见我不常回家看望父母，便在回乡探亲时主动去我家里看看有没有需要帮忙的。而父母也总是那句话："好好工作，别挂记家里，我们都挺好。"可怜天下父母心，父母的爱是伟大的爱，我感激他们的理解和支持。我也常常怀着感激之心面对每天的太阳，踏踏实实地工作，不辜负那些对我抱有期望的人。

这些年，先后走过阿尔哈达、红岭矿业、赤峰柴矿，最让我为难的不是父母、家庭，不是棘手的工作，而是夜深人静时那些喝多酒无处表达思乡之情的"山金兄弟"。他们经常打来电话哭着说："王哥，我想家了，想爸妈，想老婆孩儿，想家里的那口热乎饭。"这时候我总是

百感交集，觉得所有的语言和安慰在浓浓的思乡之情面前都丧失了力量。但漫漫黑夜过去，我又看到他们一个个神采奕奕地奋战在岗位上。我不由感慨：有这样的“山金好儿郎”，还有什么困难战胜不了呢？

在他乡总会结识新朋友。在内蒙古搞开发，自然少不了和蒙古族人打交道。一般而言，说到蒙古人就会联想到草原，想起骏马，想起腾格尔低吟高唱的《蒙古人》。这个马背上的民族，为人质朴爽朗、热情实在，还有一点点倔强。和他们交朋友，实实在在就可以了。而友谊一旦建立，他们也会真真切切地把你当兄弟。当然，还有这些年一起奋斗过的同事，我们一起跋山涉水、栉风沐雨，一起攻克难关、分享喜悦，一起付出芳华和汗水，在困境中突围，靠业绩赢得社会的尊重和认可。

他乡没有家乡的热闹，没有家乡的阑珊灯火，甚至有些清冷与寂寞，但这恰恰能给人更多的时间去读书，去思考，去沉淀和升华。在滔滔流逝的岁月里，记忆总是如影随形。昨天已然过去，今天战鼓又起。面对新的梦想，我始终坚信：心有所指，梦终会圆。

我们在贝拉德罗金矿这几年

□赵国栋　山东黄金集团有限公司阿根廷代表处

安第斯山脉绵延万里，皑皑白雪衬着深蓝色的天空，这里是羊驼和神鹫的乐园。在这片令人心驰神往的土地上，"山金人"承载着梦想与希望，一路前行。铺开熟悉的成矿图，北到巴拿马铜矿，南至智利特尼恩特矿山，全球已知最富集的有色金属宝藏清晰地呈现在眼前。追求卓越的"山金人"满怀责任和使命，踏着时代的鼓点，勾勒出遥远大

贝拉德罗金矿堆浸谷

陆上的那片矿山蓝图。未来已来，此时的场景早已被描绘进山东黄金“十三五”发展规划中，它凝聚了两万多“山金人”的心血、汗水与激情。跨入世界前十，我们当仁不让。回忆在贝拉德罗金矿（以下简称“贝矿”）的五年光阴，短暂而美好，平淡却不凡，愿撷取片段，与您分享。

我们平日里谈论最多的便是“融合”。贝矿的两家股东文化背景不同，治理体系有一定的差异。除依法须股东会和董事会决策的事项外，在处理其他具体事务时，矿山管理层经常会面对两种截然不同的授意和期望，执行起来更是件难事。“老东家”巴理克黄金公司的经理们在很多方面已经将事情处理得驾轻就熟，但依然存在一些事情，我们认为顺理成章，他们却一头雾水。有时巴理克黄金公司的经理们带着一副茅塞顿开的样子，兴冲冲地跑来问我们他们对某件事理解得是否正确，但实际上我们需要举例再三才能使他们真正理解，本来兴冲冲的他们也只能面红耳赤地耸耸肩。几次三番，我们揣测到经理们的“机智”，唯恐义正词严伤了和气，便择时约个咖啡，平心静气地讲几个中国故事或笑话。欢声笑语之后，经理们便懂了我们的用心，这一招我们屡试不爽。

常言说，全人类是一家，至少在“吃”上是一家吧。我的房东是两位“60后”大叔，一位曾是银行高管，另一位是教育部官员。两位都出身本地乡绅家庭，对中国文化有一定的了解。熟识之后，房东们会常来找我聊天，一来帮忙解决我的住宿问题，二来是为了向我了解中国的风俗习惯、文化历史等，验证他们从书本、媒体或道听途说中得来的信息是否准确。这既丰富了谈资，也能帮他们解疑释惑。有趣的是，话题几乎每次都是从“吃”开始，先过招儿式地较量一番：阿根廷烤肉和中国烧烤、干红和“白趵”、烤包子和山东饺子、三文鱼和胶东海鲜、马黛茶和绿茶……当然了，他们未必能品出贵州茅台酒和山东“白趵”之间味道的细微差别，却无比欣赏和向往中国的文化。圣胡安人跟咱“山金人"一样淳朴友善，与他们交谈，常有一丝温馨和自在，让人不觉得思乡。

如果把这几年在异乡的工作和生活视为一篇乐章，那"文明互鉴"就是主旋律。近年来，两国两省之间交往更密，互访不断。在阿根廷人眼中，中国科技发达、经济繁荣、文化独特、国家制度与国情相称，并且正在成为他们学习的榜样。而阿根廷的足球文化、文学、音乐也被越来越多的中国人所熟悉。作为"80后"的一代人，从新中国成立到制定实施经济和社会发展五年规划，从改革开放到追求高质量发展，再到现在我们国家正在用"一带一路"建设和文明互鉴的"中国方案"积极构建人类命运共同体，我们见证了中国经济的快速发展。我们为阿根廷带来的是发展的希望和助力，我们愿与阿根廷一道建设更加美好的明天。

圣胡安建筑商协会会长杜曼斯克先生是业界德高望重的人物，在一次拜访中，他表达了与中国企业合作的意愿。他还称："中国企业的

阿根廷代表处工作团队

计划实在是太可怕了，只要他们计划好了目标，就必定能做到。与中国企业合作，结果会是双赢。”他注意到，早在2013年，中国国际矿业大会上发布的未来矿业趋势就包括“到2020年，中国的跨国矿业企业将活跃在世界舞台上”的论断。他说：“目前，全球矿产资源和矿产品市场的垄断格局已经形成，作为阿根廷矿业建设的主要承包商，我们必须认清形势。”这位克罗地亚裔企业家准确地察觉到了国际格局的变化。正如2013年刊登在阿根廷《民族报》上的一篇文章所述，著名经济学家麦迪森预测，到2020年年末，中国经济体量将有望在全球登顶。而这一论断在阿根廷有广泛的支持者。在矿业全球化的背景下，谁都无法拒绝矿业的可持续发展。所以我们“山金人”来了，带着我们的五年规划和信心，势必要把“国际一流”镌刻在雄伟的安第斯山上。

给自己一个希望，让梦想不再遥远。放眼全球，从神秘的亚马逊雨林到广袤的西澳，从绵延的安第斯山到冰天雪地的北极，面对百年未有之大变局，“山金人”博观约取，厚积薄发，将无往而不胜。

逐梦前行

□杜云龙　山东黄金矿业（莱州）有限公司三山岛金矿

习近平总书记说："有梦想，有机会，有奋斗，一切美好的东西都能够创造出来。"2016 年 1 月 13 日，集团党员代表大会暨"十三五"战略规划动员大会上，陈玉民董事长正式提出了"争做国际一流，勇闯世界前十"的宏伟目标。自此，三万名"山金人"栉风沐雨，砥砺奋进，铸就了一座座"十三五"的历史丰碑。

立于矿山，面向旗帜，点点滴滴浮现眼前。2017 年 3 月，我肩负着集团领导的重托，怀揣着对"金色"事业的憧憬，来到了山东黄金矿业（莱州）有限公司三山岛金矿（以下简称"三山岛金矿"）。在踏进矿区的那一刻，我便给自己制定了一个目标：一定要让这个走过风雨、历经辉煌的老牌矿山焕发出新的活力，开启事业新的征程。也就是从这一刻起，我与三山岛金矿"十三五"的故事正式展开。

初到矿山，我便遇到了棘手的问题：这个时候的三山岛金矿正面临着爬坡过坎的艰难时期。面对西南翼停产造成的不利影响，矿山生产一度陷入僵局。作为矿山的第一责任人，我必须保证全年生产任务顺利完成，为全矿干部职工谋取最大的福利。这是我的根本职责，不容半点犹豫。虽然感到压力巨大，但我毅然扛起了发展的重担，带领大家对年度生产作业计划进行全方位梳理，重新理顺工作思路，及时调整生产布局，逐个作业地点排计划，挨个生产中段定指标，每个系统区域下任务，使各单位明确了工作目标，坚定了必胜信念，掀起了生产热潮。功夫不负有心人，在全矿干部职工的共同努力下，我们顶住了压力，圆满完成了全年责任状指标，向集团和事业部上交了一份合格答卷。

2017 年 3 月 28 日，集团在京召开了“三山岛矿区西岭金矿探矿成果发布会”，将探获我国有史以来最大单体金矿床——西岭金矿的消息公布于众。从此，三山岛金矿作为世界上唯一依海而建的大型单体金矿山，开启了“深海掘金”的新征程。然而，伴随着开采深度的逐年加深，现有的采矿方法、生产组织形式和管理模式都不能适应深部开采的实际，深井开采难题摆在了我的面前。我深知，要克服这个难题，就必须探索改革和技术创新；我也深知，改革和创新是一项十分艰巨的任务，需要破釜沉舟的勇气和决心；我更深知，这次难题的攻破对于“金色”事业的重大意义和重要价值。于是，我带领专项研发团队，负芒披苇，奋发蹈厉，一方面不断健全以企业为主体的产学研一体化创新机制，另一方面深入开展海下、海底项目及深部岩石力学与高效采矿工艺研究。就是凭借着这股“山金人”的干劲，我们克服了难题。在此期间，我们作为示范单位还承担了两个国家“十三五”重点研发项目——“绿色开采”项目和“无人采矿”项目。“十三五”期间，矿山先后荣获国家科学技术进步奖、国家科技进步二等奖、山东省科技进步一等奖等十余项省级以上奖励，30 余项科研成果获得中国黄金协会科技进步奖，矿山的国家专利申请数量更是呈现逐年攀升趋势，企业整体科研水平实现全面跃升，切实推动了矿山的高质量发展。

2018 年，集团全面落实新发展理念，主动探索新旧动能转换，提出以三山岛金矿为试点，投资 5 亿元，用三年时间建成“本质安全、智能智慧、绿色生态、社区和谐、效益提升”的“国际一流示范矿山”。

建设初期，重任在肩，难免踌躇彷徨。我经常问自己：“什么是一流？如何打造一流？又从哪体现一流？”这些问题反复萦绕在我脑中，挥之不去。多少个难眠之夜，多少遍讨论研究，多少次学习调研……正是这孜孜不倦的思考与探索，建设的思路越来越清晰，宏伟的蓝图也慢慢在我心中展现。陈玉民董事长来矿调研时做出的“要善于掌握总结与推进的关系，在推进中总结，在总结中推进”的重要指示，使我们立志建设“国际一流示范矿山”的信念更加坚定。

千淘万漉虽辛苦，吹尽狂沙始到金。在集团和事业部的正确领导下，公司终于形成了“一个目标、三型三化、五个示范区”的总体建设思路，梳理形成了36个高精项目，确定了一条具有代表性的高标准建设路线。如今，经过两年多的紧张建设，我们成功打通了以采掘、充填、选矿等生产工艺为主线的矿石流和以安全、生产、经营等管理系统为主线的业务流，举全员之力、集内外智慧的智能型、生态型、效益型“国际一流示范矿山”也必将建成。

2019年是值得铭记的一年。这一年是三山岛金矿阔步前进、昂扬向上，高质量发展的一年。全矿干部职工围绕“十三五”战略规划目标，奋发昂扬进取，忠诚履职尽责，实现了产量和利润的“双丰收”，铸就了黄金百吨的“新纪录”，使三山岛金矿成为中国累计产金过百吨用时最短的黄金矿山，以实干担当践行了“产金报国”的初心使命，为新中国成立70周年献上了一份大礼。

为此，我们特别邀请矿山老领导、基层老朋友到矿上进行参观交流，重温当年创业艰辛，畅谈今日百吨感想，共同庆祝这一具有历史意义的辉煌成就。座谈会上，大家侃侃而谈，如数“家珍”，无不感慨矿山翻天覆地的变化。从前辈建设者对当前成绩的充分肯定中，我知道自己没有辜负当年来到这里时立下的豪言壮志；从他们欣慰的神情和期许的眼神中，我更加坚定了理想信念，也深刻地明白：“矿山就是我的家，山东黄金就是我的家。值得让我投入全部心血和毕生精力的，便是这份让我引以为豪的黄金事业。”我将始终保持心无旁骛、稳扎稳打的战略定力，怀着感恩的心和无限的爱投入到今后的工作中，一步一个脚印地完成既定目标，以实际行动推动矿山实现新的跨越。

匆匆几载，鬓发微白，壮志不改，自当奋楫争先。作为基层矿山的“领路人”，我将团结和带领三山岛金矿全体干部职工，在集团和事业部的坚强领导下，以梦为马，奋勇搏击，为山东黄金“十四五”展翅腾飞再添动力，再创辉煌！

用奋斗雕刻绚烂时光

□陆继胜　山东黄金集团有限公司青岛事业部

岁月不居，时节如流。转瞬之间，集团“十三五”逐梦征程即将抵达胜利的彼岸。两万多名干部员工的不懈拼搏、努力奋斗，使得集团的发展如同芝麻开花般节节高升，呈现出“一年更比一年好”的发展景象。“争做国际一流，勇闯世界前十”的战略目标提前一年实现，如锦上添花一般，让集团这熠熠生辉的五年时光格外绚烂夺目、光彩照人。

“忆往昔峥嵘岁月稠。”每每回顾“十三五”逐梦征程，我的思绪便如潮水般涌现，不禁感慨万千。五年来，无论遇到什么情况，我们都坚决贯彻落实集团党委的决策部署，坚持以集团“十三五”战略和企业文化为指引，以“企业发展、员工富裕”为目标，不驰于空想，不骛于虚声，逢山开路，遇水架桥，干成了许多过去想干而没有干成的事情，解决了许多过去想解决而没有解决的问题，实现了新的、质的跨越性发展。

2016 年，撸起袖子加油干

2016 年是“十三五”规划的开局之年，也是我赴任青岛公司的第二年，集团党委立足现实、高瞻远瞩，提出了“争做国际一流，勇闯世界前十”的战略目标。这一年之于青岛公司，我们将其定位为“观念转变、开拓创新的开局之年，走出困境、谋求自救的攻坚之年，理清思路、凝聚力量的希望之年，奋力拼搏、再创辉煌的奠基之年”。围绕这一定位，我们坚持以效益最大化为中心，大力倡导“节俭办企业”的理念，及时调整生产经营思路，认真研究并确定了青岛公司“十三五”规划，不畏艰难，狠抓落实，推动了公司总体生产态势稳步向好。

“不经一番寒彻骨，怎得梅花扑鼻香。”回顾这一年的奋斗时光，我深深相信了“天道酬勤”的力量，也深深感知“奇迹不过是努力的另一个名字”。工作中，不管遇到什么艰难险阻，只要有攻坚克难的勇气和坚韧不拔的意志，只要有坚持不懈的努力和干事创业的智慧，就一定能得到各方面的理解、支持和帮助，取得最终的理想效果。这一年，山东黄金矿业（鑫汇）有限公司（以下简称“鑫汇公司”）坚定落实“矿石分类线性关联品位计价办法”，加强精细化管理，实现了巨幅减亏；这一年，青岛金星矿业股份有限公司全年生产黄金创近14年以来新高，实现了扭亏为盈；这一年，山东黄金矿业（莱西）有限公司（以下简称“莱西公司”）权证办理取得突破，为实现合规合法经营、早日投产创效争取了宝贵时间。

2018年，风正扬帆正当时

2018年是实施“十三五”规划承上启下的重要一年。这一年，集团党委审度时宜、虑定而动，对“十三五”规划进行了中期调整。这一年，集团党委做出重要决策，组建成立青岛事业部。万事开头难，青岛事业部的组建并不是一帆风顺。成立伊始，我们面对着诸多困难和挑战倍感压力。尽管前路艰辛，但是我一直相信集团领导的智慧，相信干部员工团结拼搏的力量。我们坚决拥护集团党委决定，以打造“理念一流、管理一流、作风一流”的青岛事业部为目标，按照“一企一策”的工作思路，放手放胆、敢想敢干，推动生产经营持续向好，实现良好开局。2019 年，我们解放思想、攻坚克难，各项工作实现逆势突破，使青岛事业部整体的经营业绩和管理水平迈上新台阶。

运筹帷幄之中，决胜千里之外。回顾这两年的奋斗时光，我深深地感受到，集团的各级领导干部心中是时刻装着战略的，是时刻装着忠诚的，也是时刻装着企业、装着员工的。他们身上所肩负的使命感和责任感是我们大胆突破、走出困境的强大内在动力。2018 年 8 月事业部成立后，我们以山东黄金归来庄矿业有限公司复工复产为突破口，在集团的大力支持和帮助下，全力协调各方推进权证办理，攻克道道难关，迅速实现复工复产；山东黄金矿业（沂南）有限公司（以下简称“沂南金矿”）以壮士断腕的决心和勇气，在较短时间内彻底清退外委施工队，拔除了影响效益和安全的总根子，为改革发展扫除了障碍。“石以砥焉，化钝为利。”2019 年，山东金洲矿业集团有限公司实现了十几年来探矿增储重大突破，鑫汇公司无尾无废矿山建设走在了行业前列，莱西公司打造了全球首个 5G 矿业井下工业化应用成功案例。

五年栉风沐雨，五年春华秋实。回顾这五年难忘的奋斗时光，我深深感受到了每一位干部员工的牺牲精神和拼搏斗志。鑫汇公司的张雷同志，一年只休息了半天。像张雷同志这样为公司甘愿付出的干部员工不胜枚举。他们任劳任怨，他们甘于奉献，他们舍小家顾大家，为企业改革发展做出了突出贡献。沂南金矿的王明勤同志，坚持不懈地发扬“敢于负责、勇于担当、善于作为”的企业家精神，坚持不懈地发扬“想干事、敢干事、干成事”的工作作风，模范地做到了“忠诚、干净、担当”。像王明勤同志这样的企业领导干部也不胜枚举。他们为干部员工树立了榜样。通过他们的示范引领，全公司形成了见贤思齐、上下一心、干事创业的良好风气。

“新故相推，日生不滞。”2020 年 7 月，在美丽的黄海之滨，集团党委以更大的责任担当，放眼寰宇，乘势而上，吹响了“致力全球领先，跻身世界前五”的铿锵号角。“路漫漫其修远兮，吾将上下而求索。”我们必将继续追随集团的脚步，以时不我待、昂扬奋斗的精神状态，以坚如磐石的信心、只争朝夕的劲头、坚韧不拔的毅力，一步一个脚印，把事业部各项工作推向前进，奋力开创高质量发展新局面，为集团实现“十四五”再造一个山东黄金的宏伟目标贡献力量。

我们的"网红"会议桌

□范纯超　山东黄金矿业（莱州）有限公司三山岛金矿

时光荏苒，日月如梭。承载辉煌的"十三五"即将收官，恢宏壮阔的"十四五"正蓄势起航。作为山东黄金矿业（莱州）有限公司三山岛金矿（以下简称"三山岛金矿"）一员的我也必不辱使命，要为三山岛金矿的发展贡献自己的一份力量。

回想2019年1月，我有幸通过竞聘来到美丽的三山岛金矿，加入"国际一流示范矿山"建设部的团队，参与山东黄金为期两年的"国际一流示范矿山"建设。怀揣着"建设业内领先、国际一流的黄金矿业企业"的战略愿景，我们从摸着石头过河到思路慢慢清晰，一步步创新进取，一次次追求卓越。随着越来越多的项目建成投用，当初的规划蓝图在一点点落地成真，建设成效也日益显著。

回顾这两年的时光，点点滴滴都历历在目。其中，许多令我感触颇深的场景都发生在一张"特别的"会议桌前。

部门成立之初，办公条件有限，没有专门的会议室。当时，调度大厅正在装修，团队人员就在大厅隔壁的空房间里摆了一张会议桌，充当临时会议室。在这张会议桌上，我们每天早晨7：40雷打不动地召开部门全员早会，从讨论项目实施方案到部署部门具体工作，议程进展有条不紊，工作气氛紧张忙碌。

我在这张会议桌上参与实施的第一个“国际一流示范矿山”建设项目——“深部采矿方法变革试验研究”项目，对我们来说是个不小的挑战。为了探索机械截割落矿技术在黄金矿山的应用，三山岛金矿打破传统思维，在行业内首次引进悬臂式掘进机进行采矿工艺研究。2019年3月初，设备到矿后，由于尺寸过大，难以运输到井下采场，我和运营管理部、西山分矿的技术人员一起在会议桌前沟通厂家，协调专业部门，商讨方案，最终决定把设备拆成13个独立的单元分别运输下放，还专门研制了运输平板车，取名“旱船”。在严寒中，大家不顾油污和泥水，利用生产间隙进行运输作业。有时半夜升井后，顾不得换下工作服就驱车赶往30公里外的物流中心接货，第一时间把零件运送到副井井口，确保第二天一早运到井下作业现场。2019年3月28日，设备下放和组装终于顺利完成。看到崭新的掘进机在巷道里穿行、截割，大家都露出欣慰的笑脸，而我的内心更是升腾起无尽的暖意。最终，项目研究取得阶段性进展，设备累计掘进85.8m，每班进尺达到5m，这些数据都远远高于考核指标。

转眼来到7月，我们在这张会议桌前经过召开多次专题会议，通过结合建设实际情况，对原规划中的5个主题、64个子项进行全面梳理分析，着手进行方案修编，最终确定了“安全高效、人文和谐、绿色生态、智能智慧”四大建设主题。此次规划明确了39个建设项目，为全面建设“国际一流示范矿山”指明了前进方向，让项目建设步伐也更加坚定有力。随着越来越多的自动化系统坐落到调度中心，我们把这张会议桌也搬到了大厅里，并加装了LED高清显示屏，把原来的临时会议室更名为“集控中心”，在其中安装了破碎机远程遥控、凿岩台车遥控、提升机集控、电机车遥控等系统操作台。自此，智能矿山的“核心大脑”初具雏形。

2019 年 8 月 27 日，这一天注定让我难忘。行业知名科学家、中国工程院院士蔡美峰一行到矿山参观考察。在参观了调度大厅各智能化系统以后，我向蔡院士详实地汇报“国际一流示范矿山”建设情况。蔡院士对我们的建设成果赞许有加，鼓励我们继续开展前沿技术研究和智能矿山建设，并热情地与我们分享、交流了井下工程支护、深部岩石扰动、地压监测等技术成果。

在后来的日子里，华为公司、中国移动、长沙迪迈、ABB（中国）公司、北京矿冶科技集团、山特维克、阿特拉斯等越来越多的厂商带来了新技术和新理念，并加入我们的建设队伍。矿山数据标准编制完成、5G 技术应用成功、大数据平台和人工智能方案通过……每一次的胜利都凝聚了大家的辛劳和汗水。至此，这张小小的会议桌见证了我的成长和蜕变，同时它也是大家携手奋斗的“战场”和彼此见证的“伙伴”。

疫情期间，会议桌和显示屏起到了更加重要的作用，它们成为连接各地域的桥梁。大家通过视频会议的形式论证方案、解决问题，持续推进项目建设进度。上半年，我们成功建设了新立矿区绿化工程，搭建了沿海观海平台，“用心守护绿水青山，用爱造福地球家园”的环保理念绽放在我们美丽的矿山上。井下完成了新立斜坡道综合管控系统建设，基于5G技术的凿岩台车远程操控系统调试成功，高新的生产技术深深植根在我们热爱的企业中。以大数据平台为依托，完成了数据治理，实现了业务数据化、数据资产化、资产服务化、服务业务化，让更加先进的企业管理理念融入到我们日常的工作里。矿山正在发生着由内而外的悄然变化，越来越多的职工也体会到了“国际一流示范矿山”建设带来的益处，从怀疑观望到踊跃参与，认同感让项目建设与投用形成了良性循环。

在小小的会议桌前，我从第一次接触项目，面对技术上的困难迎难而上，到现在经历了无数次的会议，更加明白了自己的价值和努力的意义。现在，会议桌前依然人来人往，每天平均3场以上的会议让这里成了“国际一流示范矿山”项目建设参与团队打卡率最高的地方，更被我们戏称为“网红会议桌”。当前，三山岛金矿“国际一流示范矿山”建设进入最后的冲刺阶段，我们也依旧频繁穿梭在施工现场和会议桌之间。一张普通的会议桌，折射出的是我们“惠泽员工、回报股东、造福社会、富强国家”的企业宗旨和“让员工收入与企业效益同步增长，让员工拥有更加广阔的成长空间，让员工的工作条件更加安全舒心”的关怀理念。

古语云：“志之所趋，无远弗届。”接下来，我们将在山东黄金战略的指引下，继续加快推进建设步伐，力争在2020年年底，全面建成“国际一流示范矿山”。“十四五”期间，我们将继续与所有“山金儿女”一道再造一个山东黄金，把我们的企业打造成为具有全球竞争力的世界一流企业，让“‘山金’世界，世界金山”享誉全球。

蜕变之旅

——在“嵩县山金”开发路上，我陪“十三五”一起走来

□唐振江　嵩县山金矿业有限公司

我是踏着“十三五”启程的铿锵脚步，来到嵩县山金矿业有限公司（以下简称“嵩县山金”）的。在此之前，我几乎对嵩县山金一无所知，但组织的信任让我义无反顾。组织给的时间很紧，谈话、原单位工作交接、新单位报到和工作交接，跨越一千多公里只有三天时间。刚刚进入这个陌生的新单位不久，我们集团确定了耀眼而又催人奋进的“十三五”宏伟目标，在让人振奋的同时也让人感到压力剧增。

作为体量如此之小，金属产量贡献率在集团排名第十三的企业，如何为集团“十三五”规划的实现尽可能做出更大的贡献？是当“维持会长”还是当领路先锋？是选择安逸还是选择挑战？……“十三五”规划的感召和组织的信任让我毫不犹豫地选择了后者，并力排众议，在第一个年度确定了“产量超一吨、利润超一亿、综合排名争第一”的短期目标，并确立了“为集团发展尽可能做出更大贡献”的长期目标。

目标已经确定，如何将其实现？记得伟人毛泽东曾经说过：“政策和策略是党的生命。”于是，我们开启了学《毛泽东选集》与宣贯企

业文化相结合思想引领下的全面工资薪酬体制改革、推行全方位绩效考核机制、打破以人定薪的传统、建立创新奖励机制、全面完善修订制度等一系列改革，打造了中原全标杆企业，打响了“中华第一金”名片，塑造了“奋进嵩县山金”品牌，点亮了全体员工的信心和希望，因而公司整体迸发出了前所未有的工作热情和奋斗激情。管理在提升、产量在提升、利润在提升、各项技术和经济指标在提升、企业形象在提升、员工收入在提升、员工的能力在提升、企业文化的自觉践行能力在提升……嵩县山金一年一个台阶在提升。五年来，公司黄金产量、利润、员工收入、选矿处理量高速增长，跃居集团第七名，累计产金超过了25万两，成功突破集团综合排名“四连冠”的历史记录。

我们的目标实现了。这些飞跃性数字的串联，不仅是对我个人的充分肯定，更是对百余名员工艰苦奋斗、努力拼搏，拧成一股绳干事创业的生动诠释。

静下心，一心一意培养人

我希望嵩县山金这个开发团队强大起来。团队强大最基本的条件就是人要成长、成才，只有“人”成为“人才”，企业才能更好、更快地发展。

在管理团队培养人才方面，我引导广大员工树立“标杆思维”。特别是对年轻人，我要求他们要“对标、立标、超标，再对标、再立标、再超标”。这种工作思维方式被大家称之为“标杆思维”。在这一思维的引领下，全体员工掀起了“头脑风暴”，营造了树立“系统思维、技术思维、效益思维和问题思维”大格局的高质量发展氛围。

人才是生产力的第一要素。在“十三五”开局之年，我带领着团队实施了以工资体系改革和考核体系改革为主线的改革举措，实现了员工晋升渠道、收入上升渠道、考核激励机制的完善；随后，又推行了全员综合考评体系，达到了促进人才成长的良好效果。

紧跟集团逐步扩大海外资源并购的步伐，我郑重地提出，要培养一批能够适应国外开发需要的管理、技术人才，为后期海外开发事业提供人才支撑。下定决心，我便率领业务团队商定思路、研究策略，聘任外籍教师进行矿业工程技术和商务英语培训，为后期国外开发团队建设准备了充足、强劲的后备人才力量支撑。

扪心问，“七十二个”灵魂对话

在一次公司月度例会上，我对所有管理人员讲“社会需要的是为他人、为企业、为事业、为社会做贡献，来推动整个社会发展的人”，与全体管理人员共同分享了我写的《你行吗？百问》。这本书是我从事管理岗位以来对自己进行无数次的灵魂拷问后总结出来的经验。

我想问问包括我自己在内的嵩县山金全体员工，我们是否无愧于这个昂扬奋进的新时代？是否无愧于国有资产保值增值的神圣使命？是否无愧于自己的岗位和职责？

矿上有不少人都想当领导，或想成为矿长级高管，或想成为中层干部，或想成为某一方面的负责人。这是好事，说明大家都希望能进步。但是，在你争取某一岗位或已经在这一岗位的时候，需要审视一下自己：我行吗？我的思想信仰、综合能力、思维格局、精神毅力、情操修养和价值观等各个层面，是否符合优秀管理者和人才的标准呢？所以，我结合嵩县山金实际工作中的各种问题和表现，一口气提出了 72 个细节疑问，供大家对照提升。

公司全体员工都纷纷自发地精读《你行吗？百问》，看到广大员工不断学习、不断成长、不断进步，我真的很欣慰。因为集团即将进行全面的三项制度改革和混合所有制改革，广大员工只有持续不断地自问、反省、学习、提升，才能顺应未来集团乃至社会发展的新趋势。我希望嵩县山金每一名员工都能成为社会需要的人，成为为他人、为企业、为事业、为社会做贡献，来推动整个企业和社会发展的人。

现在，嵩县山金能有这样的发展成就，正是广大员工凭借一股劲、一口气、一种忘我拼搏的奉献精神一点一滴干出来的。

定目标，让创新活力充分迸发

在带领企业发展的过程中，我始终带领全员坚守“创新是第一生产力”的理念，时时处处号召全员从细微处、从点滴间发现创新点；并运用缩短科技创新成果评比时间、增加创新成果鼓励、集中攻关突破等方式，激励全员创新积极性、创新能力、创新成果的全面提高。尤其是2018年和2019年，我将年度主题分别确定为“创新突破”“创新再突破”。当前，企业已经形成全员创新、大众创新的大格局，实现了将科技软实力转化为效益硬成果的预期目标，每年至少为企业减少所得税支出2600万元，大幅度提高了企业净利润。

2019年，我们又启动实施了“主要作业机械化、固定设备无人化、生产经营管理信息化”的2.5规划，开展了大数据在生产集中管控中应用的研究探讨，助推了企业的高质量发展。

与此同时，带领团队创新实施的充填管理与技术研究成果，得到了外界各级领导和行业内专业人士的认可，每年为企业节约成本500余万元，产生了巨大的社会效益和生态效益。2020年，我们又开始了“采矿方法变革”的探索、试验和推广。经测算，变革采矿方法后，在采矿成本增加的情况下，每吨矿石可新增利润6.6元。

铭初心，让山东黄金情暖社会

在嵩县工作的这些年，有一个词让我寝食难安，那就是“国家级深度贫困县”。据我了解，嵩县已经连续多年处于“国家级深度贫困县”层级。看到这种状况，特别是看到那些考上大学但因家庭经济条件差而上不起学的孩子们，我心痛不已。

我下定决心，一定要尽自己最大的能力，帮助那些需要帮助的人。其实这些事情我本不想说，只想默默地帮助他们，但意外的是，在2018年集团矿工节巡回宣讲时，节目组竟然悄悄联系当地政府和有关人员，把我这点“小秘密”给揭露了出来。当天巡演，节目组没有和我打招呼，直接将我资助的两名大学生请到了现场，当时我真的不知所措了，心想：“怎么回事？这事没人知道啊……”

这一连串的疑问将我拉回了现实。我环顾四周，场上场下热烈的掌声把我推上舞台，因为那里有被我救助的孩子们和他们的家长。当时我进退两难，但最后还是上去了。当时，孩子一把抱住我，含泪说道：“如果没有您，我真的只能眼睁睁地看着录取通知书作废，留在家里务农或者外出打工。”一瞬间我泪流满面，感动的气氛充斥着整个节目现场，在场的所有人都抹着眼泪。我郑重地对孩子说：“孩子，别担心了，只管去上学，等你学业有成，别忘记继续奉献社会。”

是的，就像我期望的那样，我救助的孩子们，现在很多已经走上社会、奉献社会，继续传递着大爱，将爱延续，将山东黄金的文化传递。前不久，我接到一封远在江苏工作的孩子的来信。读后，我心里有说不出来的感动。信的内容如下：

亲爱的唐叔叔

您好！

时光荏苒，不知不觉大学毕业已经两年了。

回想起自己的求学生涯，全都是温馨美好的回忆。在我的大学生涯中，您给了我很多的帮助，您的无私帮助使我度过了大学的经济难关，使我的家庭经济状况也得到了缓解；可以说，如果没有您的帮助，我想我不可能愉快顺利地度过大学生活，完成大学学业。由于一直在外地求学，一年中难得回家，和您的见面屈指可数。尽管如此，我仍然对您有十分深刻的印象，您面容十分和蔼，谈话很爽朗。第一次见面时，由于我本人有点内向，您很详细的询问了我的学习以及日常生活，还谈到了自己的家庭，并鼓励我努力学习，做一个对社会有用的人。这段对话不仅十分有效的缓解了我当时的尴尬，而且对我的大学生活也有很大影响，这段话时时刻刻的督促着我努力成长。在我的大学生涯中，您不仅仅从物质上帮助了我，也从思想上给予了指导。您的爱人孙阿姨也是非常的善良和蔼，每次学期还没有开始，孙阿姨都会提前把学期的生活费准备好给我，还主动询问我钱是否够花，不够花随时求助之类的，每次过年时孙阿姨还会送来美好的祝福；孙阿姨还会送来美好的祝福；孙阿姨的这些帮助对我而言，您和孙阿姨就是我人生的导师，我将会永远记得你们对我各方面的指导，真的十分感激您和孙阿姨对我的关心已经不足以用语言来表述，这封感谢信描述的不及万分之一。

因此，我希望我将来也能像您和孙阿姨那样，我要做一名对社会有用的人，并在他人遇到困难时主动给予帮扶，我要将这种对他人的关爱之情一直传递下去，如此，才能不愧对您和孙阿姨那无私的关爱。

衷心地祝愿山东黄金集团日盛一日，蒸蒸日上，您、孙阿姨以及山东黄金的所有员工家庭康泰，身体健康，心想事成，万事如意。

此致

敬礼！

刘占峰

2020年9月10日

YUEHANZHIPIN 第 页共 页

一封言语质朴但情感深厚的感谢信，代表的不仅是对我及家属的感谢，更多的是对我们山东黄金“让尽可能多的个人和尽可能大的范围因山东黄金集团的存在而受益”这一理想目标的高度肯定！

过去五年走过的路、做过的事儿、取得的成绩和荣耀是我们嵩县山金集体智慧的结晶，更是我们山东黄金“追求卓越 创新进取”企业精神转化为社会效益、生态效益的缩影。我现在很想高声大喊：“我因自己是‘山金人’而自豪，因能为山东黄金和社会做贡献感到骄傲！”

现在，“十四五”已经箭在弦上，集团党委再次吹响了向“致力全球领先，跻身世界前五”目标进攻的号角。我将带领嵩县山金全体员工乘着东风，顶住压力，对决挑战，用忠诚、用奉献、用力量隽写我的矿山、我的理想；用担当、用付出、用坚守隽写我的矿山、我的希望；用真情、用责任、用使命隽写我的矿山、我的志向！

加冕青春

□徐东　赤峰柴胡栏子黄金矿业有限公司

作为一名在开发之路上成家立业的“山金青年”，我一直坚信“奋斗是青春最美的底色”,这句话深深扎根在我的心中,激励着我不断向前。

2011 年，我从山东黄金矿业股份有限公司新城金矿来到内蒙古红岭矿业有限公司（以下简称“红岭矿业）。算上我，全公司一共只有 3 名采矿技术人员。还没来得及适应战场，红岭矿业的扩产扩能战役就已经打响。一系列的扩产扩能改造和采矿方法研究工作需要推进。工作压力很大，问题迟迟得不到突破，身边的人也走走留留。但我深知，这是挑战，更是机遇。为了破解瓶颈，我与同事们大胆探索，审慎论证，深入现场，不断对方案进行研究和细化，最终实现了红岭矿业生产能力从 1500t/d 到 5000t/d 的飞跃。正是这一次的宝贵历练，让我对自己的专业有了更深的认识，对以前学过的理论有了新的理解，同时更让我认识到扎根一线历练成长的重要性和紧迫性。

2016 年，我来到赤峰柴胡栏子黄金矿业有限公司（以下简称“赤峰柴矿”），曾在采掘车间带着 5 名技术员管理 10 个中段，也曾凭着“初生牛犊不怕虎”的劲头主要负责编制新三年滚动发展计划、负责日常全矿生产运营等重点工作。考验虽无处不在，却也是难得的成长机会。作为奋发向上的青年人，又何惧挑战？付出终究换来了收获的喜悦，我们不仅提前三年实现“十三五”规划目标，还迎难而上研发了一种安全高效低贫损上向水平分层废石胶结充填开采技术，解决了柴矿尾砂含氰无法用于井下充填的技术难题。

作为专业技术人员，持续奋斗固然重要，但奋发向上应建立在独立思考之上。我认为，只有保持独立思考，才能让奋斗之船驶向正确的方向，更能事半功倍。在向前辈学习经验时，要保持独立的思考，要打破固有思维，要实现效能因我而变，才能为企业创造价值。在红岭矿业，就是因为我们敢于对采矿方法进行变革，才实现了生产能力和经济效益的大幅提升。在赤峰柴矿，就是因为我们在继承的基础上，敢于否定前人的成矿规律定论，才实现了探矿增储新的突破。只有学会思考，才能创新性地开展工作，打造自己的核心竞争力。

徐东在一线工作

奋斗是青春最美的底色。我们相聚于山东黄金，不能仅限于把工作当作谋生的手段，而要把实现人生价值与企业的发展牢牢联系在一起。习近平总书记说："奋斗不只是响亮的口号，而是要在做好每一件小事、完成每一项任务、履行每一项职责中见精神。"作为集团今后发展的中坚力量，我们青年人更要增强责任感和使命感，努力完成本职工作，力求尽善尽美。如果我们每个人都能把本职工作做到完美，那么企业必将踏上一个新的台阶，我们的社会也必因此而受惠。

千里马常有，而伯乐难觅。集团党委高瞻远瞩，实施"走出去"战略，为我提供了一个展现自身价值的平台。集团领导胸怀阔达，善于识人，他们对青年人，总是及时予以肯定和支持，总能在青年人劳累的时候慷慨地送上表扬和鼓励，这更给了我莫大的安慰。

工作在山东黄金，成长在对外开发前沿，我是幸运的，也是幸福的。在赤峰，我有了家，家里有贤惠的妻子、可爱的女儿；在赤峰柴矿，我有了实现人生理想的舞台。这些都让我倍感珍惜。尽管如此，我仍然时刻准备着，只要集团有需要，我仍将收拾行囊、义无反顾。

矿山儿女奋斗史

□孔慧　山东黄金归来庄矿业有限公司

矿工在你心中的固有印象是什么？是黝黑，是艰辛，还是卑微？但只要你走进矿山、走近矿工的工作和生活，你就会发现他们身影伟岸，有着敢闯、敢拼的实干精神。从井下一线到职能部室，不论身处何种岗位，大家都满怀激情，将平凡的工作干得风生水起。

曾经我不了解你，直到我成了你；曾经我认为你们的形象就如我今天所见一般无二，直到我翻开这本厚重的《归来庄金矿志》。我发现在巍巍沂蒙山脚的这片红色热土上，有这样一群勤劳肯干的矿山儿女，他们将青春和热血投入到矿山的建设发展中，他们历经漫长岁月的磨砺，在各自的工作岗位上尽情诠释着自身的价值。

我的“启蒙老师”武伟政同志就是这样的一个人。他现在是山东黄金归来庄矿业有限公司（以下简称“归来庄公司”）综合部经理，曾经是一名岗位操作工。我在2012年大学毕业后，先是从事自动化专业类工作，在“十三五”期间成了他的“徒弟”。为了鼓励我们踏踏实实干好工作，有时他会不经意间“泄露”自己成长的历史。时间久了，我慢慢理出了些头绪。在许多年前，他还是个不谙世事的毛头小伙，在井下开始了他的职业生涯。那时下井特别累，很多人下了班就赶紧补觉。

可年纪轻轻的他为了心中的梦想，抓紧一切时间学习。刚开始写作时，他对着“矿工报”上的稿子一遍又一遍地模仿，床底下堆满了写作底稿，有时为了写好一篇新闻稿，他甚至每天学习到凌晨一两点。这一写一学就是10多年。在矿山困难时期，他有很多次离开的机会，可他都放弃了。我问他后不后悔，他说从来没有想过离开这里，这里有他一同奋斗的兄弟，有他战斗的岗位，有他的青春和梦想。许多年后，凭着勤奋好学和一股不服输的勇气，他开创了自己的新生活，他是集团发展的参与者，也是集团发展的受益者。

在矿山的这几年里，我接触到像他这样的前辈比比皆是，他们在十八九岁的花季年龄就来到矿山，一干就是一辈子。他们把一生中最美好的年华献给了矿山。在矿山艰苦、单调、淳朴的工作、生活中，他们展现了特别能吃苦、特别能奉献、特别能战斗的“山金精神”，这正是我们这代人缺失的宝贵财富，值得我们学习、尊敬；他们对矿山、对本职岗位的忠诚执着和满腔热忱让我们心存感动，激励我们不断前行。

矿山改变了很多人，我就是其中的一员。在从事新闻宣传工作的这4年，我学会了很多，我的进步远远超出我的预料。这几年，我用手中的镜头记录矿山基层的可喜变化，以敏锐的笔触赞美矿山的新气象，虽然辛苦，却乐此不疲。虽然我是最草根的新闻工作者，但是我依然挖空心思，要把工作中最出色的亮点展现给职工读者。我爬过开拓井井塔，下过数百米的井下……无数个场景在我的脑海闪过。

在与矿工兄弟们的朝夕相处中，我潜心向他们学习，记录矿山的发展变化，书写基层矿工们的喜怒哀乐。这片炽热的红色土地让我浮躁的内心逐渐丰盈、厚重起来。同时，我深刻地认识到，想做好新闻宣传工作，就要勤奋工作；做编辑，就要甘于奉献。要用见证者的视角，真实地报道并记录公司发展的点点滴滴，为后来的人们留下历史的记忆。

我时刻告诫自己：要对自己所写的每一篇报道负责，要对自己编辑的每一篇稿件负责，要对自己校对的每一块版面负责。要用手中的笔，为矿工兄弟们鼓劲、加油。

“心中装着企业，心中装着员工，心中装着责任，心中装着担当，心中装着嘱托，是所有心系矿山发展将士们心中的信仰，激励着全体矿山儿女艰苦创业、百折不挠、砥砺前行……”我们归来庄公司党委书记、总经理肖坤荣曾这样诠释矿山儿女的奋斗历程。

“十三五”期间，归来庄公司全体矿山儿女在困境中坚守，在压力下奋起，坚定排除万难去争取胜利的信心和决心，正以分秒必争的紧迫感、时不我待的危机感和舍我其谁的责任感铿锵前进……选厂车间忙碌有序，压滤厂房如雨后春笋般涌现，一工段灰岩碱浸生产投入运行，难选灰岩金回收率平均达到 80%，经济效率显著提升；帷幕注浆工程在井下形成巨大防水幕墙，大大降低了井下涌水量，治水效果明显，减少

武伟政（中）、孔慧（右二）

矿山经济费用的同时，保障了职工群众的人身健康，筑牢了安全根基；幽幽巷道穿岩芯，井下斜坡道工程圆满完成与8中段石门巷的精准贯通，为深部接续打下坚实的基础；巍巍井塔耸碧空，深部开拓大井拔地而起，顺利实现3000吨／日提升能力，那高耸的井塔展现着一种雄姿，让近20余年的矿山历史高山可鉴。

矿山不仅能锻炼人，也能成就人。无论将来走多远，我都会怀念"十三五"的这段激情燃烧的岁月。是啊，体验过矿山生活的人更能知道如何面对生活，感恩生活，珍惜当前的工作。我庆幸自己是千千万万"矿山人"中的一员，只要想到我曾在矿山发展的激流中全力以赴地拼搏过，把自己最美的年华献给了矿山，还结识了一群掏心掏肺的兄弟姐妹，我就由衷地感谢这段青春岁月。

在集团荣登世界黄金矿业前十强榜单的喜讯在业界口口相传的今天，我写下这篇文章，书写矿山儿女的奋斗史。感谢那些在大地深处奋勇拼搏、默默奉献的"矿山人"，感谢他们为集团走向国际舞台做出了贡献，感谢他们用自己的青春和汗水实现了中国人的"金色"梦想，跑出了中国人的黄金"加速度"！

绿色矿山背后的故事

□李旭光　海南山金矿业有限公司

相遇，新的起点

海南——国际旅游岛、自由贸易港。

海南山金矿业有限公司（以下简称“海南山金”）——山东黄金首座省外吨金矿山、首个无尾无废绿色矿山。

2009 年，我所就职的委内瑞拉金兖公司实施战略退出，完成工作交接后，我奉命到海南山金报到。临行前，复杂的心情让我彻夜难眠，既有归国的喜悦、对领导同事的不舍，也有对组织关怀的感激，更有对新开发矿山的憧憬，以及再次离家的百般乡愁……

当时，海南山金是一座刚刚并购的矿山，资源储量进入瓶颈期，生产经营举步维艰，供矿严重不足，选矿厂也处于半停产状态。产能落后、设施简陋，干部职工住的是简易工棚，矿容矿貌更是难以言说……面对此情此景，我没有退缩，海南山金的开发将士们没有退缩。因为我们内心明了，唯有加倍努力才可改变现状。

相知，新的挑战

井下需要生产、选矿厂需要改建、厂区需要规划，在这些重任的驱使下，一张张规划蓝图有序展开。大家凑到一起看图纸、谈方案、钻山林、查现场，心怀希望，迎难而上。

资源是矿业企业的核心，探矿增储一直贯穿于企业规划中。海南山金是回采多年的老矿山，受民采活动影响，浅部中段老空区错综复杂，依矿找矿就围绕着老空区展开。设计新建平硐、恢复民采巷道、延伸多级斜井、竖井项目建设，主要工程以竞赛、会战的形式突击前行。

数不清有多少次，大家到山岭中探矿找矿，风餐露宿在小桥边、树荫下；也记不清有多少回，大家一起下斜井工作，因点多面广路程远，大家只能自带饼干和水壶。所有人似乎都忘记了辛苦，将欢声笑语撒遍南国的绿水青山。

就这样，经过几批“山金人”的拼搏，平硐、平巷工程全面拉开，探矿增储有了重大突破；竖井、斜井建成投用，提升能力有了大幅提高；选矿厂改建完成并投入运行，黄金产量翻倍增长。企业效益好起来了，新宿舍楼建起来了，尾矿库绿起来了，矿区美起来了，工资涨起来了，职工的幸福指数高起来了。

企业要发展就要迎接新挑战。随着浅部中段资源的快速消耗，深部探矿已是当务之急；响应“绿水青山就是金山银山”的环保理念，绿色无尾无废矿山建设势在必行。于是，又一场会战拉开帷幕。新探矿竖井的建设和深部探矿、选矿厂绿色提金新工艺改造重建、二号尾矿库复垦绿化，这相当于一个新建矿山的工程项目开始展开。

项目建设的重点是保质量、保安全、保进度。质量靠管理，安全靠管控，那项目进度怎么抓？一是“干”，铆足干劲，实干、苦干、加油干，干出项目建设“加速度”；二是“抢”，加大推动的力度、加快推进的节奏，把抢时间贯穿在项目建设中，在确保安全和质量的前提下，比干劲、比速度、比质量、比成效，用最强的合力确保项目顺利推进、如期竣工和投入生产。

终于，选矿厂工艺改造成功达产，新竖井安装完成并顺利运行，尾矿库复垦绿化一气呵成。这一系列的巨变让驻地政府和业界眼前一亮，转变了他们对矿业企业的认知，使海南山金得到了高度认可，也更加捍卫了其在海南省黄金矿企中排名第一的宝座。

相伴，新的征程

即使道路坎坷不平，车辆也要前进；即使江河波涛汹涌，轮船仍要航行。企业发展亦如此。建造一座“无尾无废的绿色花园式矿山”是“山金人”共同的梦想。然而，尾矿、废石如何处理？“绿色花园”从哪里着手？

尾矿、废石变废为宝。经过多方探访和市场调研，通过询比价和多轮谈判，2019 年 10 月，海南山金与海南金惠环保节能有限公司（以下简称“金惠公司”）签订了《废石和尾砂综合利用》战略合作协议。金惠公司以海南山金的尾矿资源为依托，通过技术研发、创新工艺，建成了以尾矿和废渣资源为原料、采用天然气焙烧工艺的制砖生产线，日产砖可达 60 万块，达产后尾矿月需求量 2.25 万吨，废石月需求量 1.35 万吨。随着金惠公司的全线投产，生产的环保砖供不应求，海南山金采选产生的废石和尾矿基本全部外售，成功解决了尾矿、废石堆存难的问题，成为集团首座无尾无废绿色矿山。

“绿色花园”初见成效。海南山金是远近闻名的“地无三尺平”，唯一的两处平地是两座闭库的尾矿库，“绿色花园”矿山建设就围绕着这两处平地展开规划。

1 号尾矿库生态绿化完成。碧树环绕着彩色跑道，鲜花簇拥着灯光球场，休闲凉亭、健身器材一应俱全，职工在此健身娱乐、犹如一幅世外桃源般的景象。

2 号尾矿库正在进行闭库复垦，计划建设成一座广场花园。根据专业的园林设计，硬化、绿化正在有序推进，一幅“阳光海南山金，魅力南海明珠”的美丽画卷即将在集团矿工节前夕展现。

创新是企业长久发展的不竭动力，探索是开创新格局的生命源泉，“行百步者半九十”，我们永远在路上。

“为者常成，行者常至。”“十三五”，我们砥砺奋进，收获丰硕满满！“十四五”，我们奋勇前行，开启崭新征程！

上市之路，我们风雨同行

□陆欢　山东黄金矿业股份有限公司董事会办公室

流年似水，花开花落。转眼间，山东黄金矿业股份有限公司H股上市已近两年。再回首，曾经的一幕幕场景仍然历历在目。H股上市项目组全体成员为了共同的梦想，一起同甘共苦、风雨同舟，携手走过并见证了山东黄金“十三五”战略实施的重要里程碑。

荣耀是抉择，所以责无旁贷

大树之繁荣，皆因其根，根深则叶茂，便无惧风雨；根固则茁壮，便傲立天地。“十三五”战略是山东黄金高质量发展的根本和基石，国际化是其中一项重要内容。2017年，公司与世界领先的巴理克黄金公司合作，成功收购了其拥有的阿根廷最大、南美洲第二大金矿——贝拉德罗金矿的50%股权。这是国内黄金企业目前经营的最大海外金矿，公司国际化战略取得实质性突破。

在海外并购的过程中，我们深深地感受到，境外资本平台的缺失是公司实施大型海外收购、有效利用境内外资金、打造国际品牌等方面的掣肘。为进一步完善公司资本运作平台，强化公司境内外资本运作能力，公司于2017年6月启动H股上市计划。

公司专门将此次 H 股上市项目命名为"荣耀项目"（Glory），意为"秉承黄金品质，创造荣耀时刻"。为了尽快开展工作，H 股上市项目组在最短时间内完成了工作团队的组建。由集团董事长陈玉民担任项目领导小组组长，集团总经理李国红担任执行组长，并设有 14 个工作小组。公司内部配备最优秀的业务骨干，外部遴选顶级的中介机构，打造务实精干的项目团队，为项目推进提供了最坚实可靠的支撑。

风雨是常态，所以知难而进

道路不可能一帆风顺，蓝图不可能一蹴而就。通过 2016 年重大资产重组及海外项目并购，我们清楚地认识到整个"荣耀项目"实施过程既面临着部门人员不足、项目任务紧迫的现状，又面临着监管审批之广、上市要求之多的情形。这些挑战是项目必须经历的风雨。在一年多的时间里，项目团队马不停蹄地组织尽职调查，确定市场定位，撰写招股文件，开具合规证明，回答监管问题，组织全球路演，确定发行价格，整个过程一环扣一环，紧张而有序。

记得，那是在回答香港联交所重点关注的合资格人报告所采用的技术标准问题时，项目团队遇到了很大的障碍。集团领导多次组织召开专题会议研究，通过多角度反复沟通、据理力争，我们最终取得了联交所的认可，艰难闯过重要的一关。

记得，根据上市要求，需要开具矿产资源、安全生产、环保等 13 个类别共计 260 多份公司及所属企业合规证明，并且因为时间原因，需要先后开具三次。集团各部门、所属各企业高度重视，积极与主管部门沟通，研讨对策，克服重重困难，最终提前开出了全部证明，确保了项目顺利推进。

记得，那是大年三十的中午，我们召开电话会议讨论香港联交所的问题。因为需要随时发言，会议成员在通话过程中并没有使用静音功能，会议中时不时传出鞭炮声、鸡鸣声，还有家人喊着吃饭的声音。我为大家的这份拼搏所感动。

必胜是信念，所以一往无前

形势若船至中流，一篙松劲就会前功尽弃；任务如离弦之箭，飞向靶心是唯一的选择。为尽快完成 H 股上市工作，项目组全体成员以“逢山开路”的闯劲和“滴水穿石”的韧劲，不分工作日和节假日，随时保持工作状态。大家在中秋佳节放弃与家人团圆的机会，加班加点讨论招股书的内容；在元旦假期放弃休息时间，奔赴香港提交材料。在香港印刷商驻场工作过程中，工作至凌晨是家常便饭。尤其是在谈判小组与承销商进行谈判时，由于谈判分歧严重，谈判过程异常艰难，谈判小组多次中止谈判，商量对策。为了达成一致意见，谈判小组与承销商在经过三天两夜艰苦卓绝的谈判之后，通过反复交流、激烈讨论、强烈争论，最终达成一致意向。谈判过程虽然一波三折，但谈判成效显著，最后使公司的发行费用远远低于同期香

2018 年 1 月 17 日，
项目组人员深夜在香港印刷商处修改招股书

港上市企业的费率水平。

为确保H股成功发行，陈玉民董事长、李国红总经理分别带队赴上海、北京、香港、纽约、波士顿、新加坡、伦敦、阿布扎比、迪拜等九大金融中心地区进行非交易和交易路演。伦敦淅淅沥沥的小雨中，纽约匆匆忙忙的人群中，香港并不宽敞的金融中心地带中，路演团队一家接一家地拜访投资者，克服语言沟通的障碍，详细解释公司未来发展前景。路演过程是极其辛苦的。为了能在最短时间和最大范围内会见投资者，路演团队白天出征，晚上乘机，下了大飞机再转小飞机，坐完飞机再坐中巴车。有时候一次路演下来，10天时间内需来往于3个不同的国家，地区的时差、行程的颠簸以及投资的问题，对路演团队而言都是极大的身心考验。

H股上市的路上，虽然有风雨，但是我们的信心从未动摇、干劲未曾松懈。因为我们知道，使命在身，丝毫不容懈怠；重任在肩，唯有勤勉苦干。我们始终相信，只要大家有动力、有信心、有干劲，一切美好的愿望都能变为现实。大家都知道H股上市对集团非常重要，大家对胜利心之所往，所以一往无前。

成功是必然，所以梦圆香江

“千磨万击还坚劲，任尔东西南北风。”只有经历风雨才能见到彩虹，闯过隘口才能一马平川。项目启动以来，我们无惧风雨，按照项目时间节点击破一个又一个障碍，最终完成了各项任务。

公司于2017年6月启动H股上市项目到2018年9月成功上市，历时460多个日日夜夜。在此期间，我们全身心地投入到了H股上市项目中。没有周末和假期，任何问题随时协调解决，全员时刻处于工作状态，夜里加班至11点、12点是常态。在项目启动半年的时间里，我们完成了H股上市项目非常重要的工作——招股书初稿撰写。在这3000多页的招股书中，倾注了所有项目人员的心血，同时这本招股书也成了香港H股上市历史中“最厚招股书”。这3000多页的招股书，承载的不仅是山东黄金几代人的辛苦付出和无私奉献，更多的是“十三五”战略实施以来，山东黄金取得的累累硕果和辉煌业绩。

整个项目实施过程处处是考验。在撰写招股书的同时，我们还要做好各级监管部门的项目审批工作。先是山东省国资委审批，再是中国证监会审批，最后才是香港联交所审批，审核过程也并不是一帆风顺的。当然这些都是我们预料之中的，所有人凭借坚持不懈的努力、全力以赴的决心、不怕失败的勇气，全面克服了项目中的所有障碍。其中，在香港联交所审核中，我们连续回答了三轮问题，因为香港联交所反馈的周期比较长，根据时间要求，公司递交了两次上市申请。2018年9月28日，艰辛的努力终于换来了山东黄金H股的成功上市。至此，H股上市项目画上了圆满的句号。

向好是趋势，所以扬帆起航

“风好正是扬帆时，不待扬鞭自奋蹄。”公司H股上市时，正值香港资本市场低迷，港股上市“破发潮”来势凶猛。数据显示，截至2018年9月27日，赴港上市企业中，有121家企业跌破发行价，占比高达78.06%。而山东黄金H股发行当日的价格始终稳定在发行价格，创造了近期港股市场首发上市股价没有下跌的奇迹。

公司股票上市后的一周，香港恒生指数累计下跌4.38%，创2018年2月9日以来最大周跌幅。但是公司投资者参与踊跃，交易逐步活跃，凭借其良好的市场表现获得了资本市场的充分认可；并于2018年10月19日，在上海证券交易所最近一次调整港股通标的第一时间被纳入港股通。

截至2020年8月28日，山东黄金H股收盘价为21.20港币/股（两次除权），相较发行价格涨幅为185.6%，跑赢恒生指数194个百分点。

回首有遗憾，但是无怨无悔

项目一路走来，着实不易。项目的成功，也是源于倾注了所有人的心血。项目历时一年多来，全体成员一路同甘共苦，一路并肩作战，一路挥洒汗水，彼此结下了情谊，也为彼此感动着。回首过去，回顾每个人，无不为“不能留下遗憾”的项目留下了自己的遗憾。有些人经历了什么，付出了多少，当时我们并不知晓，直到后来才慢慢了解。

2018年5月底，集团总经理助理王培月在香港带领团队答复联交所问询时，得知了父亲病危的消息。而此时正是项目关键时刻，他无法抽身回到父亲身边，只能顶着压力、忍着悲痛全力以赴，带领项目组顺利完成联交所所有问询。等他见到父亲时，已经是在父亲的葬礼上。2018年年底，他的母亲也在父亲去世半年后离去。时至今日，王培月仍内疚不已。

记得那是在H股上市非交易路演的前一天晚上，项目牵头部门负责人汤琦在北京得知母亲刚刚检查出了食道癌，而公司上市正处在关键时刻，接下来的行程已经确定，第二天一早就要飞赴美国路演。此时，任何变更都会导致整个行程重新审批，他实在没有办法陪伴在母亲身边，只能把母亲手术的所有事情托付给妻子。整个路演过程中，他一直保持精神饱满的状态，全身心投入其中。非交易路演结束时，他的母亲已经做完了手术。幸运的是，手术非常成功。

董事办副主任王毅是H股上市项目的业务担当。2016年，她参加公司运动会时受伤导致膝盖韧带断裂。但彼时她刚到董事办任职，收购贝拉德罗金矿项目、H 股上市项目及上市后 A+H 双重市场规则和信息披露要求，使得她没有时间去考虑个人的身体健康问题，她的韧带断裂治疗手术也一拖再拖。韧带断裂事过四年后，迫于医生和家人的强烈要求，她终于去做了治疗手术。

项目组人员为项目所付出的努力、留下的遗憾至今感动着我、激励着我、鞭策着我，给了我工作的激情、前进的动力、不竭的斗志。

在经历H股上市的这一年多里，每个人都为这个项目付出了很多，在此不能一一列举。不忘初心，我们携手直面困难，终于迎来了荣耀时刻；继往开来，我们书写发展新篇，激发最强正能量。回首过去，波澜壮阔，我们无比自豪；展望未来，前程似锦，我们信心满怀。

耕耘在“山金”科技的百花园

□董春蕾　山东黄金集团有限公司科技部

小时候，关于黄金的认识，始于卓别林主演的电影《淘金记》。谁能想到，40 年后的某一天，我身着盛装，在礼炮齐鸣、掌声雷动中，迎来了自己所在企业注定载入史册的伟大时刻——2020 年 6 月 24 日上午 10 时，山东黄金正式成为首家闯入世界十强黄金企业榜单的中国企业！

一

最早来到山东黄金，是在出租汽车公司工作。虽然出租汽车业务不是集团主业，但是“黄金人”对自己品牌的维护仍然相当执着，这让我对山东黄金矿业这一主业充满了好奇与向往。终于有一天，我通过层层选拔成为一名“山金科技人”，开始了对矿业科技管理工作的摸索。那时候，矿山是什么样，金子是怎么生产出来的，科技工作要做什么，对我来说没有任何概念。怎么办？从头学。科技公司组织了内部课堂，由具备矿山工作经验的领导或同事为大家分享专业知识，从最基础的矿山分布，逐步渗入到黄金生产流程。我作为第一作者参评的科技管理论文获得“中国有色金属工业企业管理优秀论文二等奖”，算是为我进军主业准备了一块“敲门砖”。

之后，求知欲驱使我进一步向主业靠拢，主动请缨承担了矿山充填现状调研和科研成果的推广工作。随着业务的深入和矿业知识的充盈，我对矿山的热爱更增了一分，自信心也逐步树立起来，开始与矿山同事们近距离交流，还经常参加一些充填技术交流活动。在矿山，我深受一线同事敢想敢干、会干巧干的感染，也开始尝试摸索这个陌生的技术领域。“功夫不负有心人”，在中国有色金属学会组织的青年论坛上，我的《绿色开采实用技术在山东黄金的应用实践》获评大会优秀报告，而且在和与会人员互动中，竟然没人怀疑我是一个典型的“门外汉”，这让我多少有些窃喜。

二

如果说，在科技公司时，我这个文秘主管只是在科技业务中“跑龙套”的话；那么2014年年末，集团开展的全体“站起来”竞聘活动，则为我创造了一个成为科技“正规军”的绝佳机会。在继续老业务还是做出新抉择的问题面前，一位前辈鼓励我说：“试试看，平台工作会让你有不同以往的视角与收获。你学习能力强，还有那么一股劲儿，没有人比你更合适。”这句话让我鼓足勇气跳出“舒适圈”，再次挑战自我，向一个全新领域——科技创新平台进军。

最初的平台工作，更多的是海量数据的收集与报审、评价标准的对比与完善，这对我提出了极大的考验。好在许多前辈、同事伸出援助之手。即便如此，由于平台数据涉及集团、事业部和各相关单位的不同口径，各类平台的考评又相对集中，所以每次应考就如同打了一轮又一轮不分昼夜的“循环赛”。尤其是2017年的两次考评时间只相差几天，接到通知后只有不足10天的准备时间。面对前所未有的紧急时限，我的心中只有一个念头——不惜一切代价，坚决完成任务！2017年8月

16日是国家企业技术中心考评材料上报的截止期限，我和同事小栾争分夺秒，终于在翌日凌晨1点前完成了全部上报资料的印制校对工作。夏日的凌晨分外宁静，出租车灯朦胧着清凉的夜色。我走出大楼，长吁一口气，突然感到一阵天旋地转，滚下了楼前的台阶……轮椅上，我迎来了平台的频频捷报，也感受到了集团对员工的深切关怀。

三

随着集团对科研工作的高度重视，我们依托一线建起了自己的3个实验室和两个研究所，升级了一个省级示范平台；新增了当年唯一的一个有色金属企业省级平台；院士工作站重新成功备案；省级技术创新中心申报下出“双黄蛋”——两个平台同时进入培育库，这在省管企业中也是独一无二的。更加令人振奋的是，我们的博士后工作站在全国

博士后下基层（红岭矿业公司）

2079个博士后工作站中脱颖而出，成为我省唯一一家包揽国家、山东省博士后工作评估全部奖项的“大满贯”矿业企业博士后工作站；更是因为工作成效突出，获得了我省不足1:30比例独立招收博士后的宝贵资格。

博士后科研工作站结合集团实际，每年定期开展“博士后大讲堂”“博士后云讲堂”“博士后下基层”等活动，博士后足迹由山水丰盈的中原，到风吹草低的内蒙古，通过线下、线上不同方式与矿山工程技术人员进行分享、交流，实地解决技术难题，并形成《博士后科研提案》，为博士后科研在企业“落地生根”奠定了基础。而我，除了惊叹于矿山日新月异的变化，深刻感受到“让尽可能多的个人和尽可能大的范围因山东黄金集团的存在而受益”这个理想目标的稳步落地，还会经常怀念蜿蜒山路中傲然矗立的“小布达拉宫”，井然有序、积极向上又充满人文关怀的矿区，5G覆盖VR模拟的现代化采场。我甚至会没出息地回味起内蒙古矿山的羊汤味道，这对于从小绕着羊走的我来讲，还真是一个颇有力度的转变。2020年，适逢博士后工作站成立12周年，我们制作了《青春飞扬 筑梦“山金”——山东黄金博士后“我与山东黄金”征文汇编》画册，与博士后共同记录了成长点滴，也一起重温了集团发展的传奇历程。

四

2020年8月31日11：45，5位领导郑重地按下启动开关。随着一声巨响，“金山”开裂，岩花四溅、双龙腾空，校企合作明珠——山东黄金－东北大学矿业技术创新研究院应时而生！这是集团提前一年完成“争做国际一流，勇闯世界前十”的“十三五”目标之后，又一件令人欢欣鼓舞的大事！双方将向着建设“国际一流企业”和“世界一流大学”的“双一流”目标，创新引领中国矿企未来发展方式，将研究院打造成为未来“矿业高端人才的培育库、矿业核心技术的储备库、矿业前沿资讯的传播地、矿业大咖的云集地和矿业科研成果的转化地”，支撑集团向“致力全球领先，跻身世界前五”的“十四五”宏伟目标挺进！

回看来路，我非常庆幸当初的选择，更加坚信我们的潜能是无限的。“合抱之木，生于毫末；九层之台，起于累土；千里之行，始于足下。”“十三五”期间，平台发展如春笋遍地，朝华初现。我相信“十四五”期间，平台一定会长成参天大树，完美绽放，全面助力集团打通迈向世界强企的道路，而我们美好的“山金梦”、中国梦也一定会早日实现！

山东黄金－东北大学矿业技术创新研究院正式启动

“十三五”里话担当

□孙朋丹　山东黄金电力有限公司

随着山东黄金提前一年迈入全球黄金矿业综合实力前十强，“争做国际一流，勇闯世界前十”的宏伟蓝图已经变成美好现实。山东黄金电力有限公司（以下简称“电力公司”）也以时不我待的精神和魄力，一直坚持“安全保供电、创新谋发展，忠诚敢担当、服务创品牌”的发展理念，成为山东黄金圆梦“十三五”的“电力担当”。

老骥伏枥　志在千里

2018 年是公司电力改革的攻坚年，对于所有“黄金电力人”来说，这注定是不平凡的一年。这一年，公司拿到了期盼 12 年之久的电力业务许可证。为获得这张许可证，还有两年就退休的常务副总经理杨世昌硬是把自己逼成了热血男儿。他一周多次往返于国家能源局山东监管办公室、山东省电力企业协会、山东省经济和信息化委员会、山东省发展和改革委员会、烟台供电公司及烟台电力交易中心等机构，不厌其烦地进行沟通和协调。“路虽远，行则将至；事虽难，为则必成”是他常挂在嘴边的一句话，也正是这句话不断鼓励和鞭策着他身边的同事。在他的感召和带动下，参与电力改革工作的干部和员工克服种种艰难险阻，

杨世昌参加山东省首张增量配电电力业务许可证颁证仪式

终于如愿拿到了凝聚着全体“黄金电力人”汗水和心血的“通行证”。

2018 年 12 月 13 日，国家能源局山东监管办公室举行增量配电项目电力业务许可证颁发仪式，向山东黄金颁发了电力业务许可证（供电类），这是山东颁出的首张增量配电电力业务许可证。正是从这一天开始，电力公司正式具备供电区域内的营业资质，进入依法合规开展相关业务的新阶段，这标志着增量配电业务改革在山东省迈出了实质性的一步。正是由于老领导“咬定青山不放松”的信念与担当，以及干部和员工锐意进取的韧劲和拼劲，才让电力公司在山东省电力行业中挺直了腰板，迎来了公司快速发展的曙光。

事在人为　天道酬勤

2019 年盛夏，室外温度高达 38℃，室内温度高达 41℃。高温爆表，难抵一腔热血。在山东黄金重点规划项目——新城滕家矿箱变工程施工

刘新生带队出征赤峰银铅公司开展的电力春防试验

现场，总能看到一个黝黑敦实的身影，他就是公司修试班的班长刘新生。即便是高温，他也像往常一样，日复一日地坚守在施工现场，将自己几十年来总结的经验和取得的成果毫无保留地传授给年轻人。

有人问刘新生："教会徒弟，饿死师父。徒弟都成骨干了，你没有危机感吗？"刘新生却笑着说："一个人好不算好，提高队伍整体素质，调动大家的积极性，我们的工作才能越来越好。"

榜样的力量是无穷的，向先锋看齐，向模范学习。同班组的青年员工跟着刘新生在"十三五"重点工程中争分夺秒地干，不喊苦不喊累，还干劲十足地说："我们在这里不仅学到了业务技术，提高了实践能力，更学会了怎样去做一个有理想、有担当、肯付出、甘奉献的'新时代黄金电力工人'！"

在刘新生的带动下，班组员工争先效行，钻电缆沟、安变压器、放动力缆，相互配合、密切协作，保证了项目的如期完成。刘新生就是靠着脚踏实地、一步一个脚印的拼搏，带领班组团队用出色的业绩向用户和公司交上了一份满意的答卷。2020 年，刘新生被评为“山东黄金劳动模范”，也真是实至名归。

笃志力行　青春无悔

“疫情就是命令，防控就是责任，岗位即是战场，我责无旁贷。”面对突如其来的新冠肺炎疫情，于子涵柔肩挑重担、巾帼胜须眉，以敢干、能干、会干的优秀品质诠释了“十三五”期间青年员工的责任担当。

她看起来温文尔雅，但只要一投入到工作中，便马上变身成干劲满满的“女汉子”。在复工复产的第一时间，即使身体患病，于子涵也迅速返回岗位，全身心地投入到电力运行保障科研项目的攻关协调中。为深入了解公司科研项目的投入使用情况，她的脚印走遍荆棘丛生的线路工地和坑坑洼洼的施工现场。她总说：“无论多艰难、多辛苦的工作，

于子涵在黄金总站现场勘查变压器运行情况

总要有人去做。既然责任落到了我们肩上，我们要做的就是扛起来，努力去做好。”

不负韶华，书写电力担当。于子涵的丈夫是山东黄金烟台事业部疫情防控保电的一线工作者，与她一样，一直坚守在工作岗位，以舍小家为大家的奉献精神，在这场没有硝烟的战争中，将责任和担当汇聚成一道光，用执着和无悔书写出属于青年员工的精彩篇章。像于子涵这样的家庭数不胜数，他们用爱支撑“小家”，用责任捍卫“大家”。

现如今，“十三五”的目标已经实现，在即将到来的“十四五”，我们将不忘初心，牢记使命，紧跟集团“致力全球领先，跻身世界前五”的战略定位，鼓足勇气，坚定不移地沿着高质量发展的道路奋勇前行，为实现全体“山金人”的幸福梦奉献出更多的“电力担当”！

与生态矿业同行

□郎尧君　山东黄金集团有限公司安全生产部

2016年1月13日，山东黄金召开了党员代表大会暨“十三五”战略规划动员大会，我很荣幸作为党员代表参加了此次振奋人心、鼓舞士气的大会。在这次会上，山东黄金明确了“争做国际一流，勇闯世界前十”的战略目标，为“十三五”工作定了奋进的基调。

山东黄金“十三五”规划涉及的具体任务和工作很多，其中与我的岗位联系密切的一项就是，到2020年年底，山东黄金所有在产矿山需要达到绿色矿山建设标准，进入国家或省级绿色矿山名录，建设成为绿色矿业集团。这一目标指明了山东黄金绿色发展、可持续发展的方向。我作为安全生产部（生态矿业部）的一员，有幸全程参与了山东黄金绿色矿业集团的创建过程。

党的十八大以来，习近平总书记的生态文明思想和“绿水青山就是金山银山”的理念深入人心。习近平总书记说：“像保护眼睛一样保护生态环境，像对待生命一样对待生态环境。”这既是国家政策方向，也是广大群众的期盼。我们作为矿山生态环保的管理者，就是要将国家的政策、企业员工的期盼、集团的规划落到实处。2010年，山东黄金确定了“山东黄金　生态矿业”的发展理念。山东黄金所辖企业率先进入了国家第一批、第二批和第三批绿色矿山示范名录。“十三五”期间，山东黄金制定了首个企业标准《山东黄金绿色矿山建设规范》，印发了《山东黄金 2018 ~ 2020 年绿色矿山建设规划》，积极推进绿色矿山和绿色矿业集团建设。制定标准是个复杂而又艰辛的工作，为此，山东黄金成立了标准制定小组，我非常荣幸成为标准的参编者。在标准制定过程中，我们查阅了国家相关的文件和标准，对比了现有绿色矿山的建设情况。虽然过程漫长、艰辛，但是一想到企业要出台高于国家标准的企业标准，要建设更高质量的绿色矿山，我的心中就充满了憧憬。经过参编人员十多次反复的讨论、修订，最终我们自己的绿色矿山建设标准顺利制定完成。

绿色矿山的建设、申报和现场核查也是一波三折。2017 年，国家出台了《关于加快建设绿色矿山的实施意见》，要求加快矿业的转型升级和绿色发展。安全生产部（生态矿业部）在相关领导和安全总监的带领下多次到省相关部门请示如何开展工作，如何进行申报，但收到的答复是“还没有出台相关具体实施方案和政策”。山东黄金不等不靠，经过研究达成共识：按照企业标准和原有的相关要求持续推进。就这样，山东黄金在山东省内第一个编制绿色矿山实施方案，并且邀请国家和省级专家进行了评审，率先开始了新一轮的绿色矿山建设工作。我们组织召开了多次的建设

国家级绿色矿山三山岛金矿——全国机械化程度最高的黄金单体矿山

协调会议，分期召开了多次的评审会议。看到矿山建设过程中的新变化，看到“山东黄金 生态矿业”的不断提升实施，作为绿色矿山建设全程的参与者，我感到无比的骄傲和自豪。每当走进矿山，看到“山东黄金生态矿业”这硕大醒目的标牌；每当重大的会议或集团投资推介路演，看到 PPT 展示的那一座座花园式的绿色矿山，我心中的骄傲和自豪油然而生。

截至目前，山东黄金 31 座矿山进入国家或省级绿色矿山名录，4 家冶炼企业进入工信部门绿色工厂名录，所属 3 家地质勘查公司全部实现绿色勘查。山东黄金绿色矿山建设走在了全国非煤矿山行业前列，2020 年年底前将建成绿色矿业集团。近年来，山东黄金在产企业没有一家因中央环保督查和环保违法而停产整顿。

2015 年，山东黄金确立了“用心守护绿水青山，用爱造福地球家园”绿色发展理念，矿山绿化面积达到了可绿化面积的 100%，建成花

国家级绿色矿山海南山金土地复垦富含热带特色的乔灌草

园式矿山。我大学一毕业就在三山岛金矿工作，陪伴西山直属尾矿库从建成使用到终老闭库。虽然现在国家对尾矿库闭库有严格的复垦和相关工程要求，山东黄金近年对闭库的尾矿库都进行了复垦和生态恢复治理，但是当年黄金海岸闭库的尾矿库却呈现出另一番景象——大风天沙尘蔽日，下雨天尾砂横流。在“山东黄金 生态矿业”理念的指引下，山东黄金决心投入巨资对黄金海岸的几个早年闭库的尾矿库进行综合整治。经过十多年的综合整治，现在植被郁郁葱葱。近年重新规划设计和实施的包括沿海观光带及生态修复升级改造工程、黄金文化及自然博物馆和世界一流矿山项目在内的黄金海岸一体化工程项目，将以崭新的姿态伫立在渤海湾畔，这里将成为我们“山金人”引以为傲的新焦点。

山东黄金“十三五”的蓝图已经绘就，“十四五”的号角已经吹响，我们必将踏上征程，再立新功。“功成不必在我，功成必定有我”是我作为一名普通共产党员、作为山东黄金绿色矿业集团建设者和全程参与者的肺腑之言。

向着风浪前进

□李晓　山东黄金集团有限公司战略规划部

2020年是“十三五”收官之年，作为山东黄金战略规划部的一名普通员工，我有幸见证并全程参与了山东黄金“十三五”战略项目，深知过程的曲折和实现的不易。回溯过往，有些画面仍然令我记忆犹新。

启航：确定目标

2015年12月，济南长清园博园内，包括山东黄金领导、总助总师、总部部门和事业部领导在内的上百人齐聚一堂，展开了一场关于“十三五”期间集团战略目标、发展思路、改革创新、板块定位、国际化道路、资源并购、产融结合等问题的大讨论。那时，整个黄金行业还没有走出寒冬期，而且山东黄金正处于规模与效益的发展阵痛期，眼前的形势非常复杂且充满不确定性，讨论确定“十三五”战略目标的难度和艰苦可想而知。经过连续两天不舍昼夜的激烈碰撞，我们终于拨开迷雾，确定了目标。“争做国际一流，勇闯世界前十”的宏伟目标就像黑暗中的一束光点燃了希望，让我们为之振奋；“黄金做优做大、有色做优做强、金融做优做稳、资源做优做多”的产业策略让我们重新找到了奋斗的方向。

扬帆：充满希望

2019 年 9 月，我接到给新入职员工进行战略宣讲的任务。起初，我把这个任务当成一项本职工作，认真准备宣传片、宣讲课件，内心并没有多少波澜。但当我站上讲台的那一刻，当我面对台下近百位即将加入山东黄金大家庭的年轻同事，看到这么多新鲜的面孔和充满期待的眼神时，我的内心无法平静，一种自豪感和责任感油然而生。令我印象最深的一幕是，在一起观看了山东黄金宣传片、回顾了“十三五”前半程所取得的辉煌成绩后，我郑重地说出了山东黄金的战略目标，他们露出震惊和兴奋的神情。战略的神奇之处就在于，落于纸面时，它是引领发展的纲领；用声音传达时，它就变成了植入人心的强心剂。那次战略宣讲后，这些年轻的“山金人”便有了强烈的归属感和使命感，充满希望地迎接未来在山东黄金奋斗的日子。

破浪：坚定信心

2020 年 6 月，我们成功实现了山东黄金“十三五”战略目标。哲学家萨特曾经说过：“世界上有两样东西是亘古不变的，一是高悬在头顶上的日月星辰，二是深藏在每个人心底的高贵信仰。” 山东黄金战略目标的实现得益于集团上下强有力的执行力。这几年，在山东黄金党委的带领下，集团上下披荆斩棘、筚路蓝缕，每个矿山、每个井下、每片市场、每次谈判，无不留下“山金人”奋斗的身影。每个人都怀揣对未来的期盼和对梦想的憧憬，正如陈玉民董事长所说：“人总要有梦想，说不定哪天就实现了！”站在欢庆的人群中，回想“十三五”伊始刚提出“勇闯世界前十”目标时的情景，我心中感慨万千。战略目标的提前实现，离不开清晰的目标指引和深植内心的信仰，这些继而转换成更加强劲的动力，让我们乘风破浪，勇往直前，更加坚定了夺取“十三五”

最终胜利的信心和决心。

远航：未来可期

2020年7月，山东黄金在青岛召开“十四五”战略研讨会议。这一次，我们有备而来，不仅带着“十三五”的发展成就，更带着我们的智慧经验。不同于“十三五”之初的迷惘，这次参会的我们很清楚地知道未来5年要做什么，接下来就是要解决怎么才能做得更好的问题。我们的“十四五”战略目标锁定为“致力全球领先，跻身世界前五，再造一个山东黄金”。“致力全球领先”“跻身世界前五”与“再造一个山东黄金”是相辅相成、相互促进的，共同构成了“培育具有全球竞争力的世界一流企业”的基础条件。“致力全球领先”是一个系统性、持续性、长期性的过程，是对“争做国际一流”标准的进一步延伸和深化；“跻身世界前五”是对“十三五”时期“勇闯世界前十”目标的推进和提升；“再造一个山东黄金”是我们以更加坚定的信心和勇气发出的“不念过去，不畏将来，乘风破浪，勇往直前”的最强声音。

“千里之行，始于足下。”蓝图已经绘就，需吾辈更加竭心尽力。我们只有立足本职岗位，踏实做好工作，才能真正为山东黄金“十四五”战略规划的实现贡献力量。

5 年，我们一起走过

□张璐　山东黄金集团有限公司财务一部

金秋时节，是收获的季节，也是总结过去、展望未来的季节。过去的五年，在历史长河中不过短暂一瞬，但在山东黄金发展的史册上却留下了浓墨重彩的一笔。在国有企业深化改革的时代浪潮中，山东黄金的公司治理能力、品牌形象、经营业绩水平不断提升，员工归属感、凝聚力、向心力空前高涨，主要经营指标不断创历史最高水平。

思路决定出路，定位决定地位。在过去的 2019 年，集团梦圆世界前十，提前一年实现“十三五”战略目标，一举改写中国黄金生产企业无一进入世界前十的历史。作为集团财务一部的一名普通员工，每当从媒体上读到宣传山东黄金的文章时，我的心中总有种情愫油然而生：我为山东黄金骄傲，我为自己是一名“黄金人”而自豪。

5 年来，广大“山金人”栉风沐雨，砥砺奋进；5 年来，集团财务一部在集团党委的领导下，走过了令人难忘的岁月。

去杠杆化，硕果累累

2016 年，按照中央和山东省深入开展供给侧结构性改革的部署要求，财务一部密切关注国家的货币政策、金融市场变化情况，按照“市场化、法治化”原则，率先在省管企业中创新性开展债转股业务。在债转股业务开展过程中，集团董事长陈玉民、总经理李国红多次拜访各大银行及投资机构，签署战略合作协议并进行深入友好会谈。项目执行组长汪晓玲带领项目团队就债转股业务的方案要点进行研究探讨，从会计政策、资金途径、法律约定方面深入交流，期间的艰辛仅仅从一组数据中就能看出：与投资机构召开现场会、电话会 100 余次，沟通交流对象超过 200 人次，书面回复投资机构关注问题 300 余个，加班加点不计其数……记得汪晓玲有一次向同事们展示了和投资机构征询、沟通、催促的微信信息。信息显示，在资金落地前半天，她和项目团队仍然在与投资机构争分夺秒地沟通着企业资金募集和偿还债务的细节问题。而这些信息记录只是他们克服困难的冰山一角。事后，汪晓玲回忆道：“在债转股推进过程中遇到困难时，我们就不断告诉自己，市场化债转股是关乎山东黄金未来发展的一项系统性工作，必须做成。”正是有了这种坚定信念，2017 年 1 月 22 日，集团与工商银行合作取得的 20 亿资金成功落地，成为该行债转股全国首单业务。国家发改委将集团与工商银行合作的债转股业务作为先进示范项目进行了展示，在全国金融市场上起到了很好的引领示范作用。得益于债转股业务的成功实施，集团资产负债率降至近 10 年最低，在省管工业企业中为最低水平。

放眼国际，拓宽通道

为进一步拓宽融资渠道，降低融资成本，努力提升国际金融市场知名度，扩大市场影响力，建立国际信用形象，在集团领导的正确决策和大力支持下，财务一部突破惯性思维，于 2018 年 6 月正式启动美元债工作。美元债券发行工作要求严格、程序复杂、资料繁多，是一项专业性强、覆盖面广的系统工程，工作艰辛程度不言而喻。项目团队运作期间完成了大量工作，包括中介机构选取、26家企业的尽职调查、谈判审阅7个交易文件及达成与各中介机构的协同、翻译交易文件和招债书261页。同时，与三大国际信用评级机构进行对接，克服时间紧、任务重等困难，在较短的时间内提供了评级资料。路演期间，路演团队克服语言、时差、远程沟通等诸多困难，日夜兼程，到达目的地即投入紧张工作，充分利用有限时间进行了高密度的投资者会议；大力宣传企业信用亮点、发展战略、自身实力等，并与投资者进行深入沟通，引起投资者的浓厚兴趣，得到了多元化投资者的积极认购。在路演现场，由于密集的工作强度和繁杂的细节协调，项目组成员王智波血压一度升至160左右，按医生要求应该进行休养，但他仍然坚持和同事们携手作战，为年轻人树立了"黄金榜样"。功夫不负有心人，2018年10月16日，境外美元债券在香港成功发行，创造了集团乃至山东省多项第一：山东省有史以来获国家发改委批复境外发债额度第一；集团自成立以来第一次凭借自身信用发行境外债；集团自成立以来首次开展国际信用评级，并最终获得投资级评级。特别是获得了最具公信力的标准普尔的投资级评级，这对集团提升国际品牌知名度、建立自身信用体系具有里程碑式的意义。

擦亮品牌，申报高企

获得高新技术企业证书是众多企业梦寐以求的事，不仅可以享受国家税收优惠政策，还得到一张极具价值的名片，将为企业的生产经营打开多扇大门。但高新技术企业认定条件非常苛刻，对企业的高新技术产品、专利技术、研发费用、科技和研发人员等有明确的数量和比例要求，需要经过区、市、省三级的科技局（厅）、税务局、财政局（厅）三部门一致同意，认定门槛和难度之高可想而知。再难也要上！集团公司副总经理汪晓玲高度重视此项工作，带领财务总监团队认真研究和掌握国家、地方财税政策，持续打响没有硝烟的“申高战役”。申高材料的准备工作艰巨而烦琐，需要一项项理出头绪，保证整体思路清晰。以汪晓玲为首的财务团队对近年的财务账目进行整理，合理归集研发费用，使一串串数字变成工作推进的导向标，使一张张报表变成申报企业发展状况的晴雨表。不知有多少个夜晚他们加班至凌晨，有多少个午休他们忘了时间。正是在“责任重于泰山，意志创造奇迹”的精神指引下，一个又一个的高新技术企业在山东黄金诞生。截至目前，山东黄金已有 19 家所属企业获得高新技术企业资格，其中矿山类企业 14 家，占了山东黄金矿山企业的六成以上，累计节税超过 3 亿元，不仅为企业带来了实际的收益，也为山东黄金品牌增添了色彩。

不畏疫情，坚守岗位

2020 年春节刚过，新冠肺炎疫情突如其来，并迅速在全国蔓延。党中央果断做出延长假期的决定，号召弹性上班，减少人员聚集和流动。部分领导、同事为了保障工作顺利推进，不畏疫情，坚守岗位。为妥善应对新冠肺炎疫情下企业的正常运营，财务一部总经理朱晓东在摔伤导致腰椎压缩性骨折、身体尚未痊愈且无法久坐的情况下，大年初二提前上班，对财务整体工作进行统筹部署：有序安排疫情期间资金的调度与筹措，充分发挥储备资金“蓄水池”作用，熨平峰谷波动，确保疫情期间紧急资金不断供；组织调度所属企业梳理测算疫情对生产经营造成的影响，千方百计做好综合分析、预测预警和信息报送，为确保实现首季“开门红”目标提供决策支持。同时，积极落实省委省政府、省国资委关于支持中小企业、民营企业应对疫情平稳发展决策部署，制定具体工作实施方案，出台减免房租政策，为企业复工复产注入活力。此外，受疫情影响，年终财务决算无法正常开展现场审计工作，工作进度受到严峻挑战。对此，分管副总经理张莺一马当先、主动靠上，在与国资委相关部室、集团领导、中介机构汇报沟通等场景中，你都能频繁看见她的身影。在很大的工作量和压力下，当其他单位仍在执行弹性上班的政策时，财务一部在确保做好个人防护的基础上，2 月中旬就已全员到岗，并全部进入战时工作状态。记得有一次女儿问我："爸爸，别人都怕病毒不出门，你为什么天天还要上班呢？"面对女儿的疑惑，我笑了笑，回答道："因为爸爸努力工作，病毒也会绕着我走。"

解剖"麻雀"，降本增效

2020 年以来，随着集团发展面临的新形势、新变化，以及黄金矿山开采深度持续下移、原材料和人工成本增加以及疫情防控压力等各种不利因素叠加影响，克金成本有所攀升。对此，陈玉民董事长专门做出安排部署，提出要对生产经营过程中影响成本的各类要素进行"解剖麻雀"式的总结分析，坚决遏制成本上升趋势。7 ~ 8 月，集团多次召开成本专题研讨会及分析会，并在全集团开展"全面'解剖麻雀'、深化成本分析、强化成本管控"专项活动。同时，财务一部组织成立成本工作组，从各事业部选取 1 ~ 2 户企业作为典型单位，开展"解剖麻雀式"的成本专项调研。为保证调研效率和效果，我们划分了材料、动力、外委工程、薪酬等 7 个成本专项小组，将出库的全部材料、购入的所有电量、实施的所有外委工程等全部经营投入进行分析，以消耗的流向为指引，涵盖在建工程、生产成本、技术开发等所有方面。关注点从企业的"显性成本"辐射到"隐性成本"，同时引入了"付现成本"的概念来论证和判断企业实际的经营水平、投入回报水平。现场调研阶段，工作人员每天工作到深夜，大部分工作人员连续工作十几个工作日。记得在锡林郭勒盟山金阿尔哈达矿业有限公司调研期间，娄士鹏作为土生土长的内蒙古人，几次路过老家，领导同事都劝他回去看看父母、妻子和孩子，可他硬是一次家门也没进去过，他说："这次集团给予我们成本组的任务重、责任大，大家都不容易，我怎么能搞特殊！"简单朴实的几句话，却道出了他的责任与担当。现场调研结束后，在撰写调研报告形成成果阶段，成本工作组对内容反复斟酌、数易其稿，形成了主题突出、内容丰富的调研工作报告，其中有的调研报告多达 103 页，得到了各级领导及调研企业的高度赞誉和广泛认可。

山东黄金已然成功实现"十三五"战略目标，必将成为全球矿业发展浪潮中一颗璀璨的明珠。我们深切地体会到这成功的过程是不易的，如春蚕破茧、凤凰涅槃，充满了困难与艰辛。但我们更是幸运的，因为我们是"山金人"。在过去的 1800 多个日子里，有我们的汗水，有我们的泪滴，也有我们的欢歌笑语！站在新的起跑线上，我们满怀希冀，将以时不我待、只争朝夕的精神投身新实践，以身先士卒、百折不挠的担当扛起新任务。我们坚信，一定能将未来"十四五"的发展新篇章书写得更加灿烂辉煌！

来去之间

——“十三五”权证管理有感

□王建卫　山东黄金集团有限公司大项目及权证管理部

披星戴月，曾跨越千里之遥，
只为不错失每一次机遇。
赶赴一场接一场约会，
只为充分沟通、集思广益。
针对每宗矿权问题，
研究政策、共同商议，
只愿手续早日获批。

栉风沐雨，将梦想装进行囊，
奔向一个又一个战场。
跨过一道道坎，迈过一条条梁，
岁月在颠沛中日益沧桑。
在上下求索的奔波中，
信念如铁，意志似磐，
誓让权证办理之路顺利通畅！

多少夜深人静的夜晚，
总在半梦半醒间辗转。
多少焦虑不安的白天，
总在半喜半忧中羁绊。
盼捷报，期望明天将会有所进展；
盯报件，奔走希望的各扇门之间。

假如心酸的背后还是心酸，
那就是“权证人”的真实体验。
煎熬犹如豆腐在文火中慢煎，
但为释放头顶的倒悬利剑，
“权证人”义无反顾将纤绳扛在肩。
耐住了寂寞，经起了考验，
攻坚克难，奋勇向前。

“十三五”期间交出一份份精彩答卷，
获得同行及职能部门的认可和点赞，
整装待发，踏向“十四五”的新征程。
一如既往，咬定权证不放松，
任那滩涂险阻，
也要旌旗挥舞，誓作先锋。
哪怕风雨如故，
也要倾心竭力，再战征程！
在来去之间，
把权证完善。

点石成金

□杜飞　山东黄金集团有限公司纪委内设机构

亿万年前，

我是地壳下喷涌而来的炽热岩浆，流淌着真金白银。

我镶嵌在断裂带中，矿脉露头只想早日把人间走一走。

我迎来打井采矿者，眼瞅着钢钎钻机变成高速台车。

从这天起，我沿着钻杆炮眼一路拱到了“山金”的采场里。

这 5 年来，

我磨平了无数的合金钻头，却磨不灭“山金人”的超凡韧劲。

我压断了无数的型钢支架，却压不断“山金人”的坚挺脊梁。

我卷走了无数的单双液浆，却卷不走“山金人”的执着梦想。

我成为“山金人”汗水的注解，把“十三五”的梦想浇开了花。

再 5 年后，

矿山的智能化越来越高，5G 技术应用让我看不到井下的矿工。

矿山的科技化越来越强，千米深井“三高”早已不见踪影。

矿山的生态化越来越好，无尾充填法让大地绿意始终葱茏。

这哪里只是进了一小步，北极到南澳撸起袖子快跑了一路。

米米进尺、吨吨矿石，善作善成、久久为功。

任我坚不可摧深深扎根，却想沿采场巷道为你盛开。

心如磐石那都是别人的故事，“点石成金”不只是我梦里的呢喃。

愿化作矿石随你开采，心花怒放共奔属于“山金人”的“十四五”。

征程·筑梦远方

有了梦想就去实现它

□蒋万飞　山东黄金矿业（玲珑）有限公司

“十三五”规划以来，集团在国家“创新、协调、绿色、开放、共享”的发展理念指引下，确立了“争做国际一流，勇闯世界前十”的战略目标。

5 年来，在复杂的国际国内形势下，两万多“黄金人”振奋精神、团结进取，只争朝夕、开疆拓土，谱写了山东黄金艰苦创业、争创佳绩的新篇章。

5 年来，两万多“黄金人”砥砺前行，以智慧、勇气和担当，一次次攻坚克难，提前两年实现了职工收入比 2010 年翻一番的目标，提前一年实现了市值过千亿、超预期完成利润指标、进入世界前十的战略目标，山东黄金成为中国黄金行业分量更重、含金量更高的领跑者。

这 5 年，于集团而言，是值得点赞、必须铭记的五年。这五年，于我而言，亦是如此。我先是从“缺氧不缺精神”的青海山金矿业有限公司（以下简称“青海山金”）转战到“塞上江南”的西和县中宝矿业有限公司（以下简称“西和中宝公司”），然后又回到了“红色传承”的山东黄金矿业（玲珑）有限公司（以下简称“玲珑金矿”），亲身感受了集团“十三五”规划的落地生长，拔节育穗。

时光隧道沿途，一幅幅蓬勃向上的图景闪现在我面前，让我久久难以忘怀。

那是且做故乡慢体验的坚守

对我来讲，青海山金一直是一个让我魂牵梦绕的地方，这里有太多让我眷恋的东西。

这里是离太阳最近的地方（海拔 3600 ~ 4200 米的昆仑山腹地），也是"山金人"战天斗地、尽显豪情的地方；这里是能让强硬的人在革命的浪漫主义和理想主义中变得柔软的地方，也是能让每一个创业者在担当和责任中寻得归属和敬畏的地方。

我们在这里，依靠管理、技术、资金、文化、品牌等全方位的支持，传承着山东黄金的文化基因，发展着山东黄金在祖国西部的"金色"事业，孕育了对外开发的将士们"特别能吃苦、特别能战斗、特别能忍耐、特别能团结、特别能奉献"的高原精神。

我们在这里，直面困难和问题，不等待、不退缩，用"改变思维、拓宽思路"的办法，认真分析，逐步找到解决问题、克服困难的办法和措施，让山东黄金的旗帜在昆仑山脉高高飘扬。

我们在这里，尽管在现实距离上远离集团总部，但仍然能够感受到集团总部作为强大后盾的有力支持。我们虽然还不够强大，但足够自信和从容。

2016 年，集团党委书记、董事长陈玉民来青海调研时语重心长地叮嘱我们，要站在战略高度看待青海。这既是对过往山东黄金挺进青海战略的肯定，也是对远赴青海开发企业的鞭策和鼓舞。

当我离开奋战 6 年的青海山金时，我对这片淬炼我成长的地方充满了眷恋之情，满怀深情地为这片土地写下了诗句："来时雪暗昆仑山，去时桃李正争艳。青不青来甘不甘？且做故乡慢体验。"

那是心怀梦想者的实干担当

2016年4月21日是我上任西和中宝公司主要负责人的第一天。这一天也是中华事业部成立的第一天，是西和中宝公司由基建转生产的第一天。尽管是个巧合，但这个企业的成长始终与山东黄金和中华事业部的发展脉搏紧密相连。也是从这一天开始，西和中宝公司将它释放的能量源源不断地贡献给了集团和中华事业部。

当时，企业正处于生产运营的探索阶段，采矿方法有待改进，选矿指标有待稳定，成矿规律有待探索，资源储量不甚乐观。可以说，当时面对这个企业的发展，我们心里都没有太大的把握，除了希望就只剩下期望。压力和动力并存，困难和机遇同在，可谓任重而道远。于是，我们在深入调研的基础上，结合企业实际制定了“十三五”长远规划（产量过一吨、利润超亿元），当年发展规划（当年投产、当年盈利），将全年目标又细化为几个具体目标，而且每一个具体目标由精确的数字来支撑，同时提出了具体的保障措施和管理理念。

艰苦的奋斗换来了甘甜的果实，但依然经常会有让我泪崩的事发生。有一位同事，父亲病危，他希望能回家看父亲最后一眼。我让他立即返家。可是，他刚到西安，就接到父亲去世的噩耗。“子欲养而亲不待”，当这位同事来电话告诉我这一消息的时候，我想到他多年来的艰辛努力、默默奉献，想到像他一样离家千里的员工还有很多，不禁喉头哽咽，一时间竟找不到安慰的话语。

事了拂衣去，深藏身与名。正是因为有着成千上万“山金将士”舍小家顾大家，在外开疆拓土，山东黄金才能储备大量的资源，才能在国际化的道路上越走越快，越走越远。

那是让员工更有尊严地生活

“让尽可能多的个人和尽可能大的范围因山东黄金集团的存在而受益。”这不仅是山东黄金的企业理想目标，更是山东黄金对社会各界的庄严承诺。

在西和中宝公司有一名员工叫董艳霞。她 10 岁时父母离异，15 岁时到饭店打工养家，18 岁时到西和中宝公司上班，22 岁时“带爷爷奶奶”出嫁；她用自己质朴的语言说明了什么是“孝老”，用自己默默的行动诠释了什么是“爱亲”，她也温暖了整个山东黄金，成了“孝行‘山金’”的典范。

西和县是乞巧文化发源地，虽然风景秀丽，却是甘肃省出了名的贫困县。因为生活贫困，初中未毕业年仅 15 岁的董艳霞便到县城的小饭店打工，承担起了养家的重任。2012 年，西和中宝公司开始项目建设，根据与驻地村民的征地协议约定，不少村民的子女开始到公司上班，董艳霞也到化验室成为一名化验员。对于董艳霞来说，她非常珍惜这个工作机会：一是离家很近，下班后就可以回家照顾爷爷奶奶；二是不用再四处打工，每月有了稳定的收入。2017 年，董艳霞遇到了能与她共担风雨的人，喜结良缘。现在，“带爷爷奶奶”出嫁的董艳霞一家其乐融融，幸福美满。

董艳霞的生活变迁只是山东黄金两万多名员工的一个缩影。正是由于山东黄金的科学发展和改革攻坚稳步向前，才让每一位员工共享了发展成果和改革红利，让每一位员工能更有尊严地生活。

那是传承红色基因的拼搏奉献

2018 年 8 月 18 日，根据集团公司党委安排，我回到了阔别 8 年的玲珑金矿担任主要负责人。虽然玲珑金矿井巷分布深深地印刻在我的脑海中，但这 8 年中，玲珑金矿并没有止步，又有了新的变化，让我感到既亲切又陌生。

玲珑金矿是一座有着红色基因的老矿山，更有着以“精诚团结、敢于担当、不畏艰难、永争一流”著称的“玲珑精神”。“玲珑人”秉承着这种精神，年复一年奋战在高温、潮湿的恶劣环境中，用一吨汗水换一吨黄金，为“玲珑精神”做着最好的诠释与注解。他们始终将指标扛在肩头，把任务攥在手心，2018 年、2019 年均圆满完成上级下达的各项任务指标。

进入 2020 年，面对突如其来的疫情，我们坚持“内控有力，外协有方，攻坚克难，平顺安康”的工作方针，将损失降到最低；我们以全面开展工作作风提升年为契机，弘扬长征精神、“玲珑精神”、劳模精神，坚持“问题导向、过程导向、结果导向”，“坚持 4150 不动摇，坚信缔造荣耀不是梦”。其中，有单月产金 359 公斤的兴奋喜悦，有多个矿区多次实现“荣耀指标”的昂首挺胸，也有绿色矿山建设验收全省最高分的骄傲自信，更有红色教育基地“开门迎客”15000 人和红色基因高端研讨论坛的影响力和美誉度。更令人动容的是我们有了不起的“玲珑人”，其中有“60 后”“廉颇不老尚能饭”的坚守，有“70 后”追求卓越的担当情怀，有“80 后”创新进取的胆识魄力，有“90 后”奋勇争先的热血激情，有太多值得回忆和铭记的时刻和事件。

在“十三五”最后的日子里，我们“山金人”将继续努力奔跑，超越梦想。在“十四五”新征程上，我们将以坚如磐石的信心、只争朝夕的劲头、坚韧不拔的毅力，为确保在“十四五”再造一个山东黄金，向着“致力全球领先，跻身世界前五”目标，甩开步子往前赶，撸起袖子加油干；不待扬鞭自奋蹄，攻坚克难志益坚！

我们坚信，心中有梦，才能看到远方；心中有路，才能走得踏实。有了梦想，就去实现它！

让山东黄金的旗帜高高飘扬

□李文　内蒙古山金地质矿产勘查有限公司

当陈玉民董事长在集团总部大厦宣布“山东黄金‘勇闯世界前十’的‘十三五’战略目标今天提前实现了！”的时候，作为山东黄金的一名“地质老兵”，我自诩见过不少世面，“大江南北没少跑，五湖四海找大矿”，却也在这一刻忍不住心潮澎湃。遥望济南的方向，记忆如潮水般涌来，湿润了我的眼角。

忆往昔，峥嵘岁月

集团党委出于对我以往工作的认可和信任，将内蒙古山金地质矿产勘查有限公司（以下简称“内蒙地勘公司”）的筹建重任交给了我。细细数来，我已经在这片土地上奋斗了10个年头。

艰难困苦，玉汝于成；创业维艰，奋斗以成。内蒙地勘公司的初代“拓荒者”，连同司机在内共有5人。虽然面临政策各异、风俗不一、人员紧缺等方方面面的困难，但我觉得一定要对得起集团党委的信任。选择了地质勘探，就意味着要聚少离多、风餐露宿；选择了地质勘探，也就意味着要披荆斩棘、长途跋涉，更要“迎难而上不言难，知难而进不畏难”。因此，我们一边“招兵买马”，逐步建立起一支“能干活、

“拓荒”草原，耕耘梦想

肯干活、干好活”的人才队伍；一边加强地方沟通，与合作单位推进开展矿权项目，夯实基地根基，为后来探矿事业的顺利开展蓄势聚能。

在“拓荒”的过程中，遇到不懂的，就虚心地问；看见不会的，就拼命地学。从最初的跟着看、跟着干，到后来的自己干、领着干，既有收获的喜悦，也有进步的快乐，但是过程中也饱含了对家乡深深的思念。在我印象中最深刻的就是大家都特别喜欢背诵唐代诗人王维的《九月九日忆山东兄弟》：

身在异乡为异客，每逢佳节倍思亲。

遥知兄弟登高处，遍插茱萸少一人。

尽管思乡念乡，但是来自齐鲁大地的好儿郎们都能把这种思念化为工作的动力。10 年间，内蒙地勘公司历经了从无到有、从小到大的质的变化，人员也从最初的 5 人发展到今天的 60 多人。对于这一切，我是看在眼里，喜在心里。于我个人而言，内蒙地勘公司就像我自己的“孩子”一样，我是发自内心地爱“他”。但凡为人父母者，我相信都不难理解这种感情。

看今朝，百舸争流

当历史的车轮驶入“十三五”的轨道后，内蒙地勘公司也驶入了发展的快车道。集团“十三五”规划明确提出，资源业务板块以“做优做多”为目标，“十三五”时期，年均探矿新增黄金资源量不少于 100 吨，期末保有黄金资源储量 2300 吨。

诚然，勘查的道路是艰辛的，找矿的过程是复杂的。随着我国地表露头找矿时代的终结，探矿周期的压缩，矿权获取、各类矿业环保政策等的变化，作为内蒙地勘公司的“带头人”，我深感压力，但也坚信“人无压力轻飘飘，井无压力不喷油”的观点。我始终严格要求自己，以一个老地质工作者的身份，带领内蒙地勘公司这个年轻的团队，带着希望之光，奔走在内蒙古高原上。

事实证明，内蒙地勘公司是一支真正能够战斗的团队。团队里有着 70% 以上的青年人，每一张面孔在我的心里都是那样熟悉、亲切。他们在历经岁月的磨炼后，已经完全实现了蜕变，脸上少了刚毕业时的稚气，多了几分成熟与自信。如今，他们多数人在这里安家落户，娶妻生子，生活过得有滋有味。有的人因为技术业务出色，承担起了项目管理工作；有的人因为管理才能出众，逐步走上了管理层岗位；有的人因为爱好广泛、才华出众，不断在山东黄金这个大家庭里大放异彩。这是一群拥有梦想与智慧的青年人，更是一群肯吃苦、干实事的“山金人”。很多时候，我很喜欢与那些青年人在一起相处，因为那样会使我心态更年轻，更有活力。每年的生产季节或是节假日里，我即使再忙，也会奔赴到各个项目上走一走、转一转。与那些青年人围坐在一起，哪怕只是吃顿饭，聊聊工作上的事，唠唠家长里短，都会让我感受到他们的朝气与干劲。

这5年来，我们坚持“欲穷大地三千界，须上高峰八百盘”。用脚步丈量、用汗水浇灌而成的誓言，更像是用一份份沉甸甸的探矿成果绘就而成的独一无二的身份标签。

这5年来，我们在帐篷里挑灯写出一份份探矿报告，在农家院里圈划出一处处待探矿点，用地质锤敲击出一座座金山银山。中国的黄金版图因此不断拓展延伸，不断加深增厚！

这5年来，“远看像要饭的，近看是搞物探的”“地勘人”，以一种长期行胜于言、开拓进取、不畏艰辛、一往无前的工作作风，塑造了干事创业、争创一流的精神图腾。

这5年来，茫茫雪原阻挡不了我们的探矿之路，漫天风沙吹散不了我们火热的逐梦之心。正是因为我们一直以来默默的坚守与付出，才会取得今天这样的工作成绩——布金黑项目喜获探矿成果，双山子等3个自有矿权项目成功获取，绿色勘查始终保持着示范引领……我们如期向集团递交了一份满意的答卷。

展未来，铿锵前行

因为同一个“金色”梦想，我们背负使命，不远千里来到这片令人神往的高原沃土上。只为有一天，我们可以在这里生存扎根，开枝散叶，探获更多的优质资源，让山东黄金的旗帜在内蒙古草原上高高飘扬。

凡是过往，皆为序章。我将一如既往地奔波在内蒙古自治区中东部及东三省这片广阔的天地里，为山东黄金探出更多有价值的矿。同时，我也梦想着有一天，带领地勘队伍走出国门，以实实在在的业绩为山东黄金争光、为国争光，让山东黄金的旗帜插遍世界各地。

道阻且长，行则将至。

前景可待，未来可期。

勇做时代弄潮人

□张峰　山金金控资本管理有限公司

没有一个冬天不可逾越，没有一个春天不会到来。

2020 年是集团“十三五”规划的胜利收官之年。回首山金金控资本管理有限公司（以下简称 “金控公司”）“十三五”期间走过的路，我不免感慨万千。

2012 年，我们从济南出发，沿京沪线南下，在中国内地最大的金融城市——上海开始了拓荒之旅。

启航，探索全新领域

创制之初，我们在十里洋场步履维艰。回忆过往，个中甘苦，唯有自知。我们这些习惯了暖气设备的北方人，第一次尝到了上海冬天的味道——湿冷，风往骨头里钻。为了节省开销，我们住在快捷酒店里，很少有时间整理内务，卫生状况堪忧。长年累月下来，男同志还好说，女同志就麻烦了：有的出现了皮癣，有的出现了大块的红斑。办公条件也很简陋，20 来个人，办公桌都不够，有的人只能在沙发扶手上写材料。室内室外一个温度，冷风从空调的外机管道里呼呼地往里钻，吹得人胃疼。艰苦的环境不但没有浇灭我们的热情，而且令我们的斗志愈发昂扬。

有着100多年发展历史的上海，工业门类最为齐全，上下游产业链高度集中，金融资本充分集聚，业态高度开放。如何在强者环伺的资本丛林中生存下来，打造自己的品牌特色，是我们探路上海所要解决的首要问题。对我们这班财务出身的人来说，金融是一片全新的领域，有许多规则需要学习，许多课需要补，许多理念需要时间的磨砺才能清晰可辨。

淬炼，擘画发展蓝图

春华秋实，岁月变迁。2016年，我们全面铺开业务布局，即遭遇了史上罕见的“股灾”，短短两个月时间，大盘走势跌幅达45%，市场一片惨淡。在“熔断”中，我们开启了“十三五”征程。暴雷事件频发，让我们对波诡云谲的资本市场有了更加全面、客观的认识。只要你身处全要素市场，就要做好经历大风大浪的准备。我们也意识到，此前酝酿的全牌照“大金融”概念需要进行完善，公募、保险、融资租赁、互联网金融等已经在规划论证的产品线可能面临调整。

2018年，随着更加严格的资管新规出台，去杠杆、收紧信贷成为宏观大势。在跌宕起伏的资本市场中，防风险、规范、稳健成为发展的第一要务。我们审时度势，历经几轮战略格局调整，经过不断的探索，下定决心将发展目标聚焦在黄金产业市场，围绕“矿”“金”“产”和“融”，逐步锤炼出在资本市场的核心竞争力，形成清晰的发展蓝图。

每一次业务领域的尝试都是难能可贵的印记。我们看待自己的项目，就像看待自己的孩子：看她茁壮成长，自然欢欣；看她遭遇挫折，怅然若失。

担当，尽显“山金”本色

法租界的精致风情、淮海路的婆娑树影，我们都是匆匆一瞥，从来没有时间驻足停留片刻。我们去的最多的是渔阳里，是兴业路和四行仓库，是先辈们走过的足迹。

奉献与担当，是“山金人”的本色，也是我们引以为傲的文化基因。黄浦江一年四季的花木枯荣、凌晨两三点钟的雨景，对我们来说再熟悉不过。创业艰难，我们在办公室的时间远比在宿舍的时间多，“白加黑”“5+2”是常态。

企业发展，人是最重要的要素。而企业文化是将单独的个体凝聚起来的最佳“粘合剂”。“十三五”期间，我们的团队建设从小到大，由弱变强，用市场化手段广纳贤才，优化人才梯队，打造精兵强将，健全选拔机制，畅通晋升渠道，逐步形成了“能进能出，能上能下，能高能低”的良好生态，调动了干事创业的积极性，从最初的 19 人逐步发展至目前的 300 多人。

逐梦，筑牢发展基石

作为深耕资本市场多年的投资人，尽量减少市场波动对公司业绩的影响，加强内控和合规性，不断提升产业化和专业化水平，提高利润输出能力，是我们的职责和使命。

金控公司作为集团开展金融服务业务的重要平台，从成立之初就确立了产业金融服务商的定位，但外部环境的急剧变化，需要我们对这一战略定位的实现路径重新进行审视。“产”和“融”是驱动金控公司发展的双轮。经历风浪之后，我们用专业的服务团队、丰富的金融手段取得了丰硕的成果。在市场剧烈波动、股债双杀的大背景下，仍然在非标金融产品市场和二级市场斩获颇丰，投资的多个公募资管产品收益良好，资产规模从最初的 15 亿增长到 200 多亿元。这些成绩的取得，担当作为是关键。

出海，放眼全球市场

随着发展路径逐步清晰，机制建设初显成效，金控公司突破重重阻力，逐步谙熟上海滩的金融法则，从亦步亦趋的模仿者成长为黄金产业链金融领域的引领者。

开辟一个全新的领域，愈发需要沉着、冷静。“十三五”期间，我们正式确立了产融化、市场化、国际化的“三化”发展思路。记得最初探路香港，在国际资本林立的中环，内心不免忐忑，“我们能行吗？”我经常这样问自己。摩根大通、德意志、美林，都是我们效仿的对象。我们知道自己的短板。现在来看，出海香港是金控公司发展的关键一步。正是借着香港这个国际化平台，我们才放宽了视野，提升了技能，才有资格与国际资本同台竞技。其后，在集团发行美元债、多次重要的海外并购举措中，金控公司都提供了有力支撑。

再出发，穿越时光之海

在巨变的时代相依前行，我们终将穿越历史的三峡。

“拓荒者”是集团对在外开发将士的赞誉，也用来自勉。金控公司的员工们与我朝夕相伴，我熟悉他们的脾性，也知道他们的情怀。正是这种情怀，支撑着我们这些“山金人”在浦江两岸、长江边向前走，既感念过往，又深刻实践，不负韶华，砥砺前行。

“十三五”，我们在一起，就像一滴水融入另一滴水，就像一束光簇拥着另一束光。因为我们知道，唯有点亮自己，才能成就个体；唯有簇拥在一起，才能照亮未来。

在路上

□战小东　山东黄金集团有限公司纪委内设机构

若不是参加这次征文，我竟没有个由头提笔，一直想记录点什么，却少能静下心来整理留在脑海里的那些温暖而深刻的记忆。每每回想起这些，我的内心都涟漪激荡……

那就从我加入山东黄金对外开发的浩荡大军中说起吧。

一路向北

2010 年，咱们山东黄金“走出去”战略方兴未艾，在成功并购了内蒙古自治区内的几座矿山之际，又和赤峰市签订了战略合作框架协议。一个个项目陆续落地，一张张蓝图徐徐展开，一座座现代化矿山拔地而起。山东黄金在蒙东地区应势而为，顺势而强，逆势而上，在短时间内形成了勘探、开采、选冶、贸易的一条龙产业链，山东黄金的那抹橘红在赤峰升腾，而后辐射了整个蒙东。

2011 年中秋节前夕，我只身来到位于内蒙古赤峰市乌兰达坝苏木好布高嘎查的赤峰山金红岭有色矿业有限责任公司（以下简称“红岭矿业”）报到，自此便和这片草原结下了一段不解之缘。

红岭矿业是继集团并购赤峰柴胡栏子黄金矿业有限公司（以下简

称“赤峰柴矿”）之后的又一个对外开发项目。矿区离最近的城市100多公里，出了市区便一路颠簸。载我的猎豹越野车在这100多公里的坑洼路面辗转腾挪，时不时发出吱吱嘎嘎的声音，老旧的驾驶室充斥着一股汽油和尘土混合的味道。我坐在副驾驶的位置，双手紧拽车门上的拉手，身子也控制不住地乱晃，感觉五脏六腑都散成了粥。驾驶员操着浓浓的赤峰口音打趣道：“兄弟，你看我在这拉力赛道上的表现还中不？”我根本没法搭话，实话实说，当时内心的滋味是难以用语言形容的。

车子穿过一个村庄，又爬上一条长坡才到达矿区。我下了车，站在办公楼前的广场上放眼远望，山峦层层叠叠，连绵而又开阔，满山的乔木、灌木红似火、黄胜金，斑斓而不妖艳，令人心旷神怡、如梦如幻，令我恍如置身于油画之中。这在山东老家难以领略的美景暂时冲淡了我一路的疲惫和离家的哀愁，也一扫我从市区到矿区“越走路越长、越走心越凉”的凄惶。一股山风吹来，我紧了紧衣裳，突然意识到，老家还郁郁葱葱，这里已是深秋……“山高路长、景美风凉”是红岭矿业留给我的第一印象。

红岭美，美在风景，更美在灵魂。这个几经停产、重组，沉寂于巴林草原腹地的老矿山因为山东黄金的文化植入、先进技术和科学发展理念的支撑，短短一年的时间便凤凰涅槃，浴火重生！矿区路面硬化了，职工宿舍改造了，采矿方法优化了，生产系统升级了，员工收入翻番了，大伙儿干劲上来了。红岭矿业由一个险遭破产的包袱企业，蜕变成当地的明星企业、利税大户。红岭矿业的转变一时间传为佳话，山东人的口碑、山东黄金的招牌在当地一炮打响！“国家级绿色矿山”“非煤矿山安全生产标准化一级企业”“全国有色金属行业先进集体”“自治区五一劳动奖状”“最具社会责任感企业”等一项项荣誉接踵而来。当年，“红岭人”想都不敢想能过上“进城买楼、出门有车”的日子，而如今“户户有汽车、家家有楼房”成了现实生活中的“标配”。他们拼出了前进的方向，拼出了幸福，拼出了尊严，拼出了精气神！

再向北

我在红岭矿业工作的第五个年头，因工作调动，再一次收拾行囊向北进发。因为这一年咱们山东黄金在内蒙古锡林郭勒盟又插上了一面开发旗帜，第一个自探自建矿山项目正在乌珠穆沁草原孕育成长。

2016年春节刚过，我接到到锡林郭勒盟山金白音呼布矿业有限公司工作的调令。因为有在同一地区兄弟矿山——锡林郭勒盟山金阿尔哈达矿业有限公司帮助工作的经历，所以对于此地我并不陌生。对于矿区的偏远、交通的不便、生活的艰苦、气候的恶劣程度我早有预判。然而，到达工作地点之后，我才意识到是经历限制了我的想象力，我对艰苦的认知原来是那么肤浅。

“一年一场风，从春刮到冬，春夏沙尘暴，秋冬‘白毛风’”——这是在当地牧民中广为流传的“民谣”。而我报到的那天，正是雪大风大的深冬，狂风夹带着雪沫漫天翻卷，眼前一片白茫茫，能见度不足

10 米。经验丰富的当地司机驾驶着大排量越野车，在这恐怖的灰白中摸索前行。没有车辙，看不见路标，我们完全是跟着感觉走，而我则是把心一横："你到哪儿我就到哪儿吧。"从东乌珠穆沁旗到矿区我不知道走了多久，也不知道这条路到底有多长。司机五步一探路，车子十步一趴窝。驾驶室的暖风吹得呼呼作响，而我却冻得双脚发麻，想下车透口气，一开车门却发现外面的风呛得人根本不能喘气。更刺激的是，下车的一瞬间，羽绒服立马像是丧失了保温功能，面料仿佛变成了塑料，寒气透过领口、袖口，甚至拉链缝隙迫不及待地往人怀里钻，捂都捂不住。

直至平安到达目的地，我才深刻领悟到，原来这才是"万事开头难"的真实写照——项目刚刚启动，还没有任何大临设施，所有精力都集中在抢抓竖井建设工期上。矿部的办公地点是临时租用的当地苏木政府废弃的老平房，高管和员工总计 20 个人挤在这一排平房里办公，过道之外的地方都塞上了办公桌和文件柜，墙上贴满了地质图、设计图、进度表，项目总指挥和技术人员围在 4 张办公桌拼成的会议桌上讨论得热火朝天……大伙儿的住宿则安排在马路对面一排没有大门也没有院墙、低矮破旧且没有后窗户的民房里。因为取暖用的是土炉子，为防止一氧化碳中毒，晚上

再冷，房门也得留一道缝，这是取暖需要向安全保障的最终妥协。

就是在这样的环境下，公司建设者们紧盯“高起点规划、着长远布局、创行业样板”的工作目标，克服地域偏远、气候恶劣、项目前期手续办理程序复杂等诸多困难，千方百计加快项目建设进度，创造了“紧盯靠上、统筹规划、上下联动、重点攻关、平行推进”的权证办理模式，多项关键手续密集获批，抢在收紧政策颁发前实现了合法合规生产，跑出了“当年建成、当年达产”“达产即扩产”的“白音呼布新速度”。如今，公司队伍从 20 人壮大到 200 人，矿区基础设施建成使用，配套工程全面完工，防寒走廊连通生活、办公、生产各个区域，矿区硬化、美化工程有条不紊地推进施工，一幅壮美蓝图正在美丽富饶的锡林郭勒盟大草原上徐徐展开。

南归

内蒙古自治区赤峰柴矿是咱们山东黄金实施“走出去”战略成功并购的第一站，却是我 8 年对外开发生涯的最后一站。我在这里工作的时间稍短，但也对这座充满传奇色彩的老矿山有了比较立体的认识，也听到、看到了诸多感人的故事。

2008 年 12 月 26 日，山东黄金第一支进军赤峰的开发队伍带着全体“山东黄金人”的期望和重托，驻扎到坐落于赤峰市松山区的柴胡栏子金矿，仅用了 3 天时间就完成了平稳交接，在广袤的蒙东草原上铸就了第一块“金字招牌”。赤峰柴矿的成功运作，让驻地政府和百姓认识了山东黄金，信任了山东黄金，为集团在内蒙古的发展站稳了脚步，积累了经验，“桥头堡”的作用稳固凸显。在此之后，阿尔哈达、红岭矿业、呼伦贝尔、白音呼布等一个个大型合作项目在赤峰乃至内蒙古大地开花结果，成为山东黄金对外开发、当地政府招商引资的标杆和典范，续写了一段又一段传奇。

一路风尘，一路高歌。8 年对外开发职业生涯里，既有苦涩，也有欢乐；既有遗憾，也有收获。从莱州奔天津，过唐山，赴承德，到赤峰，继续北上至锡林郭勒盟，这条走了 8 年的路线，一年四季变换，一路风景万千，而我却从未在途中停留，只因南下归心似箭，北上又行色匆匆……

浩渺行无极，扬帆但信风。如果说“十三五”的山东黄金犹如一艘巨轮闯入世界前十的序列，那么“十四五”的山东黄金将变身为航空母舰载我们乘风破浪，送我们乘风翱翔。而我这只归来的“雏鹰”，一定会继续强健翅膀，有召必回！

让智慧之光照进矿山

□董敏巍　山东黄金矿业（莱西）有限公司

关于我与“十三五”的故事，当然要说一说5G技术工业化应用在智慧矿山建设中的实践探索。这可是我们山东黄金矿业（莱西）有限公司（以下简称“莱西公司”）机电管理部智慧矿山自动化创新工作室全体同事们最骄傲的事情。

作为一名2012年入矿的“老员工”，我深知井下开采的难点与痛点。随着开采作业面逐步向深部迈进，“三高一扰动”问题逐步显现，在高湿、高温、高地应力、高粉尘的恶劣矿山井下环境中，不稳定因素与不安全隐患成倍数增加，传统人工操控设备的工作效率越来越低。尤其是近年国内外矿山安全事故频发使得年轻人对矿山井下作业望而却步，造成矿山企业用工困难、员工老龄化严重。为了彻底解决这个问题，山东黄金在“十三五”启动了“智慧矿山”建设项目，我有幸成了主要参与者。

有想法更要有思路，有思路更要有出路。2018年10月我们开始筹建这个项目时，国内还没有成功案例。矿山网络通信系统普遍采用有线布局，灵活性差，传输效率和参数实时监测的精度都不理想，难以满足安全生产及应急救援的需要。既然现有的技术没办法达到我们的要求，我们就将目光投向了更加前沿的领域——5G。

“欲戴皇冠，必承其重。”2018 年的 5G 还属于一项概念技术，没有相关的经验用来参考，我们只能摸着石头过河。为了解决 5G CPE 动态分配地址无法与工业控制网络进行通讯的问题，团队不眠不休地进行多方案探索，在经历多次碰壁、多次失落后，终于通过以太网 OVER GRE 技术，打通本端路由器到对端 5G CPE WAN 口隧道，通过 VPN 隧道实现 5G 网络与工业控制互联网融合，打破了信息孤岛，实现了物与物、物与人的泛在连接，最终实现了对设备和过程的智能化感知、识别和管理。

当智慧之光照进矿山，2019 年 11 月 13 日就这样永远镌刻在我的脑海里。这一天，莱西公司 5G 智能运输系统试车成功，成为国内首个 5G 矿业工业化应用成功案例。我站在它的身旁，那种感觉就像看着自己的孩子从咿呀学语到蹒跚走路。这是希望的开始，是智慧的开端，它拉开了 5G 智慧矿山建设的序幕。

智慧之光照亮矿山，为矿业员工提供新的动力。5G 技术成功迈出第一步后，智慧矿山的建设步入正轨，以往的工作方式发生了改变。我

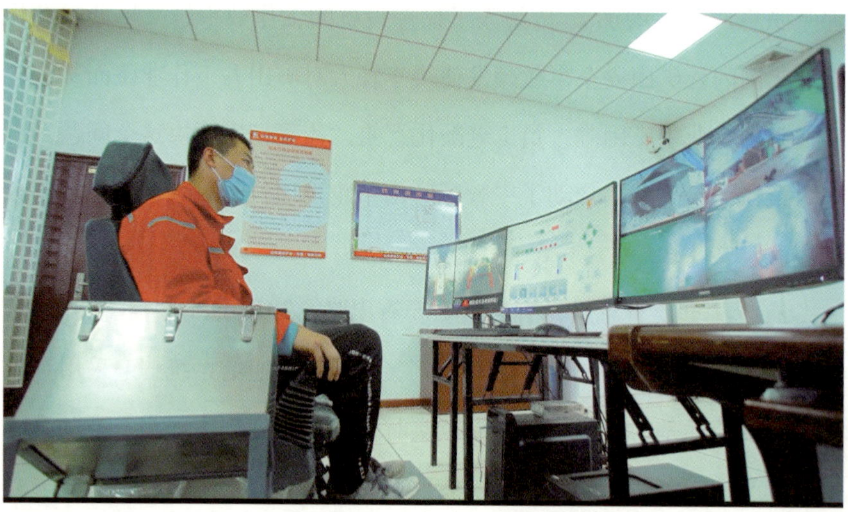

们将自动化技术用于设备操作，将高强度现场操作变为定时巡检，将69 人的选矿厂定员优化为 21 人。一人多责、一岗多能的工作方式不仅提高了工作效率，降低了劳动强度，还为公司培养了复合型人才。5G 技术也越来越成为莱西公司智慧矿山建设增速的催化剂，使得远程高精度实时操控井下设备成为可能。紧接着，我们又同华为、中国移动合作，在副井 −400m 中段建设标准化 5G 信号覆盖巷道。员工在信息中心操作平台即可控制作业现场的矿用电动铲运机进行铲装，并装入自主研发改造的电瓶车进行运输。作业人员无须到井下现场操作设备即可无缝化切换作业面，再也不用忍受巨大的环境压力，提高了矿山安全生产技术水平和生产效率。以单个点的 5G 场景应用推动整体智慧矿山的建设，使得我们的工作思路与工作方式发生革命性的改变。万物互联，生产计划高效化、生产调度智能化、生产辅助智慧化，这些都极大地提高了企业的核心竞争力。

智慧之光照耀矿山，为矿业生产注入新的活力。5G 网络全覆盖，让远程高精度实时操控井下复杂环境中的设备成为现实。通过 5G+MEC 模式，我们先后成功实现了地表对 −400m 中段矿用电动铲运机与运输电瓶车的远程联动控制、−500m 中段电机车自动装载运输的控制，大大降低了成本，提高了生产运输效率。而公司具有的自主知识产权核心技术，一方面可以抢占产业技术竞争制高点，引领未来产业创新发展，支撑优势产业整体提升；另一方面为莱西公司智慧矿山的建设打下坚实的基础，不仅能优化工作方式，提升工作效率，增加企业效益，还能提高矿山安全生产水平。

矿山智能化任重而道远，我们将继续对 5G 技术在矿山工业智能化应用方面进行积极探索，以科技提高生产力，为集团“十四五”规划目标的实现添砖加瓦，为国家科学技术的发展贡献自己的一份力量，让智慧之光照亮我们前行的路。

奏响“山金”进行曲

□姜培根　福建省政和县源鑫矿业有限公司

提前两年实现职工年均收入比2010年翻一番的目标，提前一年实现市值过千亿、超预期完成利润指标、进入世界前十的战略目标。这辉煌的战绩见证了山东黄金5年来的改革发展成就。但是这璀璨成就的背后，每一步都凝聚了集团党委的战略智慧，每一步都凝聚了“山金追梦人”的拼搏汗水。

“不谋万世者，不足谋一时；不谋全局者，不足谋一域。”胸怀大局的战略高远思维是成功的关键。回想当年，我刚参加工作的时候，山东黄金矿业（玲珑）有限公司原总部所在地灵山分矿要闭坑的传言甚嚣尘上，其中有部分领导干部也认同了这样的声音。那时候，每个月的黄金产量只有20多公斤。2016年，我在灵山分矿担任矿长。这一年，集团正式实施了“十三五”发展规划。这一年，灵山分矿的黄金年产量达到500公斤以上，且上部中段老矿房还在发挥举足轻重的作用；嵩县山金矿业有限公司曾经被认为“具备了一切可以战略退出的条件”，如今却年产黄金1.5吨，连续五年综合排名集团第一；青岛事业部山东金洲矿业集团有限公司和中华事业部西和县中宝矿业有限公司多年探矿差强人意，多数专家也不看好它们的前景，但现在两个矿山探矿增储均实现重大突破并开始问鼎吨金矿山；山东省内4个主力矿山产量效益占据了集团半壁江山，连年爆发蓬勃活力；贝拉德罗公司的控股，更是奠定了山东黄金“中国第一金”牢不可破的地位。

而这一切令人赞叹的奇迹，都有力地证明了山东黄金的“十三五”规划高屋建瓴，战略思路清晰，发展定位准确，经营方式可靠，保障措施有效，提前收官实属必然。

这5年，山东黄金硕果累累、成绩斐然。这5年，山东黄金经营业绩、国际化进程、运营能力、资本运作、创新动能、“山金文化”打造等各项事业都取得了长足发展。而在这些光鲜成绩和高光时刻的背后，都离不开集团党委的英明决策和坚强领导，离不开各级领导干部“5＋2”“白加黑”的忘我付出和孜孜追求，更离不开身处塞外边疆、荒漠高原的开发将士们的无私奉献和默默坚守。

“同心聚力 筑梦源鑫”文化墙

“凡事预则立，不预则废。”对于福建省政和县源鑫矿业有限公司（以下简称“源鑫”）而言，所属的三个矿区均由民营企业并购而来，存在许多问题，如管理人才匮乏，底子薄，农民工等非产业工人占据超半，资源紧张等。其中所属的两个矿区——香炉坪矿业和宏坤矿业都在不同时段停过产，尤其是香炉坪矿业，曾经被作为僵尸企业上报出清。这样的境况多么令人绝望！但即使是这样的困境，“山金人”依然凭借着智慧、勇气和信心披荆斩棘，创造了奇迹。因此，依托于“十三五”发展规划，源鑫通过积极改革机制体制，转变发展理念和工作作风，创新工作方法和思路，提振干部职工士气，融洽地企关系，加大探矿增储，改变采矿方法，最终实现了企业的可持续高质量发展：宏坤矿业用两年时间实现产量翻番，2019 年利润总额是并购以来所有年份的利润总和；香炉坪矿业通过探采结合和残采残出，现已自我输血，逐年盈利。

“书痴者文必工，艺痴者技必良。”如今，源鑫无论是生产经营还是矿容矿貌，无论是企业形象还是职工收入，都发生了翻天覆地的喜人变化，获得了“国家高新技术企业”“当地第一税收大户”“省矿协副会长单位”“南平市矿山标杆单位”等荣誉，省市县新闻媒体也常有报道，连续 5 年被集团评为安全生产、管理创新和高质量发展先进单位，分别获得了 2018 年和 2019 年综合排名（矿山类）第二名和第三名的佳绩。2020 年，全公司利润预计可实现近 1.3 亿元，比“十二五”末增长了 26.8%，为“十三五”战略收官奠定了坚实的基础。

2020 年即将过去，“十三五”战略规划已完美收官。但成绩属于过去，未来更有可期。集团的战略规划会议为我们指明了新的发展方向和指标定位，让“山金追梦人”群情振奋、激情澎湃，也必将使业界侧目、全球赞叹。乘着集团进入全球前十的“新东风”，凝聚起两万多“山金儿女”的磅礴力量，我们誓将“山金事业”不断向前推进。

“十三五”波澜壮阔，“十四五”催人奋进。山东黄金的发展是一代又一代、一批又一批的“山金建设者”拼搏奋斗出来的。在新的起点上，我坚信，源鑫有着集团党委的坚强领导，有着“致力全球领先，跻身世界前五”战略目标的指引，必将以更大的魄力、更强的实际行动，永葆“斗”的精神、“创”的劲头、“干”的作风，努力续写更多的源鑫故事，为再造一个山东黄金贡献力量。

一生追梦在路上

□纪永刚　锡林郭勒盟山金白音呼布矿业有限公司

“十三五”初，在祖国北疆，锡林郭勒盟山金白音呼布矿业有限公司（以下简称“白音呼布”）拔地而起，这是山东黄金首家自主勘探、设计、建设、运营的矿山。

五年来，跟随着山东黄金“十三五”战略落地的脚步，白音呼布项目建设也相继完成。作为这座矿山的建设者，我在矿山的发展过程中积累了宝贵的经验，丰富了人生经历，实现了快速成长。

回首“十三五”，我感触良多。

“启”程追梦：跨马征战何须鞍　人生何处不扬鞭

2015年，当接到建设白音呼布任务的那一刻，我深感使命无限光荣，同时更深知任务艰巨、责任重大。由于时间紧迫，我没有丝毫犹豫，即日启程，星夜奔赴白音呼布。

当时的白音呼布还是一片荒原，最初的建设团队只有十几个人。没有环境优雅的“根据地”，我们就租赁苏木老旧民房临时办公、生活，自己动手平整院子，种花种菜，修缮房屋。寒冷的冬天，没有取暖设备，我们就自己生火炉，半夜轮流添柴；炎热的夏天，一群人挤在一间蒸笼般狭小的客厅，工作热情却无比高涨。

近乎与世隔绝的艰苦环境里，我们深刻地意识到，只有不断地在艰苦的环境中提升自己，在巨大的困难面前锤炼自己，才能圆满地完成矿山的建设任务。我们组织每天早操晨练，坚持每周三学习。正是因为高度自律，才培养出了作风严谨的作战队伍、积极向上的精神风貌、艰苦奋斗的拼搏精神，这为后来“青春白音呼布”的品牌建设打下了坚实的基础。

艰苦环境下我们始终坚信：作为山东黄金对外开发的建设者，我们因共同理想而相聚、凝聚，从事着最伟大的事业，承担着光荣的历史使命。跨马征战焉须鞍，人生何处不扬鞭？越是艰苦的环境，越能考验追求成功的意志。熬过寒冬者，必见暖阳。虽然这里的条件是整个集团所属矿山企业中最艰苦的，但是在不远的将来，我们一定会把这里打造成山东黄金最美的矿山！

“乘”梦前行：万里征程天做岸　人间正道是沧桑

2017 年 8 月 1 日，公司建设全面拉开，所有材料、设备、人员全部进场。几乎在一夜之间，原本寂静荒凉的白音呼布塔吊纷纷竖起，人头攒动，机械轰鸣。橘黄色的山东黄金旗帜漫山飘扬，预示着这里即将刮起改天换地的橘色风暴。

2017 年 8 月 5 日，项目建设如火如荼。正值关键工期，连日暴雨造成了一场百年不遇的特大洪水，水位线直逼业已开槽的选矿车间。面对突如其来的紧急情况，在组织人员连夜抢救物资的同时，我深刻地意识到：要消除将来选厂运行的安全隐患，就必须对总图进行调整。于是，连夜组织总包单位与设计院专家线上会审，经过 5 个昼夜不眠不休的调整和论证，最终在最短的时间内完成了这一重要设计变更。

在 5 年的坑探和项目建设过程中，我们的工程进度、权证办理多

2017 年 8 月 5 日，洪水袭来

次刷新了集团记录，创造了“白音呼布速度”。提前 7 个月采选同步达产，项目建设时间极限压缩，是我们在建设过程中日积月累、分秒必争的结果。

在这个过程中，我们克服了无数困难，每当我困顿、彷徨之时，总会想起董事长所作的那副对联——“万里征程，金戈铁马，行百步者半九十；‘山金’沧桑，人间正道，功劳簿有你我他”，横批是“不忘初心”，催人奋进的话语总会使我再次充满前行的力量。

目标笃定者，无惧筚路蓝缕道阻且长；不忘初心者，纵金戈挂凌亦不失锋芒。

“转”产续梦：关山飞渡不辞苦　助力集团“十三五”

2020 年 6 月 24 日上午，世界黄金协会公布 2019 年全球黄金企业的最新排名，山东黄金以 47.94 吨的黄金产量位列世界第十位，首次进入十强榜单。

山东黄金提前一年实现“十三五”战略目标，这是一个载入中国黄金行业史册的日子，这是“山金人”经年努力、拼搏奉献取得的辉煌成绩。作为一名“山金人”，那一刻我的内心无比激动和自豪，我深知只有日夜兼程才跟得上集团飞驰的发展步伐。唯以成绩捍卫荣誉，唯有奋斗赢得尊严。

我们自豪的是，我们跟上了集团发展的步伐。历经多年的披星戴月，精心营造的白音呼布采选项目提前达产，这标志着公司完成了从“项目建设”到“生产运营”的实质转型，抵达了公司发展历程最重要的里程碑。更重要的是，这是公司对集团“十三五”战略落地的虔诚献礼。

纵使前路漫漫，我们都将坚定信念，任尔东南西北凛冽风狂，我自铁鞋踏破坎坷苍茫。

“合”梦同源：同唱大风歌壮志　共铸“山金”新辉煌

回首“十三五”，我们与白音呼布紧随集团发展，共同成长，向阳而生，取得长足进步。“起承转合”间，像一个精彩轮回。我们用担

锡林郭勒盟山金白音呼布矿业有限公司全貌

当、奋斗、奉献、坚守谱写了一段精彩篇章。

面对项目建设完成后迎来的新任务，我们将坚定必胜的决心、信心，集合团结向上的“白音呼布人”，紧跟山东黄金“十四五”前进步伐，在新的战略征程中慨然前行，释放强大的发展力量。

下个5年，挑战与机遇并存，梦想与责任同在。山河远去，征程再启，追求卓越、创新进取的“山金人”必将再接再厉，共铸辉煌，再创佳绩！

厉兵秣马待出发，剑指前五竞潇洒。连天烽火英雄气，河山带砺不周移！

擦亮地质勘探的“眼睛”

□董艳敏　山东黄金地质矿产勘查有限公司

2016年年初，山东黄金如同一艘巨轮，朝着“争做国际一流，勇闯世界前十”的“十三五”战略目标扬帆起航。山东黄金地质矿产勘查有限公司（以下简称“黄金地勘公司”）作为资源板块的龙头企业，肩负资源“做优做多”的重任；而化学检验作为地质勘探的眼睛，追求质量是保证资源优质的重要一环。

化学检验不仅枯燥复杂而且高温有毒，化验人员天天与危险化学品相伴，既要具备精密高端的专业技能，又要秉持精细谨慎的工作态度。但纵使有万般困难，我们也毅然扛起了这份重任，因为我们是勘探事业明亮的“眼睛”。回忆“十三五”化验工作的点点滴滴，参加“2019年山东省冶金行业化验技能大赛”的经历让我终生难忘。

每当想起技能大赛的备战历程，我都感慨万千。作为公司质检中心的一名技术人员，又是所在党支部先锋模范党员，我有义务发挥先锋模范作用，带头报名参加这次技能大赛，为公司争得荣誉。经过层层选拔，我与另外两名同事组成了出战团队，积极进入备战状态。为了做到生产、学习两不误，我们制订了详细的备战计划，根据工作需求列出时间表，在完成生产任务的同时，尽可能利用零碎空闲、休息日、节假日苦练基本功，其中的枯燥和辛酸至今历历在目。一本本学习资料因长时间反复翻阅卷起了毛边；三个人在滴定室里轮流操作、挥汗如雨；每个人的桌子上都摆放着一套实践工具，以便随时练习、熟能生巧，让肌肉形成记忆，产生应激反应，促使我们在赛场上即使紧张也能够熟练快速地完成任务；我们还组建了学习微信群，可以互帮互助、共同进步。同事们笑着说："看到你们的学习劲头，感觉像是又一次参加高考。"

紧张的学习备战让我们身感疲倦又精神振奋，内心的羁绊却也在心底无限蔓延。每当听到电话里孩子喊"妈妈，能不能陪陪我"时，我的内心无比酸楚，我也想多陪陪她，尽一个做妈妈的责任，可作为一名党员，我更应该在关键时期敢于担当、勇挑重担，用实际行动践行一名共产党员的初心和使命，树立良好的党员形象，同时也为女儿做出榜样。为了全力备战，我的战友万菲将还在咿呀学语的女儿送回老家，任凭眼泪润湿眼眶；张金磊拖着腰伤进行高强度练习，无惧伤痛，毫不退缩。

本次大赛由山东省冶金工会主办，山东招金集团承办，共有来自省内 10 余家企业的 87 名选手参加，可谓是高手如云、盛况空前。比赛包括笔试和实操两个环节。经过两天激烈而紧张的比拼，我们团队一举斩获化学检验工团体一等奖，我的队友万菲还获得了个人一等奖和五一劳动奖章。可以说，这次比赛我们满载而归，不仅为公司争得了荣誉，而且自身技能取得了显著提高，技术团队得到了历练。公司也对我们进行了嘉奖，夜以继日的付出换来了累累硕果。

此次比赛，我们取得了骄人的战绩，公司内部反响强烈，更是激起了比学赶超的浓厚学习氛围。在完成生产任务之余，同事们学理论、练实操，个个热情高涨、奋发进取，练就过硬本领，齐心协力备战下一届技能大赛。我相信，在这种浓厚的学习氛围中，我们黄金地勘公司一定会在下一届技能大赛上再创佳绩、大放异彩。

2020 年是“十三五”规划的收官之年。陈玉民董事长指出，要坚持只做一件事，抓住一个黄金主业，盯住一个“世界前十”目标，心无旁骛，埋头苦干。作为一名化验人员，应业精于勤，立足本职岗位，一辈子坚持做好一件事——化学检验，不断擦亮地质勘探的“眼睛”。我们也已经用事实证明，质检中心是一支“高、精、尖”的专业化技术团队，已经具备走出去、扛重任、打硬仗的能力，能够为绿色勘探保驾护航。

“‘山金’世界，有我更精彩”。“十四五”，我们来了！

涅槃重生再出发

□蔡晓丹　山金金控（深圳）黄金投资发展有限公司

过去的5年，是山东黄金逐梦“十三五”的5年，也是我以一名企业法律职业工作者的身份见证和参与山金金控（深圳）黄金投资发展有限公司（以下简称“金控深圳公司”）重大变革的5年，更是我与公司共同经历磨砺与成长、启迪我更好地肩负法律人担当与使命的5年。

逢山开路：勠力同心，共克难关

2019年7月9日，山金金控资本管理有限公司（以下简称“金控公司”）通过“以股抵债”的方式收购金控深圳公司的30%股权。这次收购是集团打通黄金珠宝产业链下游“最后一公里”的重要里程碑，是集团深化产业布局的重要战略部署，内涵深刻、意义重大。

时间回到2019年6月18日傍晚，我们原本计划通过金控公司参与司法竞拍的方案收购金控深圳公司的30%股权，但忽然出现的“黑天鹅”事件把一切打乱。公司经营层连夜开会研究应对方案，我和外聘律师提出“以股抵债”的法律建议，并就可能出现的情况进行多次推演，反复求证。虽说方案获得法官支持，但以金控深圳公司为法律主体却依然存在法律障碍。如何在依法合规的前提下保障国有资本权益成为最紧要的问题。我和外聘律师又提出“债权转让”的解决思路。为了获得法官支持，我们请求法官召开听证会议，出具相应法律文书，推动案件执行。

与此同时，金控深圳公司第一时间向集团和公司决策经营层汇报，与各职能部门沟通协调方案的报批流转。金控公司相关业务部门同事也携带相关证件材料、公司印章等连夜奔赴深圳支援股权强制过户变更登记手续办理。

万众齐心，柳暗花明。2019 年 7 月 9 日，金控深圳公司正式完成股权强制过户及变更登记，完成新营业执照的换领。我们的团队只用了 7 天的时间便完成了这个艰难的“超级任务”，让一场长达 5 年的债务纠纷取得重大进展。这其中的艰难与不易，只有经历过的人才会知道，才有感触。逢山开路，遇水搭桥，众擎易举，勠力同心。“山金人”用自己特有的坚毅与执着，积极践行着“忠诚与责任”的价值观。这次收购让我学会站在经营的角度看问题，唯有主动探索求变，才能在严酷的市场竞争中闯出新天地。

展望未来：新经济与新引擎

近年来，金控深圳公司依托深圳市金融创新、前海自贸区政策等制度优势，立足深圳，全力打通下游全产业链。在这个全国影响力最强、交易量最大的珠宝交易中心，金控深圳公司要立足优势，做精产业链，扶持并服务实体经济，回归金融本源，让自身“产融”使命找到合适的落脚点，不断开启高质量发展的新驱动、新引擎。

5 年的经历和成长使我深刻地认识到，优秀的企业法律工作者需要具备强大的资源整合能力和推动能力，其最高境界就是防患于未然，其价值就在于有能力推动业务规范发展，有能力为公司发展创造良好的营商环境，有能力为企业的合规发展保驾护航。

2020年7月21日，集团在青岛召开"十四五"战略研讨会议，陈玉民董事长指出："深刻把握改革创新与守正固本的关系，要根据不断变化的发展形势、新的任务目标，在守正固本的基础上，树立问题意识、坚持问题导向，坚定不移进行改革创新，在破与立中不断焕发新活力。"铿锵有力的话语让广大"山金人"更加坚定了以改革创新提速发展的信心与决心。

过去，我以法律工作者的身份参与了金控深圳公司的重要发展时刻，见证了集团"十三五"战略的践行与实现，更加深刻地理解了"聚焦主业、改革创新"的特殊意义。未来，我将与我的同事们继续在产业链金融的发展路径上不断探索、不断创新。我相信，在数字化新经济背景下，尝试以金融科技赋能，搭建非标黄金交易平台，开展以黄金为载体的金融与贸易服务，将会是金控深圳公司新的发展引擎。

砥砺前行，未来可期。在"十四五"全新的征程中，金控深圳公司定会涅槃重生、再创辉煌。

明天会更好

□秦贞军　青海昆仑黄金有限公司

2015 年年底，初到青海昆仑黄金有限公司，透过厚重的铁质大门，厂区内几乎看不到植物生长的痕迹，边坡上雨水冲刷后的沟壑显得格外醒目。铺满石子的土路上，我将行李箱由拉变成了提。一辆重车从路边驶过，瞬间黄沙弥漫。广场上的国旗和集团旗帜，在飒飒西风中伴随着黄沙迎风飘扬，看起来有些模糊。

初来乍到，要和企业一起开始为“十三五”奋斗，让我感觉有点不真实。既来之则安之，这仿佛是自己留在高原的理由，又仿佛是一种自我安慰。

那段时间里，绿化是工作之余的常态。亿万年的瀚海大漠，除了芨芨草以外，几乎没有植被生存的痕迹。盐碱地是单调的，挖下去连个草根都不容易找到；盐碱地也是坚硬的，锄头不断将发出的力重新传回到手臂上，有时候也不知道是人在垦地还是地在垦人，但大家都没有放弃。

对于高原的绿化，时间是宝贵的。天黑了，我们就把车灯打开；水管浇不到，就用桶拎水灌溉。树被及时种上了，大家一个个也变成了“高原红”。可在最初，确实是有心栽花花不发，好多树第一年还能冒出几片叶子，经过一个寒冬，第二年却没有活下来。在 3000 多米的高原上，种树仿佛也成了一个技术工种。后来，大家在一次次的失败后，总结出了“深挖密植，养土换填”的经验，树终于被种活了。后来，有人开始琢磨种花，花居然也种活了，再后来蜜蜂、蝴蝶、鸽子也被吸引了过来，公司终于开始热闹起来了。

栽下梧桐树，引得凤凰来。随着环境的改善和企业的稳步发展，越来越多的人从五湖四海汇聚到这里，投身公司发展；越来越多的人选择坚守，公司用人也实现了从被选择到选择的转变。全体员工充分发挥“艰苦不怕吃苦，缺氧不缺精神”的对外开发精神，拓展市场、夯实管理、加快技改、科研攻关，企业发展进入了良性发展的快车道。

再看现在的公司，已不再是原来的模样：现代化的大门替代了原来的铁质大门；厂区内绿树成荫，干净整洁；公司通过了绿色工厂认证，实现了与自然的和谐发展；公司彻底摆脱了亏损的帽子，各项指标稳中向好，盈利能力不断增强；公司在当地影响力不断提高，当地政府的支持力度持续加大；更重要的是公司向心力持续提升，现在对外开发人员在介绍青海时总是会说“我们青海……”，当地员工在介绍企业时总是会说“我们山东黄金……”。

我庆幸，自己是企业发展的见证者；我骄傲，自己是企业“十三五”发展的参与者；我感恩，在伴随企业发展壮大的同时，我在这里收获了阅历、能力，也度过了最困难的时光。我的领导和同事们用实际行动让我明白了，人生可怕的不是待在一个小地方，而是以小地方的标准来要求自己。只要肯努力，野百合也有春天。他们的引导和支持使我能够不负韶华、砥砺前行，在工作和学习中找到一片更广阔、更光明的天地。

“十四五”即将起航，公司整理行装再出发，制定了更大的目标：这里要建成国内一流的水处理系统，实现指标的再提升和成本的再降低；这里要建成多金属回收车间，实现资源的利用最大化；这里要成为集团选冶技术的前沿阵地，持续攻关含砷含碳难处理矿综合回收技术……

“黄沙百战穿金甲，不破楼兰终不还。”作为公司的一员，我们有理由相信，我们一定会攻坚克难，“直挂云帆济沧海”，顺利完成制定的目标；我们也相信，随着集团各企业的快速发展，我们每个人的明天也会更加美好。

窗外的风依然很大，但已经看不到黄沙，国旗和集团旗帜在蔚蓝的天空下迎风飘扬，猎猎作响……

“走”出来的地质故事

□刘诗鹏　山东黄金地质矿产勘查有限公司

讲我的地质故事，好像总绕不开一个字——“走”。这是走遍大江南北的“走”、走过青葱岁月的“走”、走上黄金勘查路的“走”、走出“地质人”精神的“走”。回首踏过的脚印，能够看到一个最普通的人——我背着地质包，拿着地质锤，昂首挺胸，步履匆匆，目标是一直“走”下去！

“小伙子，你们是干什么的？”“老人家，我们是干地质的。”“地质是什么？”对于这些对话我想每个“地质人”都不陌生。当时提问的爷爷不解地喃喃自语，挥动着羊鞭往大山中走去，我低下头继续写我的野簿。直到现在，我也很难说明地质是什么，用科学的名词解释几十个字足矣，但如果要用通俗的语言诠释它，我只能说，地质就是“走最偏最险的路，过最美最浪漫的青春”。

最初的“走”，是我为梦想而“走”。早在初中时我便与地质结缘。当地理老师在中国地图、世界地图上指点江山时，我开始渴望平面的地图标记能够真实地环抱我。于是，选择攻读中国地质大学（武汉）水文地质专业是我走向梦想的第一步。我坚守着“艰苦朴素、求真务实”的校训，从北戴河的地质认知实习，到有幸在周口店参观过国务院原总理温家宝的寝室，再到雄伟壮阔的三峡。那时，地质于我，像是前路最美的花，我怀揣着兴趣与梦想不断地走向它。

而立青年的“走”，是我行百里路的“走”。8 年前，我第一次走上了山东黄金地质矿产勘查有限公司的工作岗位。记忆深刻的一次经历就是我在莱州南吕－欣木矿区水文孔做抽水试验。那天正值中秋节，为了 24 小时连续试验，每半小时不间断地记录数据，我跟同事邱天就在两米高的玉米地里吟诵着关于月亮的诗句消解思乡之情。看着圆圆的月亮从东边升起又在西边落下，那晚皎洁的月光仿佛至今仍洒满大地。地质不再是前方的花，于我而言，地质成为我行百里路的伙伴。

2015 年，我去往彩云之南，从玉溪的红石岩矿区“走”到大理永平县乐把矿区。那里的云飘不过山峰，谷底就是澜沧江。滔滔江水为证，我登山渡河从未停止前行的步伐。2016 年，我结婚了，蜜月却是跟同事董冲一起度过的。格尔木的天还未亮，德令哈的广场上空旷无人。我想念着新婚妻子，遥想海子的那句“今夜我只有美丽的戈壁”。不熄的灯火为证，我穿越夜色从未停止测量观察。2017 年，我的女儿出生了，她尚未满月，我又跟同事传印、邱天去了福建东际矿区，一天爬山，一天下井。我们遵循着穿越法的地质勘查法则，面前没有路，走过的就是路！茂密丛林为证，我挣扎前行，从未终止厚积薄发。

如今的“走”，是携手共成长的“走”。我站在黄金勘查的前沿阵地，奋斗在山东黄金资源“做优做多”的主战场，与中国岩金勘查的第一深钻并肩。这里需要我！不，应该说我需要这里！矿区与岩芯，就是我的诗与远方。地质于我，不仅是路途中的伙伴，更是我心尖上的人。我愿意把汗水留给模糊的眼镜，把力气留给崎岖的山路，把磨破的鞋子留在美丽的异乡，把研究成果留在成长的道路上！

时光为证，岁月为名。我携手山东黄金共同走过了耕耘的艰辛，也走向了光辉的未来。2020年，世界黄金协会传来捷报，我们成功跻身世界产金企业第十位，提前一年实现了集团“十三五”战略目标！劈波斩浪，扬帆起航，砥砺奋进，豪情万丈！“山东黄金人”秉承着“追求卓越，创新进取”的精神，与集团一起实现鸿鹄之志。巨轮出航，奔向明天！“致力全球领先，跻身世界前五！”

不停地“走”下去，成为我实现梦想的勋章！当然，这样的故事每天都发生在我身边的“黄金地勘人”身上。我相信，每个人心中都有一座灯塔，指引我们走过崎岖的矿路；我也相信，每个人身边都有皎洁的月光，照亮我们勇攀高峰的信念；我更相信，山东黄金的前路开满鲜花，迎接我们永不言败的决心！

这就是我的地质故事。我的青春奉献给地质事业，岁月流淌在山东黄金，我倍感无上荣光！我会一直“走”，在黄金勘查的道路上继续书写华丽篇章。期待与你相遇，结伴同行！

“山金梦”，我们的梦

□刘洪福　山东黄金（北京）产业投资有限公司

渤海湾畔，胶东半岛，
一颗金星，冉冉升起，
数载厚积，今朝薄发，
不畏险阻，屡创佳绩。

“十三五”目标宏伟、心之所向，
“争做国际一流，勇闯世界前十”，
连续三年“全国产金第一”，
全球产金梦圆前十、初心不忘。

收官之年沧海横流、极不平凡，
抗疫大战惊心动魄、奋发激扬，
“山金人”“战疫情、促达产、抢效益”，
誓夺首季“开门红”，传捷报、耀东方！

倡议落实在行动，
不获全胜不言功，
矿区、车间、班组、岗位，
逐级落实防疫，稳步复工复产。

疫情当下，视频相约，
中国济南和加拿大多伦多，
合力开启“黄金大国”之门，
向“十四五”战略目标提速奋进。

犹记居家办公的朝朝暮暮，
屏幕前一次次磋商筹划，
早上七点开始的项目会议，
下午三点仍在娓娓而谈。

伏案桌前研判技术指标，
午夜梦回还在查资料做分析，
特麦克、卡帝诺签约之际，
过往辛劳竟变得甜蜜。

“山金人”勠力同心、众志成城，
用行动实现年中“双过半”，
凭实力提前一年，
舞起“十三五”胜利大旗！

展望未来、畅想蓝图，

我辈定当砥砺前行、擎起希望，

用汗水与努力、拼搏与奋斗，

为“山金”的明天再奏华章，共铸辉煌！

逐梦征途

——“十三五”感怀

□王永阔　山东黄金集团有限公司法律事务部

你站在泰山之巅，登高眺望。
小城、海边，荒漠、戈壁，
森林、草原，竹林、茶乡，
椰浪、海岛，申城、港湾，
珀斯、纽约，南美、非洲。
从红日初升到满天星光，
逐梦的身影追追访访。

你站在黄河水畔，遥望远方。
路途漫漫，上下求索，
天地悠悠，四海为家，
披沙拣金，深井钻探，
壮志男儿，汗洒高山。
从春暖花开到冰封雪扬，
金色的大地初心荡漾。

逐梦，向远方

□刘再涛　山东黄金矿业股份有限公司新城金矿

昔日，

我们听惊涛于“十三五”备航的舰船，

铿锵的鼓槌激荡世界一流的梦想。

天南海北的“山金将士”昼夜不舍，

两万五千名“山金儿女”随鼓而动。

你我他（她）奋力划桨，

释放出“山金人”的磅礴力量。

筑梦的舰船风雨兼程，

扬帆驶向远方的远方……

今朝，

我们的舰船记载了寒来暑往，

圆梦路上收获了“山金”内外的友情，

满载着我们的理想，

到达了梦想的岸上。

忠诚于“山金”的事业，

担当起我们的责任。

开放“山金人”的怀抱，

融万千于包容之中。

放飞“山金人”报国之志，

“十三五”我们梦想成真。

未来，

我们“致力全球领先，跻身世界前五”！

百舸争流，艰难何所惧？

逐梦的号角，已然吹响！

梦圆世界前十

——山东黄金集团提前一年实现“十三五”战略目标纪实

□康大维　山东黄金集团有限公司企业文化部

2020 年 6 月 24 日，一个注定将载入中国黄金行业史册的日子。

当日上午 10 时，国际权威机构公布了 2019 年全球黄金企业的最新排名，山东黄金以 47.94 吨的黄金产量位列世界第十位，首次进入十强榜单。

自 2007 年起，中国首次超过南非，连续 13 年成为全球黄金产量最大的国家。然而，尽管中国的黄金生产企业群起奋进，却没有一家进入世界前十。

这一刻，历史被改写。

数据显示，2019 年较“十二五”末，山东黄金的黄金产量、利润总额、资产规模分别增长 33%、312%、47%，连续三年蝉联全国产金第一，提前一年实现集团“争做国际一流，勇闯世界前十”的“十三五”战略目标。

“山东黄金人”实现了数代中国人的“金色”梦想，跑出了中国人的“黄金加速度”！

初心：坚持只做一件事

2015年的深秋，济南的天气分外凉爽。大明湖畔的柳树随风摇曳，趵突泉清冽的泉水在阳光的照耀下散发出万点金光。

2015年10月，山东黄金迎来了新的掌门人——党委书记、董事长陈玉民。他祖籍安徽，从黄金矿山最基层的技术员干起，一步步走来。儒家文化的厚重与徽派文化的灵动成就了陈玉民的儒雅和开明。

2016年1月13日，山东黄金召开了党员代表大会暨“十三五”战略规划动员大会，此时距陈玉民上任仅仅3个月。在这次会上，他代表集团党委在“十三五”规划中庄严承诺：“争做国际一流，勇闯世界前十，到2020年迈入全球黄金矿业综合实力前十强！”

按照全球知名咨询企业罗兰贝格公司测算，从资源、科技、生产、管理、资本、拓展能力六个维度来评估，山东黄金与巴理克、纽蒙特等国际领先的矿业巨头差距甚大，评估得分不及其一半。此时的山东黄金，黄金产量位居全球第16位，处于全球黄金矿业第二梯队。

世界前十，能行吗？

2016年8月，一位新华社记者对任正非进行专访。任正非说：“一个人，一个企业，心中要有理想，坚持只做一件事。”任正非的这句话给陈玉民留下了深刻的印象。坚持只做一件事，抓住一个黄金主业，盯住一个“世界前十”目标，心无旁骛，埋头苦干。“有志者事竟成，破釜沉舟，百二秦关终属楚！”“山东黄金人”下定了决心。

战略布局源于战略雄心和战略思维。山东黄金坚持世界眼光、国际标准，以高质量发展为主题，以供给侧改革为主线，秉持“资源为先，效益为上，创新为本”的经营理念，聚焦矿业和金融主业，深化改革开放，持续推动产业转型和矿业升级，不断做强、做优、做大企业，向世界黄金矿业第一方阵冲击！

为此，陈玉民提出了“四看”：向上看，吃透中央和省委政策精神，坚持有所为、有所不为；向外看，抓住“一带一路”发展机遇，树立全球视野、国际标准和战略思维；向前看，坚持长远眼光和前瞻思维，注重把握大势、未雨绸缪；向后看，昨天的教训就是明天的财富，要把以往的实践上升为规律性认识。

山东黄金的“十三五”战略定位十分清晰：在“做优”各个业务板块的前提下，实现“黄金做大、有色做强、金融做稳、资源做多”。整个“十三五”的推进过程，可以用“产业战略协同，效益多点开花”来概括。在省内胶西北地区建设世界级黄金生产与资源储备基地；在省外福建、海南、甘肃、陕西、青海、内蒙古、河南等省区打造覆盖“东西南北中”的后备资源开发基地；在阿根廷、澳大利亚、加拿大等国家搭建海外业务平台；充分发挥产融创新和低成本融资优势，在北京、上海、深圳、天津、香港等区域建立起服务全集团产业链的金融服务平台，打造灵活高效的产融结合模式。

战略一旦实施，便如熊熊燃烧的火炬，照亮前行的道路。拿出劈山勇气，展现金石担当。两万多“山金人”，人人想着“十三五”，一切为了“十三五”，汇集成一股强大的“洪流”，向着“十三五”目标发起了猛烈冲锋。

脱胎：将改革进行到底

“石以砥焉，化钝为利。”改革是企业发展的不竭动力。

2016 年 3 月 12 日，在“十三五”规划动员大会召开之后两个月，山东黄金召开了首次深化改革工作会议。在这次会议上，陈玉民明确要求，主动认领改革任务，以问题与需求为导向，坚持系统设计与稳步推进相结合，狠抓改革任务落实。

山东黄金深化国企改革的帷幕由此拉开。

国企改革的首要环节是把党的政治优势与现代企业管理制度紧密结合。山东黄金把党的领导融入公司治理各个环节，把党的组织内嵌到公司治理结构之中，把党委研究讨论作为董事会、经理层决策重大问题的前置程序，厘清了党委会与董事会、总经理办公会的权责边界，使党组织在企业改革转型中真正把得了关、掌得了舵。

2019 年 8 月 11 日，济南的南郊宾馆内，山东省深化国有企业改革工作领导小组在这里举行了一场别开生面的省属企业主要负责人述职问询。

作为第一位出场的国企掌门人，陈玉民围绕制度设计、公司治理、混合所有制改革等做了陈述。面对山东省副省长凌文“什么情况下可以进行僵尸企业核算”“黄金采矿权什么情况下进入财务报表核算”等问询，他侃侃而谈。凌文问得精准，陈玉民答得透彻。

国企改革已经进入深水区，是块难啃的硬骨头，但山东黄金还是交出了一份精彩的答卷——

成为山东省首批“双百企业”中唯一的一级企业，制定实施了辐射 7 大领域、46 项重点任务的综合改革方案；

将传统的三级管理模式转变为二级管理模式，将原两级总部 66 个部门精简为43个，形成了“总部管战略，事业部管协调，生产企业管落实”的运行模式；

优化各级业务流程近千个，创新性推行生产经营、安全环保、党建工作“三位一体”考核机制；

率先在省属企业开展“债转股”业务，与中国工商银行开展了全国首单“债转股”合作，累计落地资金 163 亿元；

先行推进国有企业混合所有制改革，预计到 2021 年年底，主业资产证券化率达到 75% 以上；

取得各类权证及相关批复 887 项，完成 67 户僵尸企业处置，以及 13446 户居民所涉“三供一业”企业办社会职能分离移交，资产负债率由历史高点的 80.16% 降至 2019 年年末的 62.48%，创 10 年来最低水平。

一切改革都是围绕“调动人的积极性”这一核心环节而展开。

2016 年 10 月，在全国国有企业党的建设工作会议上，习近平总书记首次提出了国有企业领导人的 20 字标准：对党忠诚、勇于创新、治企有方、兴企有为、清正廉洁。

陈玉民在很多场合带领大家反复领会这 20 字标准，强调对治企有方、兴企有为的“狮子型”干部及时重用，对少数难以打开工作局面的“守摊型”干部果断调整。山东黄金提出了“德才兼济、举贤任能”的人才理念，本着“控制总量、提高质量、优化增量”的原则，延揽和培养了矿业、金融、管理等各类人才。

“他山之石，可以攻玉。”2016 年 7 月 12 日，山东黄金举行了智库揭牌暨专家聘任仪式，30 余位来自宏观经济研究、资本市场研究、矿业科技发展等领域的海内外院士、专家学者成为山东黄金智库成员。智库成立至今已有 4 年，每年都会举行不同领域的智库研讨交流会，不断掀起智慧与思想碰撞的激流，为山东黄金重大改革发展决策提供理论支撑和解决方案。

截至 2019 年年底，山东黄金有 6 人成为享受国务院特殊津贴的专家，35 人入选“国家百千万人才工程”“领军金才”和“全国技术能手”等。

翱翔：科技与金融比翼

党的十九大报告指出，创新是引领发展的第一动力，是建设现代化经济体系的战略支撑。

2018 年，山东黄金在香港 H 股主板上市，完成“A+H”两地上市布局

2018 年 8 月 27 日，国家科技部批复，山东黄金牵头的“十三五”国家重点研发计划《深部金属矿绿色开采关键技术研发与示范》正式立项。该项目隶属于国家“四深”战略方向的深地资源勘查开采专项。

这一研发计划，对于正在向深部开采进军的中国黄金行业具有重要的科技引领和标准示范意义，将进一步提升我国资源整体回收水平，实现深部金属矿开采与生态环境协同发展，引领传统矿业向绿色矿业转型升级。

“十三五”时期是山东黄金科技创新工作史上承担国家科研项目最多的时期，是核心关键技术取得集中突破的时期，是基层企业创新活力迸发、科研创新体系成熟进步的时期。

数据显示，2019 年，山东黄金科技研发投入 4.68 亿元，较“十二五”末增长 156%，“十三五”期间年均增长 20%。“十三五”以来，集团承担和参与国家重大科技攻关项目 12 项，获得省部级科技奖励 122 项、授权专利 369 项，牵头或参与制定国家、行业、地方及团体标准 9 项。

经验来自一线，基层最有创造。一连串闪光数字的背后，是山东黄金全员科技创新的持续付出。

戴云涛，山东黄金电气高级工程师、山东省首席技师、山东省企业技术创新带头人。他带领技术团队推动的进口设备国产化改造项目，每年为企业节省100多万元；提出的碎石机操作平台“一控多”方式，使碎石机工从18人减到8人，年创造经济效益260万元；主导的科研项目获得中国黄金协会科学技术一等奖、山东省安全生产管理协会科学技术二等奖等多项荣誉。

2020年2月13日，在山东黄金年终表彰大会上，戴云涛获得了集团首次面向基层技术人员颁发的奖项——“十大一线科技创新标兵”。在山东黄金，正是因为涌现出了一个又一个“戴云涛”，企业科技创新才呈现出百花齐放的可喜局面。

“十三五”以来，山东黄金依托矿山企业创建了深井开采实验室、充填工程实验室和选冶实验室三个企业研发平台，设立涵盖地采选冶等领域的创新工作室107个，命名表彰了26个“示范创新工作室”和“标准创新工作室”。截至目前，山东黄金拥有国家企业技术中心、院士工作站、博士后科研工作站、山东省工程实验室和省级示范工程技术研究中心等多个国家和省级研发平台。

“十三五”期间，山东黄金还以科技创新推动安全环保水平全面提升，持续践行“生态矿业”发展理念。集团每年投入安全环保资金逾4.5亿元，超出国家标准50%；核心矿山的矿区绿化覆盖率达到可绿化面积的95%以上；21家矿山被国家自然资源部授予“国家级绿色矿山”，到2020年年底，集团所有矿山将达到国家绿色矿山标准。

如果说科技的进步为企业带来了更强劲的动力，金融资本则为企业在国际舞台长袖善舞提供了源源不断的“血液”。

2018年9月28日，山东黄金在香港H股上市，国际发售部分获得超额认购，全球募集资金52.46亿港元，成为业内少数拥有“A+H”

两个资本运作平台的黄金生产企业。陈玉民在上市仪式上表示，在香港上市是山东黄金向国际资本市场成功迈出的第一步，也是山东黄金发展史上的重要里程碑。

上市后的山东黄金实现了逆势飞扬。截至 2020 年 6 月 9 日，山东黄金总市值达到 1035 亿元，较 2016 年年初增长 269.6%，由中国有色金属行业总市值第 9 名，跃升至第 1 名。

完成“A+H”两地上市布局的山东黄金，境内外融资渠道更加多元，活动轨迹更加频繁密集。当地时间 2019 年 4 月 16 日下午，山东黄金 2018 年业绩沟通会在美国纽约圆满落下帷幕。这次业绩沟通会可谓紧凑高效，12 天时间转战香港、深圳、新加坡、上海、北京、伦敦、瑞士和纽约八地。

陈玉民在业绩沟通会上表示，要进一步加强与国际大型矿业公司和知名国际投资机构的合作，为山东黄金全面拓展海外业务不断创造新机遇、新环境和新突破。

山东黄金紧紧把握“企业造血”和“资源配置”的多重功效，建立起了市场化、立体化、科学化的金融业务体系，促进了产融结合、产融双驱更加高效有序推进。

出海：走向世界的中国冠军

“走出去”进行合作发展，成为全球矿业企业的大潮大势。

2017 年 4 月 6 日，山东黄金与巴理克黄金公司签署协议，斥资 9.6 亿美元，并购阿根廷最大、南美第二的贝拉德罗金矿的 50% 股权。由此，山东黄金权益黄金储量增加 117 吨。截至 2020 年 6 月 15 日，该矿为山东黄金增加了 27.1 吨的黄金产量，分红 6797 万美元。

正是这次并购为山东黄金一举成为中国第一产金企业奠定了牢固

的基础。

此次并购，从双方高层第一次相识到进行深度战略合作，历时 14 个月；从开启核心条款谈判直至项目交割，历时 7 个月。紧凑高效，有条不紊，实现了当年并购、当年见效、当年并表。这次合作，同时入选 2017 年度中国矿业和中国黄金行业十大新闻，堪称国内黄金企业跨国并购的典范。

步伐一旦迈开，道路便会顺畅。

并购贝拉德罗金矿之后，山东黄金与巴理克黄金公司开启了深度融合模式，高管团队每年往来 10 余次，技术与管理团队在矿山运营、采选技术、勘探技术、企业文化、智能矿山建设等方面交流 30 余次。双方更是在 2018 年 7 月签署了深化合作协议，不仅进行技术、管理经验与工作机制共享，还在各自收购或出售潜在资产时优先考虑与对方合作。

2017 年，山东黄金成功牵手全球著名黄金企业——巴理克黄金公司，合作开发阿根廷最大金矿贝拉德罗金矿，迈出全球资源战略合作步伐

正如巴理克黄金公司董事长约翰·桑顿所言："山东黄金是我们在中国的最佳合作伙伴，'巴理克'今后的合作项目都将优先考虑山东黄金。即使山东黄金没有合作意向，我们也要征求他们的意见。"

加拿大的最大城市多伦多，位于北美五大淡水湖之一的安大略湖之滨，拥有活跃的矿业资本市场和全球最大的矿业交易平台，全球大约有1400多家矿业公司在这里上市，占到全球矿业公司总数的60%。

当地时间2019年7月25日上午，山东黄金加拿大代表处开业暨矿业投资研讨会在多伦多举行，加拿大众多黄金企业、金融机构和国际投行代表悉数出席。议题只有一个：如何与山东黄金精诚合作，开展北美及全球矿业资源投资并购。

2020年6月18日，山东黄金与澳大利亚卡帝诺资源有限公司签署协议，以场外要约收购的方式收购其全部已发股份。澳大利亚卡帝诺资源有限公司的核心资产为西非加纳黄金项目。至此，山东黄金"小步快跑"国际化战略加速落地。

跨国并购让山东黄金"盆满钵盈"，"自力更生"勘探开发同样成果丰硕。

2017年，山东黄金探获的三山岛矿区西岭金矿，预计可提交黄金资源550吨以上，有望成为国内有史以来最大的单体金矿；2018年，探获南吕－欣木金矿黄金资源133吨。截至目前，山东黄金的金资源储量为2126吨，比"十二五"末增长47%，实现了每年探矿增储100吨的目标。

铸魂：山东黄金的人本情怀

企业文化是企业的性格、企业的灵魂，是企业汩汩不断的生命之源，是引爆员工凝聚力和战斗力的精神火种。

传承了数十代“黄金人”的历史记忆与实践磨炼，山东黄金的企业文化丰富而厚重。“追求卓越，创新进取”是山东黄金的企业精神；“开放、包容、忠诚、责任”是山东黄金的核心价值观；“惠泽员工、回报股东、造福社会、富强国家”是山东黄金的企业宗旨；“让尽可能多的个人和尽可能大的范围因山东黄金集团的存在而受益”是山东黄金的理想目标。这些闪耀着光芒的理念，在每一个“山金人”的内心深处扎下根脉，萌发出鲜亮的色彩。

习近平总书记强调，要把红色基因传承好，确保红色江山永不变色。

1939 年，抗日战争进入最艰难的时期，延安生存极其困难。毛泽东说：“把票子搞到延安，什么东西也买不到，多搞些‘通货’（黄金）比较好。”日寇占领下的山东招远玲珑金矿，在中共地下党的领导下，克服重重困难，想尽一切办法，仅 1939 年至 1945 年就累计向延安运送黄金 13 万两，折算为 4.06 吨，相当于陕甘宁边区政府 7 年的财政收入。

2020 年 6 月 6 日，在“传承红色基因，滋养精神家园”专题研讨会上，由中国人民解放军原后勤学院一级教授、著名党史专家邵维正将军领衔的专家组认为，山东黄金玲珑红色基因诞生于齐鲁大地，浸润着中国传统文化和红色革命文化的风霜雨露，成为山东省国有企业乃至全省全国人民的宝贵精神财富。

山东黄金以玲珑红色基因传承为引领，努力打造具有山东黄金特色的党建品牌。坚持“抓党建就是抓发展，抓发展就要抓党建”，坚定把好企业政治“方向盘”，深入开展“不忘初心，牢记使命”主题教育，责任机制“全覆盖、全落实”，党员教育活动丰富多彩，党性教育载体有力有效，组建党员志愿服务队 70 余支，打造过硬党支部近百个，涌现出了以“黄金企业家”张旭秋为代表的各类先进典型近 200 个。

2017 年 9 月 29 日，山东莱州。

一年一度的山东黄金矿工节如期举行。在文艺汇演现场，一部微电影再现了员工董艳霞带着爷爷奶奶出嫁的感人故事，让在场的观众潸然泪下。

董艳霞，山东黄金西和县中宝矿业有限公司员工，自幼父母离异，跟随爷爷奶奶生活，生活贫困。受益于在欠发达地区优先录用当地员工的企业政策，她成为山东黄金大家庭中的一员，家庭条件得到改善，并带着爷爷奶奶出嫁，过上了幸福的生活。

山东黄金矿工节由基层骨干矿山发起创立，距今已有将近 10 年的历史。每年的 9 月 29 日，集团都会举行大型主题文化活动、体育比赛与文艺汇演等一系列庆祝活动，坚持“‘山金人’讲‘山金故事’”“‘山金人’颂‘山金精神’”，以历史传承的方式折射出“山金文化”的独特魅力，多年来山东黄金矿工节已经成为“山金人”自己的节日。

李越是一名高中学生，母亲为山东黄金已故员工，父亲走失，她与反应迟钝的姐姐相依为命，没有任何经济来源。血浓于水，山东黄金毅然承担了她读高中的全部费用。感恩之际，李越致信山东黄金领导表示谢忱。陈玉民亲笔回信，勉励其完成学业，以实际行动传递爱心，不负“黄金儿女”的铮铮赤子之心。

不论多高贵，不忘大地情。

山东黄金真正把“以人民为中心”的发展理念落实到改革发展的每一个环节。“十三五”期间，集团每年救助困难员工 1000 余人，年均救助金额 500 万元，员工年人均收入增幅超过 10%；先后选派 9 名同志担任第一书记，投入近 3000 万元助力山东省脱贫攻坚；2020 年疫情期间，向社会各界捐赠款项和物资共计 1143 万元；多年来各类社会慈善捐赠总额超过 20 亿元。

“山金文化”是人本的文化，是红色的文化，同时也是开放的文化。

“十三五”以来，山东黄金已经成为天津国际矿业大会、中国国际黄金大会、丹佛世界黄金大会等国内外重要矿业盛宴的“常年客”“座上宾”。我们不放弃每一次学习、提升与展示的机会，与国内外矿业同仁、金融机构、科研院所进行了广泛深入、富有成效的经验交流和思想碰撞。

当地时间 2019 年 11 月 27 日，孔子 2570 周年诞辰之际，山东黄金捐赠的孔子雕像揭幕仪式在阿根廷首都布宜诺斯艾利斯举行，该雕像成为西班牙语国家中第一座孔子标准像。布宜诺斯艾利斯市议会第一副议长福尔切利表示，山东黄金捐赠的孔子雕像不仅成为布宜诺斯艾利斯市文化中一道亮丽风景，更将为增进中阿两国人民的了解、促进两国的友好合作关系做出贡献。

致远：向着新的梦想

山东黄金的“十三五”战略可以归纳为两句话：一句是“勇闯世界前十”，另一句是“争做国际一流”。前一句注重量的积累，后一句强调质的提升。前一句“十三五”已经实现，后一句“十四五”正在路上，并且永无止境。

2018 年 4 月 20 日，山东黄金“国际一流示范矿山”规划方案国际研讨会在济南举行。山东黄金以所属骨干矿山三山岛金矿为试点，计划投资 5 亿元，用三年时间建成“绿色生态、本质安全、技术领先、效益最优、社区和谐”的“国际一流示范矿山”，全面提升矿山整体建设和国际化运营水平，引领国际智慧矿业和生态矿业发展。

专家组组长、中国工程院古德生院士表示，山东黄金提出的“智能智慧、本质安全、海底深井、绿色生态、人文和谐”建设目标定位精准、内容具体、措施可行；以“矿石流”和“信息流”为主线的全流程生产运行智能化系统等规划达到了国际一流水准，可以作为今后开展“国际一流示范矿山”建设的科学依据和行动指南。

经过近两年的建设，“国际一流示范矿山”已初具规模——

以“黄金人文与历史”“黄金工艺与应用”“黄金文艺与经济发展”为主题，建成4500平方米的山东黄金自然博物馆；

启动山东莱州黄金海岸沿海观光带及生态修复示范区逾25万平方米的升级改造工程；

利用智能制造与现代化信息技术手段，建成国内黄金矿山生产规模最大的选矿车间，实现了选矿装备、工艺与自动化、信息化的深度融合；

建成基于5G技术的采掘示范区，实现三维可视智能管控，为我国地下金属矿山创新管理模式提供了经验和借鉴；

打造矿业装备制造、技术服务为主的“山金重工”高端装备制造基地，设计监理、技术研发为主的“山金科技”设计研发基地。

进入2020年，山东黄金坚持疫情防控和生产经营“两手抓”“两手硬”，在山东省属企业中率先实现首季“开门红”，并成为全国唯一一家黄金产量、利润总额、营业收入一季度均实现同比增长的大型黄金企业。4月14日，山东省委书记刘家义同志批示：再接再厉。

此外，山东黄金还在胶东地区世界第三大金成矿带致力建设我国唯一一个世界级黄金生产基地。规划至2025年，形成年产黄金45吨、黄金资源总储量2000吨的世界第一大地下黄金开采矿业集群，采选综合产能达到45000吨／日，金精矿冶炼达到2500吨／日，并打造具有世界一流水准的“生态矿业示范区”和“黄金工业旅游示范区”。

按照“两步走”战略规划，到2025年年末，山东黄金将实现年产黄金80至90吨，利润总额100亿元，进入世界黄金企业前五名；到2035年年末，将实现年产黄金155吨，利润总额200亿元，入围世界黄金企业前三甲。

大浪淘沙，铅华洗尽是真金。成为世界十强的山东黄金，引爆最为执着、也最为持久的“山金力量”，向着国际一流黄金企业的璀璨目标高速前行。

“猛志逸四海，骞翮思远翥。”山东黄金怀揣着新的梦想如大鹏展翅，扶摇直上……